フーさんにお隣さんがやってきた

ハンヌ・マケラ
上山美保子 訳

挿絵 作者

HERRA HUU SAA NAAPURIN
Hannu Mäkelä

国書刊行会

FILI-Finnish Literature Information Centre has supported
the translation of this book

もくじ

装訂《そうてい》——森《もり》デザイン室《しつ》

1 フーさんにお隣《となり》さんがやってきた

ビールバラ提督《ていとく》は庭《にわ》を見《み》ました。りんごの木々《きぎ》のまんなかに大《おお》きな空《あ》き地《ち》があります。こんな空《あ》き地《ち》がほしかったのです。提督《ていとく》は車《くるま》を止《と》め、荷物《にもつ》をおろすよう命《めい》じました。ゆっくりと、とてつもなく大《おお》きな木製《もくせい》の箱《はこ》がどすんとおろされました。ビールバラ提督《ていとく》は荷物《にもつ》を運《はこ》んでくれた運転手《うんてんしゅ》に支払《しはら》いをすませると、てのひらにペッペッ、とつばをはき、長《なが》いこと船《ふね》に乗《の》っていたので、そういう人《ひと》たちが使《つか》うちょっと乱暴《らんぼう》な言葉《ことば》を口《くち》にするとドタンバタンと仕事《しごと》を始《はじ》めました。トントン、トントンと何日《なんにち》か作業《さぎょう》をつづけ、やっとできあがりました。これで、ちゃんと生活《せいかつ》していけるぞと提督《ていとく》は思《おも》いました。それから彼《かれ》はビールの栓《せん》をぬくと、あっという間《ま》に飲《の》みほしてしまいました。いつも、お腹《なか》が、もう一本分《いっぽんぶん》ビールを余分《よぶん》に受《う》けつけてくれるといいのだけれど。

一方《いっぽう》フーさんは、朝《あさ》、目《め》をさますと自分《じぶん》が海《うみ》の上《うえ》にいるのではないかと思《おも》いました。だ

S/S
KALJAA

れかが波《なみ》にゆられながら歌《うた》う声《こえ》が聞《き》こえてきて、薄灰色《うすはいいろ》の大《おお》きな帆《ほ》がフーさんの庭《にわ》のそばでばたばたとはためいていたのです。フーさんはびっくりぎょうてん。いつ、あそこが海《うみ》になったんだ？　これはたんなる、夢《ゆめ》のつづきだよね。ところが、フーさんの家《いえ》の窓《まど》に水《みず》がざざざぁっと押《お》しよせてきて、窓《まど》のすき間《ま》からなかに入《はい》りこんできました。フーさんは目《め》をまん丸《まる》くして見《み》つめました。フーさんは、近《ちか》づいて行《い》って指《ゆび》をつけてみました。これはたしかに水《みず》だ。それから指《ゆび》を口《くち》にふくむと、しっかりしょっぱかったのです。これは、海《うみ》の水《みず》にまちがいない、とフーさんは確信《かくしん》しました。どういうわけで、いま、海《うみ》にいるのだろう。きっと、このあたりいったいが、急《きゅう》に陸《りく》から離《はな》れてしまってどこかにながされているんだ。フーさんはなんだかおもしろくなってきました。家《いえ》も森《もり》も、自分《じぶん》の土地《とち》ぜんぶが、あたたかくて、いっつも太陽《たいよう》がかがやいているところへうまくながれていけばいいのに。もう、冬《ふゆ》なんてなければいいのに！　こんないいことは、自分《じぶん》だけに起《お》こればいいのに、とフーさんはとてもうれしそうです。それから、長《なが》いこと口笛《くちぶえ》を吹《ふ》いていましたが、そうとうへたくそでした。

　じつは、フーさんはもっと寝《ね》ていたかったのですが、このひどい歌《うた》に邪魔《じゃま》されたのです。歌《うた》はいつまでたっても終《お》わりそうになく、水《みず》は床《ゆか》にあふれ、ベッドにも水《みず》がとどきそうになってきたので、フーさんは、とうとう苦情《くじょう》を言《い》いに出《で》かけて行《い》くことにしました。

1　フーさんにお隣さんがやってきた

フーさんは目《め》をこすりながら庭《にわ》へ出《で》ました。太陽《たいよう》はかがやいていて、夏草《なつくさ》の香《かお》りがふわふわふわっと押《お》し寄《よ》せてきました。やわらかな、夏《なつ》の終《お》わりを告《つ》げる風《かぜ》が顔《かお》をなでました。とてもあたたかかったので、ずいぶん遠《とお》くまでやってきたのにちがいない、とフーさんは思《おも》いました。タヒチあたりにいるのかな。それならパンノキの実《み》も食《た》べられるかもしれない。木陰《こかげ》のお店《みせ》へ行《い》けば、フランスパンを一《いち》マルカ〔フィンランドの昔《むかし》のお金《かね》〕で買《か》えるだろうか。どうやったらココナッツの実《み》を割《わ》ることができるか、考《かんが》えてもいいかもしれないな。

フーさんのりんごの木《き》のすぐむこう側《がわ》では、帆《ほ》がいきおいよくはためき、なにを歌《うた》っているかもだんだんとはっきり聞《き》こえてくるようになりました。だれかが、こんなに大《おお》きな声《こえ》はもう絶対《ぜったい》に出《で》そうもないというほどの声《こえ》で、どなるように歌《うた》っています。

提督《ていとく》は、ビールをあびる、あびるんだい
水夫《すいふ》はぶったおれる、れるよ
ねずみはびくびく、ちゅーちゅー鳴《な》いて
ナンキンムシ、ムシ、飛《と》んでいけ
シラミもぴょんぴょんはげ頭《あたま》
浮《う》き輪《わ》もマストもキーキーキー

ああ、もう、ああ、もう、なんてこと
提督様《ていとくさま》は飲《の》んだくれ！

フーさんは頭《あたま》を右側《みぎがわ》にむけ、その方向《ほうこう》をしばらく見《み》ました。それから、こんどは左《ひだり》をむいて、そちらの方向《ほうこう》も同《おな》じ時間《じかん》見《み》ました。でも、風景《ふうけい》は見渡《みわた》すかぎりいままでと同《おな》じです。リンマの家《いえ》は、トウヒの木《き》の下《した》にありましたし、ミッコの家《いえ》の屋根《やね》も遠《とお》くに見《み》えました。子《こ》どもたちに教《おし》えられ、フーさんがやっと場所《ばしょ》を覚《おぼ》えた保健所《ほけんじょ》も、警察署《けいさつしょ》も、お店《みせ》だって、同《おな》じ場所《ばしょ》にありました。そこには同《おな》じようにフーさんの心《こころ》だって残《のこ》っています。ところが、帆《ほ》はますます高《たか》くまで上《あ》がり、歌声《うたごえ》ももっともっと大《おお》きくなり、噴水《ふんすい》がまたまた吹《ふ》き上《あ》がり、庭《にわ》の隅々《すみずみ》まで水《みず》びたしにしました。まるで、甘《あま》いものを食《た》べて虫歯《むしば》ができた時《とき》に、歯《は》医者《いしゃ》さんが有無《うむ》を言《い》わさず近《ちか》づいてくるみたいです。と、その時噴水《ときふんすい》がこんどはフーさんにおそいかかり、フーさんは庭木《にわき》のほうに押《お》しながされ、文句《もんく》を言《い》おうと口《くち》をあけたところに水《みず》がガバッと入《はい》ってきて口《くち》をふさぎ、それから水《みず》は、庭《にわ》の反対側《はんたいがわ》へと引《ひ》いていきました。でもこれで終《お》わりではありませんでした。フーさんが水《みず》でびしょびしょになり、怒《いか》りにふるえながらひっしになって立《た》ち上《あ》がった瞬間《しゅんかん》、こんどは水《みず》はまっすぐ上《うえ》に吹《ふ》き上《あ》がり、上《うえ》のほうで楽《たの》しそうに、ひゅるひゅるっという音《おと》が聞《き》こえたかと思《おも》うと、ものすごいものが、フーさんを痛《いた》めつけるようないきおいでぶつかってきました。フーさんはいっきにぐったりしてしまいました。フーさんの足元《あしもと》には、ほとんど空《から》っぽだけれど、液体《えきたい》と泡《あわ》がまだ少《すこ》し、まるでげっぷをしているようにあふれている茶色《ちゃいろ》い瓶《びん》がぷかぷかと浮《う》いていました。それから聞《き》いたこともない声《こえ》の持《も》ち主《ぬし》が瓶《びん》を放《ほう》り投《な》げました。まるでとどめを刺《さ》すかのように、まえと同《おな》じ意地悪《いじわる》そうな声《こえ》が、まえよりもっと大《おお》きな声《こえ》でひびき渡《わた》りました。

ひ弱《よわ》な輩《やから》、海《うみ》にはむかない、ナイ、ない、ナイ
男《おとこ》なら、ちょっとやそっとじゃおどろかない、ナイ
怖《こわ》がり獣《けもの》、リスみたいにちょ～ろちょろ
軟弱者《なんじゃくもの》の口《くち》ふさげ！
むちで打《う》って棍棒《こんぼう》で打《う》って
血《ち》が流《なが》れて夜《よる》になる
ああ、もう、ああ、もう、なんてこと
あばよ、提督《ていとく》、飲《の》んだくれ

男《おとこ》というものはちょっとしたことで、怒《おこ》り出《だ》すものですが、フーさんはどうでしょう。

1　フーさんにお隣さんがやってきた

フーさんは、ごくりとつばを飲《の》みこむくらいの速《はや》さで前進《ぜんしん》。ところが三度《さんど》も水《みず》におそわれ、おまけに水《みず》のいきおいがあまりにもすごかったので、実際《じっさい》にそうしたかったのかどうかわかりませんが、立《た》ち止《ど》まらざるを得《え》ませんでした。すると、フーさんのちょうど目《め》のまえには、いままで目《め》にしたこともないほど不思議《ふしぎ》なたたずまいをした、タールを塗《ぬ》った塀《へい》がそそり立《た》っていました。この塀《へい》には、穴《あな》があいています。ようやく痛《いた》みがひいて、細《こま》かく観察《かんさつ》してみると、ものすごく重《おも》そうな、大《おお》きな丸《まる》いラッパが付《つ》いていることに気《き》がつきました。でも、フーさんにはそれがいったいなんなのか、さっぱりわかりませんでした。

　フーさんは、塀《へい》の穴《あな》からなかをのぞき、ラッパに近寄《ちかよ》ってみました。ラッパのそばにはまん丸《まる》い球《たま》がいくつも置《お》いてあって、どれもみな同《おな》じものでできているようです。フーさんはその一《ひと》つを手《て》にとって持《も》ち上《あ》げてみました。とっても重《おも》たくて、その重《おも》さといったら、だれかとかわした約束《やくそく》の重《おも》みと同《おな》じくらいの重《おも》さでした。フーさんは、ひっしになって持《も》ち上《あ》げて、やっとの思《おも》いで目《め》の高《たか》さまで上《あ》げることができました。フーさんは、腕《うで》をプルプルふるわせながら持《も》ち上《あ》げていたのですが、もうダメだと思《おも》ったところで手《て》を放《はな》しました。球《たま》はラッパの口《くち》にまっすぐ落《お》ちて、カラカラと音《おと》をたてながらなかにころがっていきました。すると、なにかを考《かんが》える暇《ひま》もなく、世界《せかい》がどっかーんと粉々《こなごな》になり、フーさんの目《め》のまえはまっ暗《くら》になって、痛《いた》みが口《くち》のなかに走《はし》りました。世界全体《せかいぜんたい》が煙《けむり》にまかれて灰色《はいいろ》

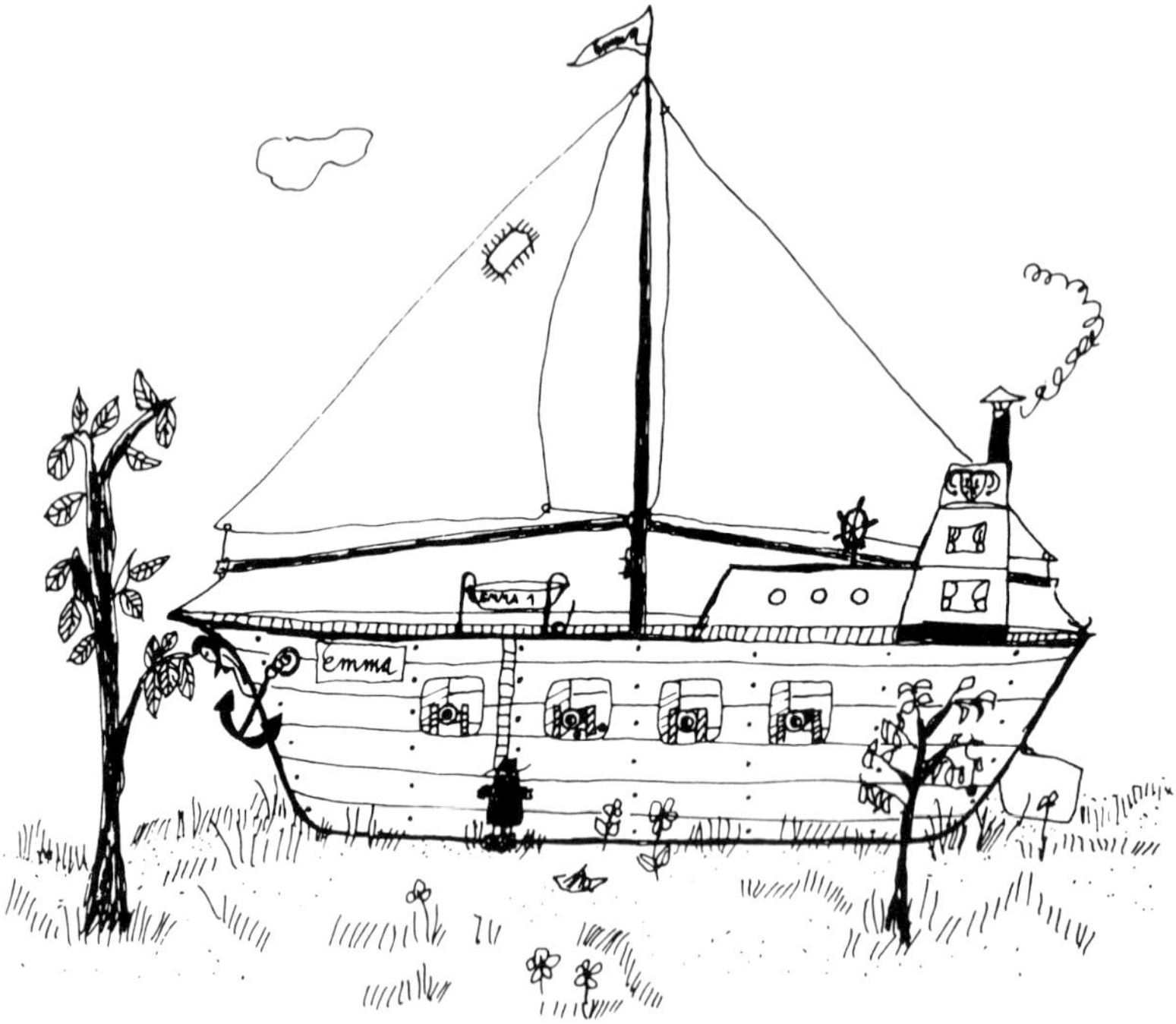
emma

になり、なんだか大《おお》きな手《て》のようなものが、フーさんをまるでネコをつまみ上《あ》げるようにして立《た》たせ、フーさんの頭《あたま》を壁《かべ》に打《う》ちつけました。「まだ、たったの四回目《よんかいめ》なんだぞ。」というなり声《ごえ》というか、ひどいがらがら声《ごえ》が聞《き》こえましたが、フーさんにはなんのことだかさっぱりわかりませんでした。フーさんは、息《いき》をひそめてじっとしていました。これは、世界《せかい》の終《お》わりにちがいない。

だんだんと煙《けむり》が消《き》えていきました。フーさんは、自分《じぶん》の家《いえ》の塀《へい》にとてもみごとなまん丸《まる》い穴《あな》があいているのに気《き》がつきました。と同時《どうじ》に、塀《へい》の上《うえ》の屋根《やね》のあたりからのっしのっしという足音《あしおと》が聞《き》こえてきました。そう、この塀《へい》には屋根《やね》がついていたのです。するとまたさっきと同《おな》じがらがら声《ごえ》が、今度《こんど》はひどく怒《いか》りに満《み》ちたさけび声《ごえ》になって聞《き》こえてきました。「どこの悪《わる》い輩《やから》がわしの船《ふね》で騒《さわ》いでいるのだ。はなたれか、それとも、くそったれか。逃《に》げるなよ。すばしっこいゴキブリだって、絶対《ぜったい》に捕《つか》まえてやるからな。きさまは二《に》度《ど》と、かあちゃんの作《つく》った朝《あさ》ごはんなんぞ食《た》べられんぞ。わしはきさまをざら目《め》の砂糖《さとう》にして、コーヒーに入《い》れてやる。」

フーさんが逃《に》げようと思《おも》ったとしても、怖《こわ》くておそろしくて、ふるえ上《あ》がっていたので、どこにも逃《に》げることはできなかったでしょう。おまけに、フーさんは塀《へい》からのびているロープにからまってしまったのです。一瞬《いっしゅん》静《しず》かになったかと思《おも》うとのっしのっしという足音《あしおと》が近《ちか》づいてきて、足音《あしおと》はフーさんの真横《まよこ》でぴたっと止《と》まりました。フーさんは、目《め》を開《あ》けなければ、なにも起《お》こるはずはないんだから絶対《ぜったい》に目《め》は開《あ》けないぞと心《こころ》に誓《ちか》いました。なにも見《み》えなければなにも起《お》こらないんだ。フーさんは、危険《きけん》から逃《のが》れる方法《ほうほう》がわかったのでとてもほっとしました。でも、もしも目《め》を開《あ》けなければ、自分《じぶん》がなにに怖《こわ》がっているのか、いつまでたってもわからないぞと思《おも》い、目《め》を開《あ》けてみました。フーさんは、自分《じぶん》がまた空想《くうそう》の世界《せかい》に入《はい》ってしまったということに気《き》がついたのですが、時《とき》すでに遅《おそ》しでした。

フーさんの目《め》のまえには、樫《かし》の木《き》のように巨大《きょだい》で、ごつごつして、葉《は》っぱがわさわさついているような男《おとこ》が立《た》っていました。男《おとこ》は、フーさんのことを穴《あな》があくほどじっと見《み》つめていましたが、フーさんが怖《こわ》がっているらしいということがわかると、怒《いか》りをきれいさっぱりわすれて、ケラケラと笑《わら》い始《はじ》めました。たしかにこの黒《くろ》くてひ弱《よわ》なやつは砲弾《ほうだん》をぶっ放《ぱな》したやつだけれど、なんだかひどく不思議《ふしぎ》な輩《やから》に見《み》えたのです。ビールバラ提督《ていとく》は、よぼよぼおじいさんのよろよろよりも激《はげ》しく、木《き》でできた建物全体《たてものぜんたい》のあちらこちらから、お皿《さら》や器《うつわ》やグラスがカチャカチャ鳴《な》る音《おと》が聞《き》こえてくるほど、ゆらゆらと揺《ゆ》れました。もしも、提督《ていとく》に何事《なにごと》も起《お》こらなければそれは永遠《えいえん》につづきそうでした。ところが急《きゅう》にまっ青《さお》になり、心臓《しんぞう》を押《お》さえ死《し》んでしまうのではないかと思《おも》うくらい苦《くる》しみ始《はじ》めました。そして、フーさんが自分《じぶん》のことを見《み》ていることに気《き》がつくと、声《こえ》をしぼりだすように言《い》いました。

「ビールだ――。ビールをわしに持《も》って来《こ》い……。」

フーさんはしゃきんと立《た》ちあがりロープから離《はな》れると、外《そと》へ飛《と》び出《だ》すことができそうな穴《あな》にむかって跳《は》ねるように飛《と》んで行《い》きました。たしかに外《そと》に飛《と》び出《だ》すことはできました。でも、穴《あな》から飛《と》び出《だ》すと何《なん》メートルも下《した》に落《お》っこちてしまうということをすっかり忘《わす》れていたのです。立《た》ち上《あ》がるのに少々手間《しょうしょうてま》どりましたがどこも折《お》らなかったのは、運《うん》が良《よ》かったとしか言《い》いようがありません。フーさんは大《おお》きく深呼吸《しんこきゅう》をしましたが、その時噴水《ときふんすい》がまた吹《ふ》き上《あ》がり、フーさんの目《め》と耳《みみ》と鼻《はな》と口《くち》を冷《つめ》たい水《みず》がふさぎました。こんなわけで、フーさんは声《こえ》も出《で》なくなってしまいました。

普通《ふつう》の人《ひと》であればきっと泣《な》き出《だ》していたにちがいありませんが、フーさんはここですごいことに気《き》がつきました。これは水《みず》。たぶん、これは、あの変《へん》な男《おとこ》がほしいと言《い》ったビールとほとんど同《おな》じものにちがいない。どこかから入《い》れ物《もの》を持《も》ってきて、その入《い》れ物《もの》にこの水《みず》をためこめばいいだけだ。

いろいろと頭《あたま》がはたらき出《だ》しました。フーさんは帽子《ぼうし》をかぶっていることを思《おも》い出《だ》しました。帽子《ぼうし》をつかえば少《すこ》しは水《みず》を運《はこ》ぶことができるはず。帽子《ぼうし》を脱《ぬ》ぐと、また噴水《ふんすい》がおそってくるのを待《ま》ちました。

時間《じかん》がぴょんぴょん過《す》ぎていくにしたがって、フーさんはようやく帽子《ぼうし》に少《すこ》し水《みず》をためこむことができました。そして、大急《おおいそ》ぎで塀《へい》が建《た》っているほうへむかいました。さて、穴《あな》から下《した》に落《お》っこちるのはかんたんなことでしたが、いったいどうやったら上《うえ》に登《のぼ》ることができるでしょう。フーさんはじっと考《かんが》えました。フーさんがさっき通《とお》った穴《あな》がどこか別《べつ》のところにあるはずです。でも、どこだ。フーさんは、塀《へい》にそって探《さが》し始《はじ》めました。

しばらくたってから、ようやくフーさんは立《た》ち止《ど》まりました。塀《へい》だと思《おも》っていたものは、どうもふつうの塀《へい》とはちがうようです。この塀《へい》は急《いそ》いで回《まわ》ればすぐに一周《いっしゅう》できそうだ。塀《へい》の突端《とったん》には、大《おお》きな櫂《オール》がついていて、塀《へい》のまんなかあたりには、大《おお》きな白《しろ》い布《ぬの》がはためく、なんだか高《たか》い柱《はしら》が立《た》っていました。この塀《へい》はどうも舟《ふね》のようだぞ。でも舟《ふね》にしては、ちょっと考《かんが》えられないくらい大《おお》きすぎるし、背《せ》だってあまりにも高《たか》すぎる。とにかくこれは塀《へい》なんかじゃない、それとも、あたらしく開発《かいはつ》された塀《へい》だろうか。フーさんは混乱《こんらん》してしまいました。

そのときです、フーさんの目《め》のまえに見覚《みおぼ》えのある穴《あな》があらわれました。どうにかこうにかフーさんは上《うえ》に登《のぼ》ることができ、どうにかこうにか帽子《ぼうし》のなかにはお水《みず》も残《のこ》っています。男《おとこ》はあい変《か》わらず床《ゆか》に座《すわ》り、心臓《しんぞう》のあたりをぎゅっと握《にぎ》りしめています。フーさんが男《おとこ》のまえに帽子《ぼうし》をさし出《だ》すと、男《おとこ》はぱっと取《と》り上《あ》げて、帽子《ぼうし》のなかのものと小《ちい》さな薬《くすり》を口《くち》のなかに放《ほう》りこみました。男《おとこ》は変《へん》な顔《かお》をしましたが、水《みず》でごっくんとのみこみました。それから男《おとこ》はのっそりのっそりと動《うご》き出《だ》し、やっと立《た》ち上《あ》がりました。フーさんは、この男《おとこ》がとてもおそろしい声《こえ》の持《も》ち主《ぬし》だということを思《おも》い出《だ》し、どこまで大《おお》きな男《おとこ》になるのだろう、とびくびくしていました。するとすぐに、ひまわりくらい大《おお》きくなりました。ところが男《おとこ》はフーさんのことを見《み》ると親《した》しげに話《はな》しかけてきました。

「感謝《かんしゃ》しているぞ。砲弾《ほうだん》をぶっ放《ぱな》したが、今回《こんかい》は大目《おおめ》にみてやろう。砲弾《ほうだん》の打《う》ち方《かた》も正《ただ》しい方法《ほうほう》ではなかったがな。ほんとうは、許可《きょか》なくあんなことをしてはいかんのだ。あー、それから、この瓶《びん》の持《も》ち主《ぬし》がわしだ。わしがビールバラ提督《ていとく》だ。わしらのあいだでは名誉《めいよ》提督《ていとく》ということでいいな。それにしても、君《きみ》のところには一滴《いってき》もビールがないのかな？　わしのビールがすぐなくなりそうなんだ。いや、というかたぶん、なくなるんじゃないかという状況《じょうきょう》なのだ。」

「いえ。」とフーさんはとても小《ちい》さな声《こえ》で答《こた》えました。「あの、ぼくは、フーさんと申《もう》します。」

「わしらはお隣《となり》さんだな。」と、ビールバラ提督《ていとく》は言《い》うと、フーさんのことでなにかをたずねました。それがいったいなんだったのか、フーさんはすぐにわからなくなってしまいました。ビールバラ提督《ていとく》はなんだかみょうに思《おも》っています。でもまあ、こういうこともあるさ、と思《おも》いました。ところがビールバラ提督《ていとく》は大砲《たいほう》が爆発《ばくはつ》したときの音《おと》でどれだけおどろいたかをまた思《おも》い出《だ》し、いらいら、ぶりぶりし始《はじ》めました。

「どうして大砲《たいほう》をぶっ放《ぱな》したりしたんだ。」とビールバラがたずねました。

ところがフーさんは、大砲《たいほう》っていったいなんのことなのか、ビールバラ提督《ていとく》が言《い》っていることがさっぱりわかりませんでした。噴水《ふんすい》のことだろうか？　いや、でもあれは、爆発《ばくはつ》なんてしないぞ。それどころかぼくの顔《かお》にぶつかってきたんだ。またまた、なんだか混乱《こんらん》してきたので、フーさんはとにかく黙《だま》りこむことにしました。

「君《きみ》のことを、こらしめてやろうなんて思《おも》ってはおらん。これくらいのことで人《ひと》に危害《きがい》をくわえたりはせんのだ。うむ、まあ、そういえば、黄海《こうかい》で、男《おとこ》を何人《なんにん》かおどかそうとして獣《けもの》の標的《ひょうてき》にしたことがあるな。だが、まあ、それも、**紙**様《かみさま》のおぼし召《め》しというやつだな。」

ビールバラ提督《ていとく》は、考《かんが》えごとをしながら大砲越《たいほうご》しに、壁《かべ》に穴《あな》があいたフーさんの家《いえ》をながめました。どうも、砲弾《ほうだん》が突《つ》き抜《ぬ》けたようだな。ほんとうは黄海《こうかい》にいたことなんかなくて、小型船《こがたせん》をポルヴォー〔ヘルシンキから東《ひがし》へ五十《ごじっ》キロの街《まち》〕とヘルシンキ〔フィンランド共和国《きょうわこく》の首都《しゅと》〕のあいだを往復《おうふく》させたことがあるだけだけど、フーさんにそんなことがわかるわけもないことだ。

「砲弾《ほうだん》で君《きみ》の家《いえ》の壁《かべ》に穴《あな》が開《あ》いてしまったみたいだな。いったいどうやったらあんな穴《あな》があくんだろうな。」とビールバラ提督《ていとく》がたずねました。

この質問《しつもん》に、がぜんフーさんは身《み》を乗《の》り出《だ》しました。おそらく大砲《たいほう》と爆発《ばくはつ》と穴《あな》のあいだにはなにかしら関係《かんけい》があるにちがいありません。フーさんは大砲《たいほう》のそばに立《た》っているビールバラ提督《ていとく》に近《ちか》づいていきました。

「ぼくはなんにもやっていないんだ。」とフーさんは言《い》うと、自分《じぶん》のやったことを思《おも》い出《だ》そうとしました。「最初《さいしょ》にこの塀《へい》が目《め》に入《はい》ったでしょ。そして、いったいこの塀《へい》がどこからやってきたのか不思議《ふしぎ》に思《おも》ったんだ。それから……。」

「塀《へい》だと。」とビールバラ提督《ていとく》はほえるように言《い》いました。「おいおい、君《きみ》。わしのこのすばらしい船《ふね》のことを塀《へい》と言《い》うのか。君《きみ》はちょっとおかしいんじゃないか。まるで、腐《くさ》った青《あお》りんごの香《かお》りがするぞ！」

「船《ふね》だったんだ。」とフーさんは言《い》うと、つづきを思《おも》い出《だ》そうとしました。「それから、塀《へい》を昇《のぼ》って、あ、船《ふね》のことね。そして、船《ふね》のなかに入《はい》って、するとここにあるラッパが見《み》えたんだ……。」

「ラッパだと。」ビールバラ提督《ていとく》は、自分《じぶん》の耳《みみ》をうたがいました。フーさんのような人《ひと》にはいままで一度《いちど》として会《あ》ったことがありません。「これは、大砲《たいほう》だ。」

「ああ……。この、その……。大砲《たいほう》ね。それから、ぼくはボールを、そう、ちょうど、これと同《おな》じようなものを持《も》ち上《あ》げたんだ。」

そう言《い》うと、フーさんは、ボールをつかんであらんかぎりの力《ちから》をこめて目《め》の高《たか》さまで持《も》ち上《あ》げました。

「ボールだと。」ビールバラ提督《ていとく》はすっかりあきれてつぶやきました。「これは、砲弾《ほうだん》だ。」

「そうそう、砲弾《ほうだん》。」とフーさんは、息《いき》を切《き》らしながらうなずきました。砲弾《ほうだん》は、あまりにも重《おも》たくて、二十《にじゅう》メートル先《さき》まで投《な》げることなんてとてもできそうもありません。「砲弾《ほうだん》が、とっても重《おも》たくて落《お》っこちていったんだ……。」

と、フーさんが言《い》ったその瞬間《しゅんかん》、砲弾《ほうだん》はフーさんの手《て》から落《お》っこちて、さっきと同《おな》じようにカラカラと音《おと》をたてながらラッパの口《くち》へ入《はい》っていって、さっきと同《おな》じように世界《せかい》を爆発《ばくはつ》させ、これもまたさっきと同《おな》じように、風圧《ふうあつ》でフーさんもビールバラ提督《ていとく》も壁《かべ》にたたきつけられました。あ、ちがうところもありました。さっきは、ビールバラ提督《ていとく》は別《べつ》のところにいたのですが、今回《こんかい》は、一《いっ》緒《しょ》だったことです。煙《けむり》がもうもうとたちこめて、フーさんはごほごほとせきこみました。

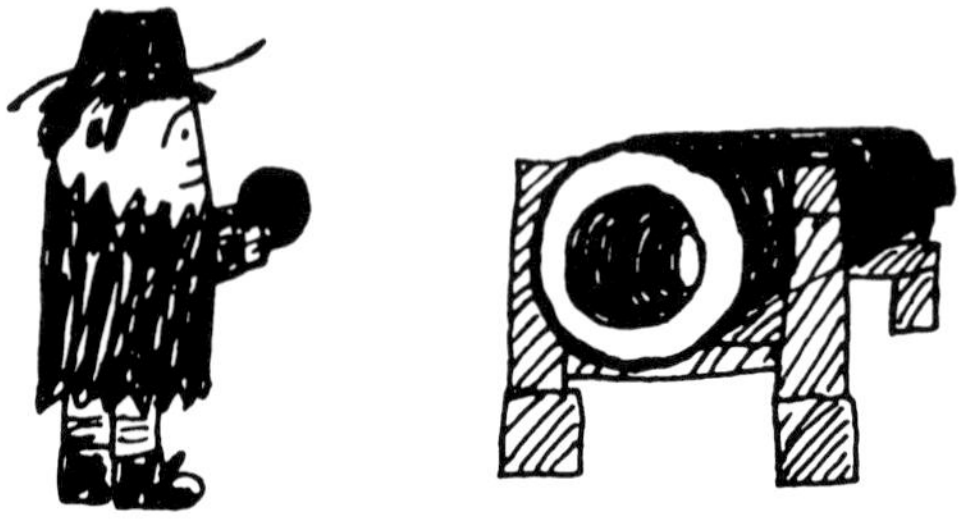

「ああ、まるで糸《いと》ミミズ鎮魂歌《ちんこんか》だ。黒人《こくじん》の壁時計《かべどけい》だ。煙《けむり》がおさまったらおまえさんをぐちゃぐちゃにしてさくらんぼジャムにして、のこらず食《た》べてやる！　一《ひと》さじたりとも残《のこ》さずにな！　いったいぜんたいどうしてこんなことになったのだ。やってられん！」

　フーさんは、立《た》ち上《あ》がりはしたものの、すっかり落《お》ちこんでしまいました。同《おな》じことをもう一度《いちど》やれってことなんだろうか。きっとビールバラ提督《ていとく》という人《ひと》は、とてもきちんと物事《ものごと》を知《し》りたがる人《ひと》にちがいありません。ですから、フーさんは、質問《しつもん》されたことを中途《ちゅうと》半端《はんぱ》にするわけには行《い》かなかったのです。

「ですから、わたしはですね。」とフーさんは、できるかぎり重々《おもおも》しく話《はな》し始《はじ》めました。

「ですから、わたしは、この塀《へい》を登《のぼ》り、あ、つまり、船《ふね》に登《のぼ》って、あそこのラッパというか、大砲《たいほう》のところへ行《い》って、この弾《たま》を持《も》ち上《あ》げて、この弾《たま》がとても重《おも》たかったので思《おも》わず落《お》っことしてしまい、弾《たま》がぐるぐるっと回《まわ》って……。」二人《ふたり》が口《くち》を開《ひら》くまえに三度《みたび》大砲《たいほう》がどかんと爆発《ばくはつ》しました。二人《ふたり》とも風圧《ふうあつ》で吹《ふ》き飛《と》ばされ、フーさんは両手《りょうて》で両耳《りょうみみ》をふさぎました。フーさんは、たとえビールバラ提督《ていとく》にいったいぜんたいなにが起《お》こったのかとたずねられても、もう二度《にど》とこの音《おと》は聞《き》きたくなかったのです。もう、四回目《よんかいめ》は絶対《ぜったい》にやらないぞとフーさんは決《き》めました。たとえビールバラ提督《ていとく》がどんなにたのんだとしてもね。

煙《けむり》がだんだん消《き》えていって、フーさんは両手《りょうて》を両耳《りょうみみ》からはずしたのですが、物音《ものおと》ひとつしません。ビールバラ提督《ていとく》はただ床《ゆか》に座《すわ》り、目《め》をみょうに光《ひか》らせてまえを見《み》つめていました。

「あの、もしかして、お水《みず》がいるんじゃないでしょうか。」とフーさんはおずおずと聞《き》いてみました。

「いや、けっこうだ。このままでいいのだ。」とビールバラ提督《ていとく》は答《こた》え、それからまた、ただだまって座《すわ》りこんでいました。

こうして、時《とき》がゆっくりと流《なが》れていきました。フーさんは、心臓《しんぞう》をばくばくさせながら、いつ嵐《あらし》がやってくるかと待《ま》ちかまえていました。だんだんとビールバラ提督《ていとく》の頬《ほお》に色《いろ》が戻《もど》ってきて、どなり散《ち》らす力《ちから》がからだにみなぎってくるかのようでした。とにかくなんにも考《かんが》えずにいれば耐《た》えられるさとフーさんは思《おも》いました。するとビールバラ提督《ていとく》が口《くち》を開《ひら》きました。

ところが、上《うえ》のほうからバーンッというものすごい音《おと》が聞《き》こえ、同時《どうじ》にビールバラ提督《ていとく》がひるみながらも「帆《ほ》が取《と》れたぞ。総員甲板《そういんかんぱん》へ縮帆《しゅくほ》せよ。」と大声《おおごえ》をはりあげました。ビールバラ提督《ていとく》は、まるで野生《やせい》のヤギのようにとてもすばやく甲板《かんぱん》に飛《と》び出《だ》しました。フーさんはそのあとを追《お》いかけました。なにをするにせよ、ビールバラ提督《ていとく》がほえたてるのにくらべればましだったからです。

夏《なつ》の終《お》わりにさしかかり、夕刻《ゆうこく》が、暗《くら》くてどんよりした雲《くも》でおおわれた夜空《よぞら》に変《か》わろうとしていました。庭《にわ》の上空《じょうくう》では白《しろ》く、とてつもなく大《おお》きな帆《ほ》がバタバタとはためいていました。ビールバラ提督《ていとく》はロープを引《ひ》っ張《ぱ》りながらよく言《い》いなれている言葉《ことば》を並《なら》べたてました。フーさんもロープをつかむと、いったいどこへ行《い》くのかはわかりませんでしたが、ふわっと上空《じょうくう》へ引《ひ》き上《あ》げられました。フーさんは、ロープにぶら下《さ》がり、そのままの格好《かっこう》で、船《ふね》といっしょにものすごい速《はや》さで飛《と》んでいきます。フーさんが、自分《じぶん》の家《いえ》やりんごの木《き》が、ぶらぶらした足《あし》の下《した》のほうでゆらゆらしているのを見《み》たとき、ビールバラ提督《ていとく》はまた船《ふね》の速度《そくど》を上《あ》げ、フーさんを甲板《かんぱん》に下《お》ろしました。フーさんはこのとき、自分《じぶん》がどれだけとんでもなく高《たか》いところから助《たす》け出《だ》されたのかわかり、力《ちから》がぬけました。そのときです、噴水《ふんすい》が楽《たの》しそうに吹《ふ》き上《あ》がりフーさんにかかりました。フーさんはくしゃみをしながら立《た》ち上《あ》がりました。ビールバラ提督《ていとく》は帆《ほ》をしっかりくくりつけると、甲板《かんぱん》に白《しろ》いきらきらしたものをまき散《ち》らし、くんくんと匂《にお》いをかぐように空気《くうき》を胸《むね》いっぱいに吸《す》いこみ、胸《むね》をたたきました。フーさんがきらきらしたものを一粒《ひとつぶ》口《くち》に入《い》れてみると、それは本物《ほんもの》の塩《しお》でした。それもそのはず、だから水《みず》が海水《かいすい》なのです。フーさんは散水機《さんすいき》が何回《なんかい》も何回《なんかい》も、空《そら》がまっ暗闇《くらやみ》になるくらいに牧草《ぼくそう》や木々《きぎ》の上《うえ》に水《みず》をまき散《ち》らしているのをながめていました。ビールバラ提督《ていとく》はおそらく世《よ》のなかのなにもかもが、海上《かいじょう》にあるもののようにしたかったので

しょう。大《おお》きな帆《ほ》がとてつもなく大《おお》きなオバケのように、上《うえ》のほうでばたばたしていました。ビールバラ提督《ていとく》が瓶《びん》をかちゃかちゃさせながらフーさんに近《ちか》づいてきました。いったい瓶《びん》のなかにはなにが入《はい》っているのでしょうか。

朝《あさ》、目《め》を覚《さ》ましたフーさんはなんだか変《へん》な気分《きぶん》でした。フーさんは、なにかにつき動《うご》かされるようにして立《た》ち上《あ》がりましたが、お腹《なか》のなかにはまるで風呂桶《ふろおけ》が入《はい》っているようです。フーさんは頭《あたま》をぶるぶるっと振《ふ》りました。もう二度《にど》と同《おな》じことをくり返《かえ》さないためでした。さわやかな外《そと》の空気《くうき》が部屋《へや》のなかに入《はい》ってきて、湿《しめ》った草《くさ》の香《かお》りを運《はこ》んできました。壁《かべ》に丸《まる》い窓《まど》が三《みっ》つできていることに気《き》がつきました。いったいどうしてできたんだろう。

フーさんは穴《あな》の一《ひと》つに近《ちか》づいて、外《そと》をのぞいて見《み》ました。外《そと》では風《かぜ》が吹《ふ》いています。雲《くも》が空《そら》のとても高《たか》いところで渦《うず》まいていて、フーさんのりんごの庭《にわ》の隣《となり》には、そびえ立《た》つようにあらわれた大《おお》きな帆《ほ》がはためいて、板《いた》でできたかたまりをぶるぶるさせていました。フーさんが、板《いた》でできたかたまりがなんなのか、ぼんやり思《おも》い出《だ》し始《はじ》めると、噴水《ふんすい》がまるでおはようございますとでも言《い》うように、フーさんの顔《かお》にかかりました。フーさんは息《いき》ができなくなってもごもごしました。フーさんが、いったいなにが起《お》こったのかを、ほぼはっきりと思《おも》い出《だ》した頃《ころ》、まえの日《ひ》の夜《よる》に、たしかに聞《き》いた覚《おぼ》えのある歌《うた》がひびき渡《わた》り始《はじ》めました。そうだ。夢《ゆめ》じゃなかったんだ。あそこで歌《うた》っているのはビールバラ提督《ていとく》で、シャベルを手《て》にリズムを取《と》っています。フーさんはやっとなにもかもを思《おも》い出《だ》しました。フーさんはベッドに横《よこ》になると、ビールバラ提督《ていとく》の歌《うた》に耳《みみ》をかたむけました。

男《おとこ》なら、小《ちい》さなことで怖《こわ》がらない、ナイ
英雄《えいゆう》は、ビールが大好《だいす》き、大好《だいす》きさ
空《から》っぽのやつ、枯《か》れ木《き》みたいに倒《たお》れるぞ
悪《わる》いため息《いき》、クジラの大口《おおぐち》
子《こ》どもはみんな眠《ねむ》らせろ
男《おとこ》たちだけ楽《たの》しもう
ああ、もう、ああ、もう、なんてこと
提督様《ていとくさま》のお通《とお》りだ

フーさんはちょっと考《かんが》えると、なにかを思《おも》い出《だ》したようでしたが、なにも考《かんが》えないことにしました。でも、すぐになんだか笑《わら》えてきて、ビールバラ提督《ていとく》を許《ゆる》してあげることにしました。フーさんたちがビール嫌《ぎら》いだということは、どんなことをしてもビールバラ提督《ていとく》が理解《りかい》できるわけはないのです。こういうことは、自分《じぶん》たちだけがわかっていればいいことで、フーさんの飲《の》み物《もの》は紅茶《こうちゃ》なんですから。すると、フーさんはまず眠《ねむ》って、それからビールバラ提督《ていとく》のごきげんうかがいに出《で》かけることにしました。まずは、からだに力《ちから》をみなぎらせることが先《さき》です。

　フーさんは目《め》を閉《と》じ、じっとしました。ところがようやく眠《ねむ》りに落《お》ちそうになったとたん、噴水《ふんすい》が壁《かべ》の穴《あな》から部屋《へや》のなかに飛《と》びこんできてフーさんにばしゃっとかかったのです。フーさんはガバッととび起《お》きました。ビールバラ提《てい》督《とく》がフーさんのお隣《となり》さんになってから、生活《せいかつ》は、まったくもって一変《いっぺん》してしまいました。すべてがすっかり変《か》わってしまったのです。フーさんは、口《くち》から水《みず》を噴《ふ》き出《だ》しながら、何事《なにごと》も変《か》わるものなのだということに気《き》がつきました。これもまた、楽《たの》しいことなのかもしれません。

　フーさんはからだのむきを変《か》えるとベッドの下《した》をもそもそさぐってみました。ああ、ここにあったのか。フーさんは傘《かさ》を取《と》り出《だ》してひろげました。こうして、フーさんはと

きどき水《みず》がかかる傘《かさ》の下《した》で眠《ねむ》ったのです。

2 幸《しあわ》せの島《しま》への旅《たび》

フーさんはお店《みせ》へ買《か》い物《もの》に行《い》かなければいけませんでした……。でも、いったいなにを買《か》いに？　フーさんは考《かんが》えこみました。ラクリッツ〔グミ・キャンディの一種《いっしゅ》〕かな？　それともガム？　それともキャンディかな？　いやいや、そんなものは食《た》べません。だって、からだに良《よ》くないですから。ところで、どうしてお店《みせ》に行《い》かなきゃいけないのでしょうか。でも、子《こ》どもたちがお店《みせ》ってどんなところか教《おし》えてくれたのです。あるときミッコがフーさんの手《て》をつかんでお店《みせ》に連《つ》れて行《い》くと、カウンターの奥《おく》に立《た》っていた大《おお》きな女《おんな》の人《ひと》が、フーさんにラクリッツをひとかけらくれました。そのラクリッツは、フーさんの歯《は》にくっついてしまったんですけどね。お店《みせ》に行《い》ったらいったいなにをすればよいのだろう。フーさんは、なにもするもんか、とこころに決《き》めました。そして、いつの間《ま》にか高《たか》い板塀《いたべい》のそばに立《た》っていました。

風《かぜ》はほとんど吹《ふ》いていなかったので、帆《ほ》はゆるやかにはためいているだけで、フーさんの顔《かお》に大《おお》きな扇《おうぎ》であおいだ風《かぜ》があたる程度《ていど》でした。フーさんは、ゆっくりと塀《へい》の上《うえ》の甲板《かんぱん》に上《あ》がって行《い》きました。タールの匂《にお》いがただよい、柱《はしら》にはしっかりとロープが巻《ま》きついていて、帆《ほ》がゆれるとぎーぎーと音《おと》を立《た》てました。フーさんはなんだか気分《きぶん》が良《よ》いことに気《き》がつきました。それから、咳払《せきばら》いをして、扉《とびら》をコンコンとたたきました。なんにも答《こた》えがありません。フーさんはもう一度《いちど》咳払《せきばら》いをしてみました。

そこで待《ま》ちぼうけしているとき、フーさんはうっかりロープに寄《よ》りかかっていて、気《き》づかぬうちに、ロープが下《した》まで引《ひ》っぱられ、内側《うちがわ》で時計《とけい》のなる音《おと》が聞《き》こえたかと思《おも》うと、フーさんの上《うえ》あたりにあった扉《とびら》が開《ひら》いて、長《なが》いくちばしをした頭《あたま》があらわれ、その長《なが》いくちばしでフーさんはつつかれて、痛《いた》い思《おも》いをしました。それから、そいつは変《へん》な声《こえ》で言《い》いました。

「なかへ入《はい》れ。なかへ入《はい》れ。ビールで乾杯《かんぱい》。」そう言《い》うとなかに引《ひ》っこみました。

フーさんはびっくりして扉《とびら》を開《あ》けるとなかに入《はい》りました。

大《おお》きな部屋《へや》のようです。壁《かべ》にはいろいろなたたく道具《どうぐ》やとがった棒《ぼう》、ナイフがぶら下《さ》がっていて、部屋《へや》のまんなかには大《おお》きなベッドがおいてありました。ベッドはまるで野原《のはら》のどまんなかに盛《も》り上《あ》がった小《ちい》さな丘《おか》のようでした。丘《おか》のてっぺんにはくちばしの長《なが》い生《い》き

Uni on väsyneen onni

物《もの》が座《すわ》っていて、フーさんのことを見《み》つめていました。生《い》き物《もの》は立《た》ち上《あ》がって小《ちい》さな丘《おか》の動《うご》きにあわせて少《すこ》し下《した》に下《お》りてきました。あたりは一面空《いちめんから》っぽの瓶《びん》だらけです。

あの丘《おか》はきっとビールバラ提督《ていとく》のお腹《なか》にちがいない、とフーさんは思《おも》いました。あの小《ちい》さな丘《おか》は、きっとビールバラ提督《ていとく》の頭《あたま》にちがいないし、ベッドのなかから見《み》え隠《かく》れしている倒《たお》れた松《まつ》の木《き》のようなのは、彼《かれ》の手《て》にちがいありません。でも、あの丘《おか》に生《は》えているものは、歩《ある》いているところからすると木《き》ではないようです。木《き》は歩《ある》いたりしませんからね。少《すく》なくとも日中歩《にっちゅうある》くことはありません。ある本《ほん》には、たしかこんなことが書《か》いてありました。フーさんが読《よ》んだのは、森全体《もりぜんたい》が、動《うご》いて城塞《じょうさい》にむかっていって、最後《さいご》にそのお城《しろ》を乗《の》っ取《と》った、というお話《はなし》です。でも、あとから、フーさんには、森《もり》の木《き》を動《うご》かしていたのは、じつは木《き》のうしろに隠《かく》れていた人間《にんげん》だということがわかったのですが。

木《き》ではない動《うご》く物体《ぶったい》は、腕《うで》をなん回《かい》か振《ふ》り回《まわ》しました。フーさんは、いま目《め》にしているものを信《しん》じないことにしました。なぜって、腕《うで》はまるでトリの翼《つばさ》みたいだし、口《くち》はまるでトリのくちばしのようです。でも、トリといえば小《ちい》さいもの。トリたちは、フーさんのてのひらに飛《と》んできて、てのひらから麦《むぎ》やライ麦《むぎ》をついばむじゃないですか。それにトウヒの木《き》の枝分《えだわ》かれするところや、雨《あま》どいなどにふわふわした小《ちい》さな巣《す》を作《つく》ります。それにくらべてこれは大《おお》きい上《うえ》にしゃべるのです。フーさんはしんけんに考《かんが》えました。もしやこれが、おじいさんが言《い》っていた鳥人間《とりにんげん》なのだろうか。それにしても、いったいどうやって、ここまでやってきたのだろう。鳥人間《とりにんげん》といえば、地面《じめん》の下《した》に住《す》んでいて、そこへは、おじいさんのバター製造器《せいぞうき》を使《つか》わないと行《い》けないはず。でもフーさんはその道具《どうぐ》を、どこかへしまいこんでしまっています。

そのとき地震《じしん》が起《お》こって、丘《おか》の上《うえ》の生《い》き物《もの》はゆらゆらと揺《ゆ》れ、丘《おか》も畑《はたけ》も盛《も》り上《あ》がり始《はじ》めました。ベッドがきしみ、夢《ゆめ》ごこちの声《こえ》がたずねてきました。

「どこのおかしなやつが気持《きも》ちよく寝《ね》ているわしの邪魔《じゃま》をするのだ。わしはこういうのが嫌《いや》なのだ！　まったく、ぬあんって、いあつなんだ。」

地面《じめん》はまだ揺《ゆ》れていて、丘《おか》が盛《も》り上《あ》がってきました。物体《ぶったい》は空中《くうちゅう》に舞《ま》い上《あ》がり、フーさんをつかんで空中《くうちゅう》に持《も》ち上《あ》げて怖《こわ》い思《おも》いをさせると、丘《おか》の上《うえ》に落《お》っことし、また木《き》のふりをしました。木《き》は赤《あか》かったり黄色《きいろ》かったりしたので、この木《き》はいまは秋《あき》なんだなとフーさんは思《おも》いました。

フーさんは、おどおどと口《くち》を開《ひら》きました。

「あの、ぼくなんですけど。昨日《きのう》お目《め》にかかりましたよね。ぼくの記憶《きおく》が正《ただ》しければの話《はなし》ですが。」

フーさんは思《おも》い出《だ》していました。たしかにそうだ。ぼくたちは塀《へい》の上《うえ》の甲板《かんぱん》に座《すわ》っていて、ビールバラ提督《ていとく》がフーさんののどに直接《ちょくせつ》、瓶《びん》に入《はい》った茶色《ちゃいろ》い混《ま》ぜ物《もの》を流《なが》しこんだのです。同《おな》じような瓶《びん》がここかしこにたくさん転《ころ》がっています。フーさんは身《み》ぶるいしました。もう絶対《ぜったい》、二度《にど》と飲《の》むものか。たとえ爪《つめ》を切《き》るまえでも。たとえ床屋《とこや》さんに行《い》って髪《かみ》の毛《け》を短《みじか》く切《き》ったとしても、絶対《ぜったい》にね。

丘《おか》はまだうごめいていて、物体《ぶったい》は手《て》をたたきながら盛《も》り上《あ》がってきました。とつぜん毛《もう》布《ふ》がどこかへ飛《と》んで行《い》き、ビールバラ提督《ていとく》がはっきりとその姿《すがた》を、ほんとうにおそろしい姿《すがた》になってあらわしました。でも、そんな風《ふう》にしてからだをおこすべきではなかったのです。なぜかというとキャビンは小《ちい》さく、天井《てんじょう》がすごく低《ひく》かったからです。ずぼっ、がたんという音《おと》が聞《き》こえたかと思《おも》うと、ビールバラ提督《ていとく》はふたたびベッドに倒《たお》れこんでしまいました。フーさんはその様子《ようす》を、とても面白《おもしろ》そうにながめていました。次《つぎ》はなにが起《お》こるんだろう。フーさんはあることを思《おも》い出《だ》していたので、念《ねん》のために両手《りょうて》を両耳《りょうみみ》に当《あ》てました。すると、ビールバラ提督《ていとく》は、まるで合図《あいず》でもあったかのように大声《おおごえ》をあげ始《はじ》めました。それは、まるでターザンがビールバラ提督《ていとく》に取《と》りついてさけんでいるようでもありました。

しばらくすると提督《ていとく》はつかれきってさけぶのをやめました。彼《かれ》はようやく目《め》を覚《さ》まし、目《め》のまえにいる変《へん》な輩《やから》といっしょにビールを飲《の》んだことを思《おも》い出《だ》しました。いまもなんだかのどが渇《かわ》いているような感《かん》じです。冷《つめ》たく冷《ひ》やした爺《じい》やのビール〔6ページの絵《え》を参照《さんしょう》〕を一《いっ》本飲《ぽんの》みたいなと思《おも》いました。それから、なんとなく気持《きも》ちがなえていたのでクリスマス・ビール〔クリスマスの時期《じき》に出《で》るビール。中身《なかみ》はふつうのビールと同《おな》じ〕も飲《の》みたくなっていました。しかも、床《ゆか》の上《うえ》には空《から》っぽのビール瓶《びん》があるだけで、水差《みずさ》しさえも見当《みあ》たりません。彼《かれ》は、いつもは水《みず》なんて飲《の》みませんが、せめて入《い》れ物《もの》でも見《み》ていれば、ビールを待《ま》つ元気《げんき》もわいてきます。水《みず》そのものより、入《い》れ物《もの》のほうが良《よ》いのです。

「さあ、腰《こし》をおかけください。」とビールバラは言《い》うとテーブルの下《した》からスツールをひっぱり出《だ》しました。フーさんは、おそるおそる腰《こし》をかけました。フーさんは、お客《きゃく》さまにお呼《よ》ばれしたときは、なにか会話《かいわ》をするものだ、と子《こ》どもたちに教《おそ》わっていたので、ここで、なにかを言《い》わなければいけないと思《おも》いました。フーさんはまたくしゃみをしました。やっとあることを思《おも》い出《だ》しました。秋《あき》の姿《すがた》になった木《き》が、まるで舞台《ぶたい》に立《た》っているかのように、扉《とびら》のそばに移動《いどう》してきていました。フーさんは、そちらのほうを指《ゆび》さしながら言《い》いました。

「あそこにある木《き》は、木《き》ではないですよね……。いったいなんですか。」

ビールバラ提督《ていとく》は、なんだかまたゆかいになってきました。お隣《となり》さんは、朝《あさ》っぱらからなんだか冗談《じょうだん》を言《い》っているぞ。これは、お隣《となり》さんにしておくには、なかなか良《よ》いやつかもしれん、と思《おも》いながらフーさんのことを見《み》つめました。

「ちょっと、待《ま》ちなさいクーさんや。朝《あさ》のモーニング・ビールを飲《の》むまえから、わしを笑《わら》わせてはいかんぞ。コウムのことはほんとうに見《み》たことがないのかね。」

「コウムですか？　い、いえ、わたしは知《し》りません。それにわたしはフーさんです。」

ビールバラ提督《ていとく》はイライラし始《はじ》めました。「ああ、わかったったら、わかったよ、プーさんや。コウムのことは知《し》らないんだな？　きっと見《み》たことがないのだろう。そうか、そうか、そういうことか。コウムのことは、まったく知《し》らないんだな。」

「ええ、知《し》りません。」とフーさんは答《こた》えました。「あの、わたしは鳥人間《とりにんげん》だと思《おも》ったのです。地面《じめん》の下《した》からいったいどうやってここにやってくることができたのでしょうね。鳥人《とりにん》間《げん》は、地面《じめん》の下《した》の深《ふか》いところにすんでいるのでしょう。」

ビールバラはますますイライラがつのってきました。ビールなしでは、このとんでもなく話《はなし》のわからない、言葉《ことば》もまともに知《し》らないやつとは会話《かいわ》なんぞできないぞ。プーとやらは、コウムのことを鳥人間《とりにんげん》や木《き》と同《おな》じだと思《おも》っている。自分《じぶん》と同《おな》じだと思《おも》っているのだ。ビールバラは、怒《いか》りが、まるでしゅんしゅんと沸騰《ふっとう》したお湯《ゆ》の蒸気《じょうき》のように、おでこのうしろあたりに集《あつ》まってきているのがわかり、頭《あたま》がカッカしてきました。

さいわいフーさんは、そのことに気《き》がついていません。フーさんは、ひたすら、一生懸《いっしょうけん》命《めい》に考《かんが》えこんでいました。たしかおじいさんの本《ほん》には、鳥人間《とりにんげん》はオウム族《ぞく》だと書《か》いてあったはず。でも、コウムなんていうのは聞《き》いたことがないぞ。フーさんは前方《ぜんぽう》を一心《いっしん》に見《み》つめて思《おも》い出《だ》そうとしていました。すると満《まん》タンのビール瓶《びん》があるのに気《き》がつきました。ちょうど、ビールバラ提督《ていとく》がフーさんの首根《くびね》っこをつかんで泡《あわ》をふかせてやろうとして腕《うで》を伸《の》ばしたとき、フーさんはビール瓶《びん》をつかんで拾《ひろ》い上《あ》げました。ビールバラ提督《ていとく》のてのひらは、フーさんの首筋《くびすじ》のかわりにビール瓶《びん》の首《くび》に巻《ま》きついて**ゆらし**ました。ビールバラ提《てい》督《とく》は、びっくりしました。いったいどうしてこんなことがおこるのだ。ビールバラ提督《ていとく》は、このまっ黒《くろ》い姿《すがた》のスーさんは、たしかなにかのまじない師《し》だと聞《き》いたことを思《おも》い出《だ》しました。でも、夜《よる》に提督《ていとく》が一本一本《いっぽんいっぽん》瓶《びん》を確認《かくにん》した時《とき》は、どの瓶《びん》もみんな空《から》っぽだったのに。フーさんは、おまじないをかけたのにちがいありません。これよりもすごいおまじないは、ビールバラ提督《ていとく》が知《し》るかぎり他《ほか》のだれもできないでしょう。ですからビールバラ提督《ていとく》は、お話《はな》しするときは、優《やさ》しくしようと決《き》めました。こんなしょうもないやつでも次《つぎ》にいったいなにを考《かんが》え出《だ》すのかわかりませんからね。

「ああ、ありがとよ。」とビールバラ提督《ていとく》は、もそもそと言《い》うと、瓶《びん》の栓《せん》を抜《ぬ》きました。

しばらくのあいだは、のどがごろごろ言《い》う音《おと》とうめき声《ごえ》しか聞《き》こえてきませんでした。ビールバラ提督《ていとく》が飲《の》み終《お》えると、瓶《びん》は空《から》っぽになり、そのかわりビールバラ提督《ていとく》のお腹《なか》はまえよりも大《おお》きくなっていました。ビールバラ提督《ていとく》の顔《かお》は太陽《たいよう》のように明《あか》るくなり、一日《いちにち》がまたご機嫌《きげん》に始《はじ》まりました。

2　幸せの島への旅

「おもての風《かぜ》はどんな具合《ぐあい》かな、ルーさんや。」とフーさんにたずねました。

「おだやかな風《かぜ》ですよ。それから、ぼくはフーと申《もう》します。」と答《こた》えました。

「おお、すばらしい。そうであったか。ところで、甲板《かんぱん》を少《すこ》し歩《ある》いてみるというのはいかがかな。それに、帆《ほ》を修理《しゅうり》してみるというのもいいな。なんだか今日《きょう》はぜっこうの航海日和《こうかいびより》だな。幸《しあわ》せの島《しま》なんかに行《い》くのもよいかもしれん。」

　フーさんは、うなずきました。かなり多《おお》くのことが、フーさんにとってはわけのわからないことでした。むしろビールバラ提督《ていとく》に、たちまちのうちに力《ちから》をみなぎらせたビールというものにとても興味《きょうみ》を持《も》ちました。これは、いったいどういう呪術《じゅじゅつ》なのだろう？　フーさんはいままで一度《いちど》だってビールについて教《おし》えてもらったことはありません。たんなる黄色《きいろ》い液体《えきたい》のどこに、ビールバラ提督《ていとく》のような男《おとこ》を元気《げんき》づかせ、力《ちから》をみなぎらせる力《ちから》があるというのだろう。これはいつか研究《けんきゅう》してみないといけないな、とフーさんは心《こころ》に決《き》めて、ビールバラ提督《ていとく》のあとについて甲板《かんぱん》へとむかいました。

　太陽《たいよう》がまたかがやき始《はじ》め、肌《はだ》と心《こころ》をあたたかくしました。フーさんはなんだか眠《ねむ》くなってきました。いままで一度《いちど》だって、どんなにがんばっても、日中起《にっちゅうお》きていて、夜眠《よるねむ》るなんてことはなかったのです。でも、それにも挑戦《ちょうせん》してみないといけません。なぜって、もう、子《こ》どもをおどかすことはやめる、とミッコと約束《やくそく》したからです。それに、男《おとこ》に二言《にごん》はなく、牝牛《めうし》に角《つの》はないとおじいさんも言《い》っていました。フーさんはこの言葉《ことば》にしたがおうと決《き》めました。ビールバラ提督《ていとく》はもう準備万端《じゅんびばんたん》、大《おお》きくてボールのようにまん丸《まる》の帆《ほ》を帆柱《ほばしら》にたなびかせ、ロープをきりきりといわせていました。ビールバラ提督《ていとく》は雨合羽《あまがっぱ》をかぶっていて、噴水《ふんすい》は一定《いってい》の間隔《かんかく》で甲板《かんぱん》に降《ふ》りそそいでいました。片方《かたほう》の手《て》で舵《かじ》をしっかりと持《も》ち、もう片方《かたほう》の手《て》で甲板《かんぱん》じゅうを海《うみ》にするための塩《しお》を振《ふ》り入《い》れました。自分《じぶん》がおぼえているなかで、一番《いちばん》の船出日和《ふなでびより》だな、とビールバラ提督《ていとく》は思《おも》いました。おっと。円柱浮標《えんちゅうふひょう》をまちがった方向《ほうこう》から通《とお》りぬけてしまいました。五度西《ごどにし》へ。そうすれば正《ただ》しい航路《こうろ》にむかいます。じき幸《しあわ》せの島《しま》が、まるで青《あお》いロープのように見《み》える空《そら》と海《うみ》の境《さかい》に見《み》えてくるでしょう。パンノキの実《み》の焼《や》ける香《こう》ばしい香《かお》りが鼻先《はなさき》にただよってくるでしょう。そこでは日焼《ひや》けした女《おんな》の子《こ》たちが、腰《こし》みのを振《ふ》りふりしているでしょう。ビールバラ提督《ていとく》は、にんまりと笑《わら》いました。

「おお、もうすぐそこだ。さあさあ、わたしについて錨《いかり》を下《お》ろせ。上陸《じょうりく》には小《ちい》さな舟《ふね》で行《い》くぞ。」

　フーさんはビールバラ提督《ていとく》が言《い》ったとおりにしました。なぜって、文句《もんく》を言《い》ってもしかたがないということがわかったからです。フーさんは、小舟《こぶね》のうしろのほうに行《い》きました。でも、いったいなにをすれば良《よ》いのでしょう。うしろのほうには、フーさんが昔魚《むかしさかな》を釣《つ》りあげるのに使《つか》ったのと同《おな》じような、ものすごく大《おお》きな釣《つ》り針《ばり》が頭上《ずじょう》で揺《ゆ》れているだけです。たぶん、ビールバラ提督《ていとく》が言《い》っていたのはこれのことだ。そうでなくても、彼《かれ》は言葉《ことば》がごちゃごちゃおかしくなるしね。

フーさんは、釣《つ》り針《ばり》のようなものをつかんで錨《いかり》を下《お》ろそうとしました。ところが、ぴくりとも動《うご》かず、下《お》ろすことができません。ビールバラ提督《ていとく》は命《めい》じたとおりにしろ、と大声《おおごえ》で言《い》いました。声音《こわね》にはだんだんと怒《いか》りがまじってきています。フーさんは釣《つ》り針《ばり》を見《み》つめました。ビールバラ提督《ていとく》がどなりちらすのを耳《みみ》にするのは、もう、ほとほといやだったので、なんとかしてこれを下《お》ろさないと。

フーさんは考《かんが》えました。釣《つ》り針《ばり》のそばには棒《ぼう》があって、棒《ぼう》の先《さき》には、釣《つ》り針《ばり》の糸《いと》がしっかりと巻《ま》きついた丸《まる》いロールがありました。棒《ぼう》のかたわらには、レバーがあります。フーさんはレバーをつかむと引《ひ》っ張《ぱ》ってみました。ガチャガチャ、ガラガラ、ドッスン。おどろき桃《もも》の木《き》、山椒《さんしょう》の木《き》！　釣《つ》り針《ばり》がきゅうきゅう泣《な》くような音《おと》をたてながらまっすぐに草《くさ》むらにむかって下《お》りていったのです。フーさんがレバーを元《もと》の位置《いち》に戻《もど》すと、すごい音《おと》は止《や》みました。錨《いかり》は草《くさ》むらに刺《さ》さっていて、もうなんとしても動《うご》きません。フーさんは、その様子《ようす》を満足《まんぞく》げにながめました。どういうわけだか、こんな風《ふう》になってしまったのです。いったいどうしてできたのかさっぱりわかりませんでした。ビールバラ提督《ていとく》もどうしてなのかわかりませんでした。ビールバラ提督《ていとく》は、自分《じぶん》の力《ちから》を示《しめ》すためだけにフーさんに仕事《しごと》を命《めい》じたまでで、実際《じっさい》に錨《いかり》を下《お》ろすことができたのは、フーさんが、初《はじ》めてだったのです！　ビールバラ提督《ていとく》は力《ちから》がぬけました。このへんてこりんなクーさんは、本当《ほんとう》に強力《きょうりょく》だぞ。これからは、もう、外見《がいけん》だけで判断《はんだん》してはいけないなとビールバラ提督《ていとく》は思《おも》いました。お腹《なか》のもやもやを洗《あら》いながすために、どこかにビールはないだろうか。もやもやしたものは、いまちょうど、のどのあたりにあって、ハリネズミのようにちくちくしています。すっきりさせることができる飲《の》み物《もの》は、ただビールだけです。

「あの。もう目的地《もくてきち》には着《つ》いたのでしょうか。」とフーさんがたずねました。

ビールバラ提督《ていとく》は、目《め》を開《あ》けてうなずきました。「ただ、上陸《じょうりく》できないでいるだけだ。わしは舟《ふね》を押《お》しつづけるなんてやってられんのでな。どこからかビールを一本手《いっぽんて》に入《い》れることができんかなぁ……。」と言《い》うと、なんとかしてくれよ、というまなざしでフーさんを見《み》ました。こいつが魔法《まほう》をつかってビールを一本出《いっぽんだ》してくれないだろうか。

ところが、フーさんはビールになんて興味《きょうみ》はなくて、舟《ふね》のことばかり気《き》にしていました。それはビールバラ提督《ていとく》の船《ふね》と同《おな》じように、船首《せんしゅ》に女性《じょせい》の像《ぞう》がついている青《あお》い舟《ふね》で、大《おお》きくて白《しろ》い文字《もじ》で**エンマ**と書《か》いてありました。フーさんは、なんだかなじみがあるように思《おも》いました。そうだ、塀《へい》の船首《せんしゅ》にも**エンマ**って書《か》いてあったぞ。この舟《ふね》は、塀《へい》の子《こ》どもにちがいないぞと、フーさんはそう結論《けつろん》づけました。もしも塀《へい》の子《こ》どもがこの舟《ふね》だとすれば、塀《へい》は、いったいなんなのだろう？　塀《へい》なんかじゃない。だってそうでなければ子《こ》どもも塀《へい》じゃないといけないもの。もしそうなら、舟《ふね》のお母《かあ》さんはつまりは、舟《ふね》だよ。大《おお》きい舟《ふね》だ。でも、どういう風《ふう》に呼《よ》んだっけ。そして、たしか船《ふね》と呼《よ》ぶんだったな、とフーさんは思《おも》い出《だ》しました。ということは、これは船《ふね》じゃないといけないわけだ。

フーさんはいろいろと考《かんが》え事《ごと》をしたので頭《あたま》のなかがごちゃごちゃになりましたが、うれしい気持《きも》ちにもなってきたので舟《ふね》をたたき始《はじ》めました。舟《ふね》のかたわらには、特大釣《とくだいつ》り針《ばり》のそばにあったのと同《おな》じようなレバーがありました。フーさんは、レバーをまえに押《お》し出《だ》してみました。ぐあんぐあんという音《おと》がすぐにしてきて、舟《ふね》はみごとに空中《くうちゅう》に上《あ》がり、塀《へい》の淵《ふち》を越《こ》え、そこでフーさんが、レバーを別《べつ》の方向《ほうこう》へ倒《たお》すと、今度《こんど》は舟《ふね》は草《くさ》むらに降《お》りて行《い》きました。フーさんはみごとに仕事《しごと》をやりとげた自分《じぶん》の手《て》をじっと見《み》つめました。フーさんにしてみれば、理屈《りくつ》ぬきにわかるようなあたりまえの仕事《しごと》でしたが、ビールバラ提督《ていとく》にとっては、目《め》をうたがうようなできごとでした。

「いったいどうしてそんなことができるのかね。君《きみ》は、ジャングルに住《す》むブタみたいだが、すごいことをやってのけるものだ。」

フーさんはただニコニコするだけでなにも言《い》いませんでした。なぜって、フーさん自身《じしん》

もどうしてできたのかわからなかったからです。
　フーさんが黙《だま》りこんでしまったので、これはこんなすごい魔法《まほう》を隠《かく》しておきたいからにちがいないとビールバラ提督《ていとく》は感《かん》じとりました。フーさんは、腰《こし》を低《ひく》くして年長者《ねんちょうしゃ》のまえを通《とお》り、舟《ふね》に乗《の》りこみました。少《すこ》しするとどしんとぶつかる音《おと》が聞《き》こえてきたので、ビールバラ提督《ていとく》は、フーさんがてっきり自分《じぶん》のそばに倒《たお》れたのだと思《おも》いました。たぶんフーさんは縄《なわ》ばしごに気《き》づかなかったのでしょう。フーさんに何事《なにごと》もなかったのは、なによりなことでした。フーさんは、その後《あと》で噴水《ふんすい》が吹《ふ》き上《あ》げて顔《かお》にかかったのですが、すぐにまっすぐにはねおきました。
「さて、これからなにをしましょうか。」とフーさんはたずねました。
「舟《ふね》をこぐんだ。」とビールバラ提督《ていとく》はまるでなにをへんなことをきくのだと言《い》うような口調《くちょう》で言《い》いました。

フーさんが一方《いっぽう》の櫂《オール》を、ビールバラ提督《ていとく》がもうひとつをしっかりとにぎりました。二人《ふたり》はこいでこいで、またこぐと汗《あせ》が吹《ふ》き出《で》てきました。フーさんはちらっと横目《よこめ》で見《み》てみると、舟《ふね》は一《いち》ミリたりとも動《うご》いていないことに気《き》がつきました。そのかわり、野原《のはら》の櫂《オール》があたっているところに穴《あな》ができていました。もしかしたら、この穴《あな》に木《き》を植《う》えられるかもとフーさんは思《おも》いました。でも穴《あな》をどうするかは、ビールバラ提督《ていとく》が考《かんが》えるべきことなのです。

フーさんは「ところで幸《しあわ》せの島《しま》にはまだまだ着《つ》かないのでしょうか。」とおそるおそるたずねてみました。

「いや、一本《いっぽん》のビールさえあればもうすぐにでも着《つ》くのだが。」とビールバラ提督《ていとく》はため息《いき》まじりに答《こた》えました。

「ぼくがあげるよ。」という男《おとこ》の子《こ》の声《こえ》がビールバラ提督《ていとく》の耳《みみ》のすぐそばでしました。

ビールバラ提督《ていとく》は櫂《オール》を落《お》としてしまうほどびっくりしました。「櫂《オール》を拾《ひろ》うのだ。さもなくば、流《なが》れていってしまうぞ。さすれば、わしらは上陸《じょうりく》することなど金輪際《こんりんざい》できなくなってしまう。」とビールバラ提督《ていとく》はフーさんにむかって大声《おおごえ》で言《い》いました。彼自身《かれじしん》はもうなにをする気《き》もなくて、ただわめいているだけでした。フーさんは、その落《お》っこちたという櫂《オール》のそばに降《お》りると、それをひろいあげました。

ビールバラ提督《ていとく》は振《ふ》りむいて、いったいだれが話《はな》しかけたのかを確認《かくにん》しました。それは、たった一人《ひとり》でどこからかやって来《き》た男《おとこ》の子《こ》で、許《ゆる》しもこわずにビールバラ提督《ていとく》の舟《ふね》のそばまで来《き》ていたのでした。なにがおどろきかというと、その子《こ》どもは海面《かいめん》をずっと歩《ある》いてきたのです。海《うみ》の子坊主《こぼうず》か！　この子《こ》は神様《かみさま》ではないはずだ。ビールバラ提督《ていとく》は怒《いか》り心頭《しんとう》、火《ひ》の玉《たま》のようにピカピカと光《ひか》りました。フーさんは念《ねん》のため耳《みみ》をふさぎました。フーさんはまたビールバラ提督《ていとく》の雄叫《おたけ》びをやりすごさなければならないと思《おも》ったのです。

ところがビールバラ提督《ていとく》はさけびませんでした。男《おとこ》の子《こ》が、その男《おとこ》の子《こ》はじつはミッコだったのですが、大《おお》きな瓶《びん》に入《はい》った爺《じい》やのビールを

差《さ》し出《だ》したのです。ビールバラ提督《ていとく》ははずかしそうにミッコを見《み》つめました。フーさんはうれしくなりました。これでビールバラ提督《ていとく》をさけばせない方法《ほうほう》がわかったわけです。きっと、他《ほか》にもなにか方法《ほうほう》があるはずですから、フーさんはその方法《ほうほう》も探《さぐ》りあてようと決《き》めました。

ミッコは、フーさんを見《み》て、ビールバラ提督《ていとく》を見《み》て、それから二人《ふたり》の悪戦苦闘《あくせんくとう》の結果《けっか》をじっと見《み》つめました。ミッコは興味《きょうみ》を抱《いだ》き始《はじ》めたようです。そしてたずねました。「どこへ行《い》こうとしているところだったの。」

「幸《しあわ》せの島《しま》へさ。」とフーさんが答《こた》えると水《みず》がばしゃんとはねました。噴水《ふんすい》の水《みず》がまた顔《かお》にびしゃっとかかったのです。

「もうすぐじゃないですか。」とミッコが言《い》いました。

「え、そうなのか。」とビールバラ提督《ていとく》はちょっとおどろきながら言《い》うとビールをぐびぐびと音《おと》をたてて飲《の》みました。「そうか、そうか、もうすぐ到着《とうちゃく》するのか。」

フーさんとビールバラ提督《ていとく》は上陸《じょうりく》して、舟《ふね》を砂浜《すなはま》の上《うえ》のほうまで引《ひ》き上《あ》げました。

ビールバラ提督《ていとく》は「パンノキのはえているところまで歩《ある》いていってそこで休憩《きゅうけい》するとしよう。」といいました。「日陰《ひかげ》で寝《ね》そべると心地《ここち》いいぞ。」

「とにかく歩《ある》きましょうか。」とフーさんは言《い》うと足《あし》を伸《の》ばしました。舟《ふね》をこいでいるうちにすっかり固《かた》まってしまっていたからです。

「わあ、すてきなところだね。」とミッコ。

空高《そらたか》く浮《う》かんでいる雲《くも》が、風《かぜ》にたなびいてひとつのかたまりになって流《なが》れていく様子《ようす》を、三人《さんにん》はいっしょにながめました。そろそろ食事《しょくじ》の時間《じかん》です。青々《あおあお》と茂《しげ》った草原《そうげん》が強《つよ》い香《かお》りをただよわせ、夏《なつ》の終《お》わりに咲《さ》く赤《あか》い花《はな》が花《はな》をほころばせ始《はじ》めました。りんごの実《み》は大《おお》きくて硬《かた》く、ハツカダイコンの育《そだ》つ畑《はたけ》には土以外《つちいがい》にも食《た》べられるものがありそうです。なんでも自分《じぶん》の好《す》きなときにだけやりたいことができるというのは、とても気持《きも》ちのよいことです。彼《かれ》らはビールバラ提督《ていとく》が茶色《ちゃいろ》いライ麦《むぎ》のリングパンを木《き》にぶら下《さ》げた、大《おお》きなりんごの木《き》の下《した》の草《くさ》むらに寝《ね》ころがりました。ビールバラ提督《ていとく》はパンをひとつつかむと、フーさんとミッコに一切《ひとき》れ切《き》って渡《わた》しました。彼《かれ》らは出来《でき》たてのライ麦《むぎ》のリングパンを、もぐもぐと、静《しず》かにかみました。小《ち》さなシジュウカラが枝《えだ》に止《と》まってちゅんちゅんいいながらパンをついばみ、スズメは草《くさ》むらをつついています。風《かぜ》はあたたかく、眠気《ねむけ》を誘《さそ》います。ビールバラ提督《ていとく》は樽《たる》のようにくぐもった声《こえ》で歌《うた》いはじめました。

「ここが幸《しあわ》せの島《しま》なの。」とミッコがたずねました。

「そうさ。」とビールバラ提督《ていとく》。

やっとフーさんも自分《じぶん》たちの目的地《もくてきち》に到着《とうちゃく》したんだと感《かん》じました。

3　ビールバラ提督《ていとく》の哀《かな》しいお話《はなし》

彼《かれ》らは草《くさ》むらに長《なが》いこと座《すわ》りこんでいました。お日《ひ》さまがぽかぽかとしていて、いまにも眠《ねむ》りこんでしまいそうでした。フーさんはなにか言《い》わなきゃと思《おも》ったのですが、なにも言《い》うことができませんでした。なぜってパンを口《くち》いっぱいにほおばっていたからです。ビールバラ提督《ていとく》は、爺《じい》やのビールを一本飲《いっぽんの》みほしてしまったようです。フーさんは心静《こころしず》かに草《くさ》むらと大《おお》きな松《まつ》の枝《えだ》を引《ひ》きずって運《はこ》んでいるアリを見《み》つめていました。まっ黒《くろ》いネコが音《おと》もなく通《とお》り過《す》ぎていきました。風《かぜ》が通《とお》り過《す》ぎると木々《きぎ》もざわざわっとしました。そして、あたりは静《しず》けさに包《つつ》まれました。みんながなにかを期待《きたい》して待《ま》っているようにフーさんは感《かん》じました。

ビールバラ提督《ていとく》は、ため息《いき》をついては物思《ものおも》いにふけっていました。彼《かれ》は目《め》をごしごしこすっています。どうやら、大《だい》の男《おとこ》が雨雲《あまぐも》を広《ひろ》げているようです。ミッコはどうも様子《ようす》が変《へん》だなと思《おも》いました。だって、こんなに大《おお》きくて強《つよ》い男《おとこ》が、泣《な》くなんてありえませんから。でも、たしかに泣《な》いているようです。

「すまんな。」とビールバラ提督《ていとく》は言《い》うと涙《なみだ》をぬぐいました。「どうすることもできないのだ。幸《しあわ》せの島《しま》へやってくると、泣《な》けてきてしまうのだ。わしは、なにひとつ、幸《しあわ》せではないのだよ。」

ビールバラ提督《ていとく》は、静《しず》かになりました。他《ほか》のだれも口《くち》をききませんでした。フーさんもまだ言葉《ことば》を発《はっ》することができません。ミッコはただ、黙《だま》っているだけです。時《とき》として、こうして静《しず》かにしているほうがよいことだってあるのです。

ビールバラ提督《ていとく》は、またまたため息《いき》をつきました。やっとミッコが口《くち》を開《ひら》きました。

「どうしたの？」ミッコは、提督《ていとく》はなにか言《い》いたいことがあるんじゃないか、と感《かん》じたのです。

提督《ていとく》はのどを鳴《な》らすとしゃべり始《はじ》めました。「そうなのだ、君《きみ》たちが感《かん》じているとおりなのだよ。わしの身《み》にはな、かつて、幸《しあわ》せの島《しま》から永遠《えいえん》に追放《ついほう》されるようなできごとが起《お》こったのだよ。まあ、こうして、いまでも幸《しあわ》せの島《しま》にやって来《き》てはいるがな、もういままでとはちがうのだ。なぜって**彼女**《かのじょ》がもうおらんからな。**彼女**《かのじょ》とは、わしの船《ふね》の名前《なまえ》にもなっているエンマのことだ。もう彼女《かのじょ》は夜《よ》な夜《よ》なわしをなぐさめてくれることもなければ、わしが疲《つか》れているときに、眠《ねむ》るまでついていてくれることもない。わしの靴下《くつした》をつくろってくれることもなければ、わしの鼻《はな》を拭《ふ》いてくれることもない。もう、わしにブラッドソーセージ〔ブタの血《ち》を入《い》れてつくるソーセージ。別名《べつめい》、ブラックソーセージ〕をつくってくれることもないのだ。」

提督《ていとく》はまた、すすり泣《な》きを始《はじ》めました。秋色《あきいろ》をした生《い》き物《もの》がビールバラ提督《ていとく》のそばに来《き》て、まるでなぐさめるように、そのままそばにとどまりました。提督《ていとく》もそのままじっとして、生《い》き物《もの》に涙《なみだ》をこすりつけるようにしました。

「おお、わしのコウムよ。」と提督《ていとく》は言《い》いました。「おまえにはなんの話《はなし》をしているのかがわかるはずだ。だが、ここにいるお客様《きゃくさま》にはわからないことだから、彼《かれ》らにわしの話《はなし》を語《かた》って聞《き》かせなければならん。そうすれば、いったいどんなとんでもないことが、この偉大《いだい》な男《おとこ》の心《こころ》に、突《つ》き刺《さ》さるようにして残《のこ》ったのかがわかるだろうし、わしがビールに身《み》をまかせるようになった理由《わけ》もわかるだろう。とにかくわしの話《はなし》を聞《き》くがよい。ある時《とき》、飲《の》むことも、食《た》べることもせず、風《かぜ》に吹《ふ》かれて、七《なな》つの海《うみ》を七周《ななしゅう》めぐり、まったくの素手《すで》でトラや巨大《きょだい》なヒヒ、猛毒《もうどく》のヘビやサイ、サメやネズミと血《ち》にまみれ、じつに果敢《かかん》に戦《たたか》った男《おとこ》がいたのだ。みなのもの、とにもかくにもよく聞《き》くのだ。そして、とにかくわしの話《はなし》はたいへんにおそろしい。だから恐怖《きょうふ》で空中《くうちゅう》に飛《と》び上《あ》がったりすることがないように、椅子《いす》に

しっかりと腰《こし》をかけて耳《みみ》をかたむけたまえ。」

ビールバラ提督《ていとく》は、ビールの最後《さいご》の一滴《いってき》を口《くち》にするとずるがしこそうな目《め》で、もうすでに恐怖《きょうふ》でびくびくしているフーさんやミッコのことを見《み》つめると、満足《まんぞく》げな表情《ひょうじょう》をうかべました。提督《ていとく》は楽《らく》な姿勢《しせい》になると、のどの調子《ちょうし》をととのえました。

「あるさびしい夜《よる》のことだ。」とビールバラ提督《ていとく》が低《ひく》い声《こえ》で話《はな》し始《はじ》めると、日《ひ》の光《ひかり》もなくなりました。「わしはエンマといっしょにキャビンに座《すわ》っておったのだ。船《ふね》は力強《ちからづよ》く航行《こうこう》しておった。ところが突然《とつぜん》、船《ふね》の前方《ぜんぽう》でメリメリッというものすごい音《おと》が聞《き》こえたかと思《おも》うと、船《ふね》が激《はげ》しく揺《ゆ》れてわしは外《そと》に放《ほう》り出《だ》されてしまったのだ。そして、そこでわしがいったいなにを見《み》たかわかるかね？　想像《そうぞう》することができるかな？」

「サメかな。」とミッコが言《い》いました。

「おいおい、適当《てきとう》なことを言《い》ってはいかん。黄海《こうかい》のどまんなかに、大《おお》きな岩《いわ》の島《しま》があったのだ。その岩《いわ》といったらまるでダイヤモンドのようにキラキラとしておったのだ。」

フーさんは、なんだか眠《ねむ》たくなってきたので、寝《ね》ころがって楽《らく》な姿勢《しせい》になりました。運《うん》がよいことにだれもそのことに気《き》がつくものはいませんでした。

「ダイヤモンドだって。」ミッコの目《め》がきらきらとかがやきました。

「さよう！　島全体《しまぜんたい》が、石造《いしづく》りの家《いえ》くらいの大《おお》きさのダイヤモンドだらけだったのだ。わしらの船《ふね》はそれに衝突《しょうとつ》したのだよ。わしはちっとも怖《こわ》くはなかったのでその島《しま》に飛《と》びうつった。すると、ダイヤモンドの島《しま》のまんなかあたりから、またまたメリメリッという音《おと》が聞《き》こえてきたのだ。そこで、わしはいったいなにをしたと思《おも》うかね？」

「逃《に》げ出《だ》したんでしょう。」とミッコが言《い》いました。

「逃《に》げ出《だ》しただと？　五頭《ごとう》の馬《うま》の尾《お》っぽだぞ！　火《ひ》の色《いろ》をした吹雪《ふぶき》だぞ！　わしだぞ！　無礼千万《ぶれいせんばん》ではないか。わしは、片手《かたて》にこん棒《ぼう》、もう片方《かたほう》の手《て》にシャベルを持《も》って、音《おと》のしたほうへむかったのだ。」

フーさんは夢《ゆめ》のなかで「しゃべる」という言葉《ことば》を聞《き》き、「しゃべる」っていったいなんだっけと考《かんが》えました。しゃべる？　フーさんは、しゃべるといったら独《ひと》り言《ごと》をしゃべることくらいしか思《おも》いつきません。そのほかに「しゃべる」ができるようにならなきゃ、なんて思《おも》ったこともありません。また日中《にっちゅう》に、眠《ねむ》ることができるようになるなんて、なんてすばらしいことだと思《おも》いました。フーさんは、また、うとうとし始《はじ》めました。

「近《ちか》くに寄《よ》っていくと、ダイヤモンドの島《しま》の中央《ちゅうおう》には、溶岩《ようがん》が炉《ろ》のようになって沈《しず》みこんでいる巨大《きょだい》なクレーターがあったのだ。わしはクレーターをのぞきこんだのだが、いったいそこでなにを見《み》たと思《おも》うかね？　当《あ》てることができるかね？」

「工場《こうじょう》の溶鉱炉《ようこうろ》じゃないの。」とミッコが言《い》いました。

ビールバラ提督《ていとく》のズボンのお腹《なか》のあたりが、ゲラゲラと笑《わら》い出《だ》すのではないかと思《おも》われるほど、パンパンに盛《も》り上《あ》がりました。

「そうではない。火《ひ》のまんまんなかを、ガラガラ声《こえ》の、こんなコウムたちが何十羽《なんじゅうわ》と飛《と》んでいたのだ。わしはシャベルをしっかりと持《も》つと、最後《さいご》までねばって戦《たたか》おうと思《おも》ったのだ。」

ふと、フーさんが目《め》を覚《さ》ましました。提督《ていとく》がまた大声《おおごえ》を出《だ》したからです。フーさんは、ビールバラ提督《ていとく》がこんなにねばり強《づよ》い人《ひと》だなんて思《おも》いもしませんでした。そしてまたフーさんは、うとうとと眠《ねむ》り始《はじ》めました。

「ちょうど、わしがそいつらをまとめてひっとらえてやろうと思《おも》ったとき、思《おも》わず滑《すべ》ってころんで首《くび》をひどく痛《いた》めてしまったのだ。それ以来《いらい》、まともに歩《ある》くことさえできなくなってしまった。そのとき、エンマが、わしの愛《あい》するエンマが、クレーターのすぐ近《ちか》くまでやってきているのが目《め》に入《はい》ったのだ。エンマは、たぶんわしを探《さが》しに来《き》たのだろう。そこがどれほど危険《きけん》なところかということも知《し》らずにな。彼女《かのじょ》に危《あぶ》ないと大声《おおごえ》で言《い》ったのだが、コウムのさけび声《こえ》があまりにも激《はげ》しくて、わしの声《こえ》など聞《き》こえなかったのだ。エンマは、まっすぐにコウムのほうへと進《すす》んでいった。そして、わしはといえば、彼女《かのじょ》を助《たす》けるためにただの一歩《いっぽ》も足《あし》を動《うご》かすことができなかったのだ。そのあと、いったいなにが起《お》こったのかおわかりだろう。」

「エンマは、左手《ひだりて》でコウムたちをノックアウトして、おじさんを船《ふね》に連《つ》れ帰《かえ》ったんでしょ。」とミッコが言《い》いました。

ビールバラ提督《ていとく》は、近《ちか》いうちに、こういう哀《かな》しい話《はなし》を聞《き》くときは、どういう態度《たいど》で聞《き》かなければならないのか、この鼻《はな》っ柱《ぱしら》の強《つよ》い男《おとこ》の子《こ》にしっかりと言《い》い聞《き》かせてやらなければ、と思《おも》いました。でも、いまは、自分《じぶん》の気持《きも》ちを押《お》しかくそうと決《き》めました。そして、恋焦《こいこ》がれるように爺《じい》やのビール瓶《びん》を見《み》つめました。なんということ、空《から》っぽだ、空《から》っぽです。

「もう少《すこ》し、わしののどをうるおすものを持《も》ってきてくれはしないかね。そしたら、このお話《はなし》を最後《さいご》までしてあげよう。もう声《こえ》がちゃんとは出《で》ないからな。」

すると、ミッコはぴょこんと立《た》ち上《あ》がると、りんごの木《き》のうしろへ走《はし》って行《い》って、満《まん》タンの爺《じい》やのビール瓶《びん》を取《と》り出《だ》すとビールバラ提督《ていとく》のところへ持《も》っていきました。提督《ていとく》はごくごくと長《なが》いことかかってそれを飲《の》みほすと、口《くち》をぬぐっておどろいたようすでたずねました。「君《きみ》は、これをどこから見《み》つけてきたのかね。」

「あそこだよ。」とだけミッコは答《こた》えました。ビールバラ提督《ていとく》は、万《まん》が一《いち》の時《とき》のために、自分《じぶん》で、何十本《なんじっぽん》もの満《まん》タンの爺《じい》やのビール瓶《びん》を、木《き》のうしろに隠《かく》していたようです。提督《ていとく》は、また長《なが》いことかかってごくごくと飲《の》むと、フーさんのことをいらいらした気持《きも》ちでながめました。プーさんとやらは、こんなにはらはらどきどきするお話《はなし》の途中《とちゅう》であるにもかかわらず、ネコのようにまったく無関心《むかんしん》で、ぐっすりと眠《ねむ》りこんでいるようです。提督《ていとく》は、いままでにないほど強《つよ》くフーさんのことをたたきました。するとフーさんは、弾《はず》むように立《た》ち上《あ》がりました。フーさんは、ちょうど船《ふね》が岩《いわ》にぶつかる夢《ゆめ》を見《み》ていたのでした。船《ふね》が沈《しず》み始《はじ》め、水《みず》が口《くち》の高《たか》さまであがってきて……。「た、たすけて。」とフーさんが口《くち》を水《みず》いっぱいにしてさけんだときは、ちょうどまた噴水《ふんすい》が、フーさんの顔《かお》にばしゃっとかかったときでした。フーさんは、草《くさ》むらに小《ちい》さくなって座《すわ》りこみ、帽子《ぼうし》にかかった水《みず》をばしゃばしゃと払《はら》い落《お》としました。それを見《み》て提督《ていとく》は咳払《せきばら》い。

「さてと、どこまで話《はなし》をしたのだったかな……。そうそう……。エンマは、金切《かなき》り声《ごえ》を上《あ》げているコウムたちに捕《と》らえられてしまったのだ。エーン、エーンマ！　彼女《かのじょ》は、コウムたちといっしょに、クレーターのまんなかにある穴《あな》にまっさかさまに落《お》ちていってしまったのだ。燃《も》えさかる炎《ほのお》のなかに彼女《かのじょ》の青《あお》い花柄《はながら》のスカートが見《み》えたのが最後《さいご》だった。この苦痛《くつう》は、まるでうじ虫《むし》に皮膚《ひふ》を食《た》べられるみたいなものだとは想像《そうぞう》もつかないだろう。」

「これでお話《はなし》はぜんぶなの。」とミッコはたずねました。

提督《ていとく》は爺《じい》やのビール瓶《びん》の栓《せん》を抜《ぬ》くと、男の子《おとこのこ》のことをやっつけるのはやめておこうと思《おも》いました。なぜって、この子《こ》はビールを持《も》ってきてくれたのですから。

「これでぜんぶだ。」とビールバラ提督《ていとく》はうめくように言《い》いました。「それから、なんだか目《め》がぐるぐると回《まわ》ってな、目《め》が覚《さ》めたときには自分《じぶん》のベッドのなかにいたのだ。このエンマ号《ごう》のキャビンのな。この不思議《ふしぎ》なコウムがわしの面倒《めんどう》を見《み》ていてくれたというわけだ。いや、すごくよく面倒《めんどう》をみてくれたと言《い》わなきゃいけないくらいかな。わしは、ものすごく感謝《かんしゃ》しとるのだよ。こいつの名前《なまえ》は、マコトというのだが、オートミールを作《つく》ることもできるのだ。」

コウムが提督《ていとく》のお腹《なか》を押《お》すと、提督《ていとく》は優《やさ》しくぽんぽんとたたきました。フーさんはなんだかどこかで聞《き》いたことがあるお話《はなし》のように思《おも》いました。おじいさんが、いつだったか、こんなお話《はなし》をしていたような気《き》がするけど……。なにについてだったかな……。まあ、いいか、いつか思《おも》い出《だ》すだろう。

「エンマはその後《ご》、見《み》つかっていないの。」とミッコがたずねました。

「ああ。」とビールバラ提督《ていとく》は言《い》うと、また泣《な》き出《だ》しました。「ありとあらゆるところを探《さが》したのだがな。もう、探《さが》すのもあきらめた。人生《じんせい》の残《のこ》りの日々《ひび》を心静《こころしず》かに過《す》ごしたいと、この幸《しあわ》せの島《しま》の近《ちか》くに錨《いかり》を下《お》ろしたというわけだ。でも、まだ、ほんとうにあきらめたわけではないぞ。たしかに、エンマは地中《ちちゅう》に飲《の》みこまれてしまったさ。だが、とにかくわしは、彼女《かのじょ》を探《さが》しに地下《ちか》へもぐりこまなければならんのだ。わしはな、エンマはまだ、きっと生《い》きていて、わしのことを待《ま》っているにちがいないと思《おも》っておるのだよ。君《きみ》たちもな、エンマという女性《じょせい》は、そういう人《ひと》だと思《おも》ってくれてまちがいないぞ。だれか、わしといっしょに戦《たたか》ってみたいと思《おも》うものはおるかね。もし、戦《たたか》おうというのならば、なにか武器《ぶき》を選《えら》んでやるぞ。」

ビールバラ提督《ていとく》は期待《きたい》をこめてフーさんとミッコを見《み》つめました。ですが、どちらも戦《たたか》いたいとは思《おも》いませんでした。でも、二人《ふたり》とも提督《ていとく》の言葉《ことば》のひとつひとつはぜんぶほんとうのことだと思《おも》いました。

「地面《じめん》の下《した》へ行《い》くって。」とミッコが小声《こごえ》で言《い》いました。「だれも地面《じめん》の下《した》へなんて行《い》けないよ。」

すると、「わしは行《い》けるぞ。」とビールバラ提督《ていとく》は自信満々《じしんまんまん》で言《い》いました。「すでにお月《つき》様《さま》にだって行《い》ったことがあるのだ。地面《じめん》の下《した》へ行《い》くのが難《むずか》しいわけがないではないか。なんてことを言《い》うのだ。じつにかんたんなことさ。」

フーさんが、ああでもない、いや、こうでもないと、まるでスズメがちりぢりに飛《と》ぶように思《おも》い散《ち》らしていたことが、急《きゅう》に一羽《いちわ》の大《おお》きな鳥《とり》になって姿《すがた》をあらわしたように、ひとつの考《かんが》えにまとまりました。やっと思《おも》い出《だ》したぞ。とてもかんたんなことじゃないか。どうすればよいかなんて、子《こ》どものころにはもうわかっていたことじゃないか。おじいさんは、魔法《まほう》の杖《つえ》を持《も》っていて、その魔法《まほう》の杖《つえ》で地下《ちか》の国《くに》へ行《い》ったんだ。地下《ちか》の国《くに》には、提督《ていとく》がコウムと呼《よ》んでいる、こういう鳥人間《とりにんげん》たちが住《す》んでいて、彼《かれ》らがエンマのことを人質《ひとじち》にとっている、というわけだ。ぼくらが地下《ちか》の世界《せかい》へ行《い》けばいいんだ、とフーさんは思《おも》いました。そうして、エンマを取《と》り返《かえ》すことができさえすれば、提督《ていとく》はもうビールを飲《の》まなくてもよくなるはずだ。フーさんはいつも提督《ていとく》がぐびぐびと音《おと》を立《た》ててビールを飲《の》む音《おと》を、いやだなと思《おも》いながら見《み》ていました。とにかく地下《ちか》の国《くに》へ行《い》くしかない。そうすれば、提督《ていとく》は、もっとすてきな人《ひと》になるだろうし、もっとやせるだろうし、フーさんに水《みず》をぶっかけるのもやめるだろうし、船《ふね》をぎしぎし言《い》わせることもなくなるだろうし、なによりも、もう大声《おおごえ》でどならなくなるにちがいない。それに、もう、舟《ふね》をこがなくてもすむよね。フーさんは、そうなればなんてすばらしいことだろうと感《かん》じました。ただ、フーさんは、魔《ま》法《ほう》の杖《つえ》をどうやって使《つか》うのかを覚《おぼ》えていませんでした。それに、おじいさんは、フーさんに、この魔《ま》法《ほう》の杖《つえ》のそばに近《ちか》づくことさえ固《かた》く禁《きん》じていたのです。でも、それがなんだっていうのさ。なにかうまい方法《ほうほう》を考《かんが》え出《だ》さなきゃ。

ビールバラ提督《ていとく》は、一心《いっしん》に自分《じぶん》の話《はなし》を聞《き》いてくれた二人《ふたり》を見《み》つめていました。彼《かれ》のお話《はなし》は、フーさんやミッコの心《こころ》を動《うご》かしたはずです。彼《かれ》らはビールバラ提督《ていとく》を信《しん》じているのです！　木《き》のうしろで、話《はなし》をこっそり聞《き》いていた子《こ》どもが二人《ふたり》、姿《すがた》をあらわしました。当然《とうぜん》のことだ。わしはお話《はなし》が上手《じょうず》だからな、とビールバラ提督《ていとく》は思《おも》っています。じきにわしの話《はなし》は、あたり一帯《いったい》に広《ひろ》がって、みんながわしのことを尊敬《そんけい》し、わしのことを家《いえ》に招待《しょうたい》し、このわしのお話《はなし》を聞《き》くために爺《じい》やのビールをご馳走《ちそう》してくれるにちが

いない。ひょっとすると、クリスマス・ビールまでふるまってくれるかもしれんし、わしは有名人《ゆうめいじん》になるかもしれないな。こんな風《ふう》に、人生最後《じんせいさいご》のひと時《とき》を、りんごの木陰《こかげ》の自分《じぶん》の船《ふね》でおだやかに過《す》ごすことができさえすればよいのだ。地面《じめん》の下《した》へなど、なにがあっても行《い》くものか。あんな暗《くら》くてじめじめしたところで、いったいなにをするというのだ。なんと言《い》ってもわしは大海原《おおうなばら》の男《おとこ》なのだからな。

「ねえ、なんのお話《はなし》なの。」と小《ちい》さな女《おんな》の子《こ》がミッコにたずねました。リンマがそうっとやってきたのです。そのうしろには、クリスマス・カレンダー〔クリスマスの日《ひ》までの約四週間《やくよんしゅうかん》を、一日一《いちにちいっ》か所《しょ》、絵《え》の一部《いちぶ》を開《あ》けながら日《ひ》を数《かぞ》えるカレンダー〕を引《ひ》きずりながらティンパがついてきました。クリスマスまであとたった四《よん》か月《げつ》しかないから、最初《さいしょ》の扉《とびら》をすぐに開《あ》けられるように準備《じゅんび》しておいたほうが良《よ》いなとティンパは考《かんが》えています。ティンパは、やっと六歳《ろくさい》になったばかりです。

「この人《ひと》がビールバラ提督《ていとく》だよ。」とミッコが紹介《しょうかい》しました。「そして、こっちがリンマとそれからティンパ。この提督《ていとく》さんはね、愛《いと》しのエンマという人《ひと》を、コウムたちに、地下《ちか》の国《くに》に引《ひ》きずりこまれて連《つ》れ去《さ》られてしまったんだ。だから、そこからエンマを助《たす》け出《だ》したいって思《おも》っているんだ。地下《ちか》の国《くに》には、ダイヤモンドがあるし、それから、ルビイやエメラルドといった宝石《ほうせき》もいっぱいあるんだ。ラクリッツもアイスクリーム山《やま》もあるよ。コウ

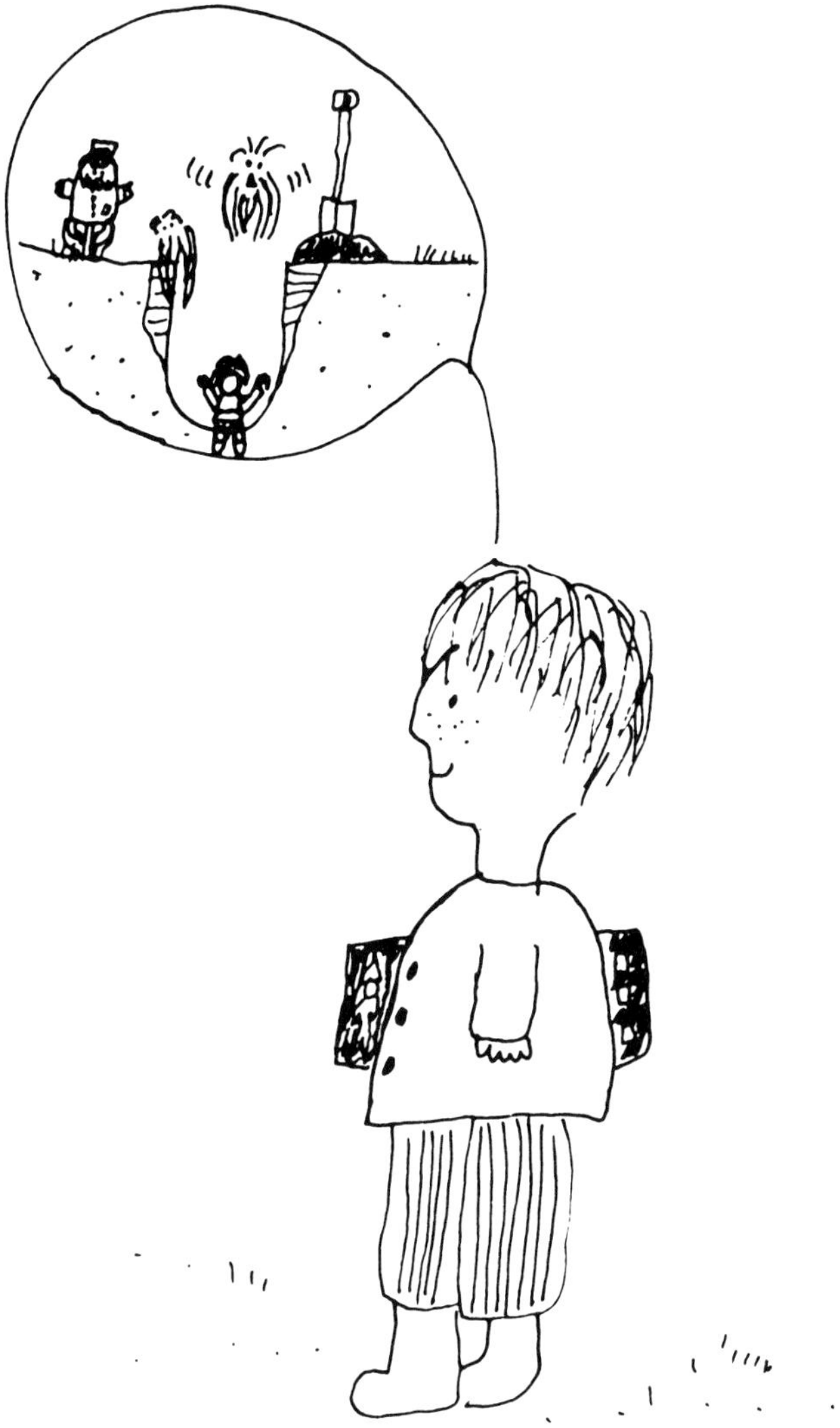

ムっていう悪《わる》いやつらもいるけどね。だけど、提督《ていとく》は、どうしたら地下《ちか》の国《くに》へ行《い》けるのかがわからないんだ。それに、ぼくたちだれも提督《ていとく》のことを助《たす》けてあげることができないんだ。いったいどうしたらいいと思《おも》う?」

「地面《じめん》に穴《あな》を掘《ほ》ろうよ。」とティンパは言《い》いながら、クリスマス・カレンダーの「1」の数字《すうじ》の奥《おく》にはなにがあるんだろうと考《かんが》えていました。ウサギだろうか。それとも、ろうそくかな。

「どこかほら、穴《あな》を探《さが》せばいいんじゃない。でも、わたしはいっしょに行《い》くのはいやよ。だって、そういうところにはクモとか、変《へん》な生《い》き物《もの》がいるにきまってるんだもの。」とリンマが言《い》いました。

「しかたない。」とビールバラ提督《ていとく》は悲《かな》しそうに言《い》いました。「だれもわしのことを助《たす》けてくれることなどできはせんのだ。地下《ちか》の国《くに》へ行《い》く道《みち》なんてあるわけがないものな。わしはここに残《のこ》って、ビールを飲《の》みつづけるしかないのだ。ひどい話《はなし》ではないか。」と言《い》うと、ビールバラ提督《ていとく》は、またうそ泣《な》きを始《はじ》めました。

空《そら》に雲《くも》が立《た》ちこめて、木々《きぎ》の影《かげ》がだんだんと夕闇《ゆうやみ》に沈《しず》みこみ、やがてすっかり闇《やみ》に溶《と》けこみました。子《こ》どもたちは寒《さむ》さに震《ふる》え、ビールバラ提督《ていとく》は大《おお》きなあくびをしています。

今日《きょう》という一日《いちにち》はとてもうまく行《い》ったぞ。明日《あした》もまたなにか気《き》の利《き》いたお話《はなし》を作《つく》らないといかんな。今日《きょう》のお話《はなし》は、バターナイフがすんなりバターに入《はい》るみたいに子《こ》どもたちのこころに届《とど》いたみたいだ。ちょっとおかしなスーさんでさえ、なんだか物思《ものおも》いにふけっているようだぞ。もしかしたら、あの魔法《まほう》だって、なにかのはずみでたまたまできたことなのかもしれないな。だって、あいつは、特別《とくべつ》すごいものは、なにひとつ見《み》せていないからな。少《すく》なくともこのわしにはな。わしはとにかくここでは、一番大《いちばんおお》きくて、一番格好《いちばんかっこう》が良《よ》いのだとビールバラ提督《ていとく》は思《おも》っていました。

ちょうどそのとき、ビールバラ提督《ていとく》の足元《あしもと》から、フーさんの話《はな》す小《ちい》さいけれどもはっきりとした声《こえ》が聞《き》こえてきました。最初《さいしょ》、ビールバラ提督《ていとく》は、フーさんがなにを言《い》っているのかがよくわかりませんでした。ですが、聞《き》けば聞《き》くほどだんだんとおそろしくなってきました。なぜって、フーさんは、地下《ちか》の国《くに》へみんなで行《い》けるようにすること、そして、エンマを救《すく》い出《だ》すこと、それから、鳥人間《とりにんげん》のことやおまじないバター製造器《せいぞうき》のことをぶつぶつ言《い》っていたからです。子《こ》どもたちは、興味津々《きょうみしんしん》です。いや、ちがうんだ。さっき話《はなし》をした男《おとこ》は、ただ、このわしよりも大《おお》げさな話《はなし》をしただけなんだ、とビールバラ提督《ていとく》は思《おも》いました。あの男《おとこ》はただ、自分《じぶん》の領分《りょうぶん》でわしに勝《か》ちたいと思《おも》っただけなんだ。掘削機《くっさくき》なしで、いったいどうやって地下《ちか》の国《くに》へ行《い》けると言《い》うのだ。はっきり言《い》おう、あのお話《はなし》は、作《つく》り話《ばなし》なんだ。

まあ、百歩《ひゃっぽ》ゆずって、地下《ちか》の国《くに》に行《い》けたとしても、エンマなんていないし、鳥人間《とりにんげん》なんていはしない。ましてやコウムたちなんているはずもないんだぞ。すべてはビールバラ提《てい》督《とく》の作《つく》り話《ばなし》なのです。ここにいるコウムは、ポルヴォーの港《みなと》で爺《じい》やのビールと取《と》り替《か》えてもらったものだし、エンマは、ビールバラ提督《ていとく》のギャンブルにすっかり嫌気《いやけ》がさしてお母《かあ》さんのところへ戻《もど》ったきり、帰《かえ》ってこないだけなのです。ですから、どれだけフーさんがいろいろなことをぶつぶつと唱《とな》えても、エンマは、地下《ちか》の国《くに》ではなくて、サヴォンリンナ〔ヘルシンキから約《やく》三百三十キロの、東《ひがし》フィンランドにある街《まち》〕にいるのであって、しかもそこへ行《い》きたいとは思《おも》いません。

ビールバラ提督《ていとく》がそんなことを考《かんが》えているとは思《おも》いもしないフーさんは、ビールバラ提《てい》督《とく》の悩《なや》みに立《た》ち向《む》かおうと立《た》ち上《あ》がりました。フーさんは、友《とも》だちが緊急事態《きんきゅうじたい》の時《とき》こそ、ほんとうの友《とも》だちになれるということを良《よ》く知《し》っていて、いまがまさにその緊急事態《きんきゅうじたい》なのです。フーさんはなんとしても、友《とも》だちを助《たす》けてあげなければなりません。子《こ》どもたちも、フーさんが友《とも》だちを助《たす》けてあげることを期待《きたい》していますし、フーさんも子《こ》どもたちをがっかりさせたくはありません。フーさんは、助《たす》けてほしいと思《おも》った時《とき》は助《たす》けてあげるという約束《やくそく》を、子《こ》どもたちとかわしたのですから。フーさんは、また、夢《ゆめ》のなかに引《ひ》きずりこまれそうになっている頭《あたま》を軽《かる》く振《ふ》ってから、「さあ、みんな、ぼくの家《いえ》へ行《い》こう。おじいさんがぼくに教《おし》えてくれた地下《ちか》の国《くに》へ行《い》く方法《ほうほう》は、そのうちになんとか思《おも》い出《だ》すよ。うん、たぶん、できるんじゃないかと思《おも》う。それから、みんなもビールバラ提督《ていとく》を助《たす》けるって約《やく》束《そく》してくれるよね。だって、もうぼくたちのお友《とも》だちなんだから。」と言《い》うと、フーさんは、気持《きも》ちをたしかめるように子《こ》どもたちをじっと見《み》ました。

するど、子《こ》どもたちは喜《よろこ》んで約束《やくそく》しました。

そして、みんなは恐怖《きょうふ》のあまり我《われ》を失《うしな》ったビールバラ提督《ていとく》をまんなかにしてフーさんの家《いえ》へとむかいました。

4　フーさんとおまじないバター製造器《せいぞうき》

フーさんが家《いえ》のなかで座《すわ》りこむと、子《こ》どもたちがその周《まわ》りを丸《まる》くとり囲《かこ》みました。そして、ビールバラ提督《ていとく》をまんなかに引《ひ》っぱり出《だ》しました。彼《かれ》の足取《あしど》りはなんだかふらふらして、しっかりしていないようで、それを見《み》た子《こ》どもたちは、すごくショックを受《う》けているんだな、と思《おも》いました。これはたしかにそのとおりで、提督《ていとく》は怖《こわ》くて怖《こわ》くて歯《は》がガチガチと鳴《な》っていました。なぜってほんとうのことを知《し》っているのは提督《ていとく》だけだったのですから。ですから、ビールバラ提督《ていとく》は、もう二度《にど》とほら話《ばなし》はしないぞと心《こころ》に誓《ちか》いました。おお、サルガッソ海《かい》のとがった口《くち》のバスよ、わしのことを助《たす》けたまえ。なぜにわしは、最後《さいご》の最後《さいご》まで、小型船《こがたせん》の船長《せんちょう》でいられなかったのだ。どうして、この小《ち》さくて、まっ黒《くろ》けっけの男《おとこ》と、怖《こわ》がることを知《し》らない子《こ》どもたちに近《ちか》づいてしまったのだろう。すると、ビールバラ提督《ていとく》はまた泣《な》けてきました。そんな彼《かれ》のことを、子《こ》どもたちは気《き》の毒《どく》そうに見《み》ました。

「どうして泣《な》いているの。」とティンパは言《い》うと、クリスマス・カレンダーをしっかりと握《にぎ》りなおしました。なぜって、提督《ていとく》に取《と》られるんじゃないかと思《おも》ったのです。

「エンマがいないから泣《な》いているのよ。」とリンマが言《い》いました。

「みんなで地下《ちか》の国《くに》にエンマを助《たす》け出《だ》しに行《い》くんじゃないか。」とミッコがティンパに小《ちい》さな声《こえ》で言《い》いました。「おまえもいっしょに来《く》るだろう。」

「うーん。」とティンパは考《かんが》え考《かんが》え言《い》いました。「お母《かあ》さんに言《い》いつけないならね。お母《かあ》さんさ、あたらしいズボンを汚《よご》しちゃいけないって言《い》うんだもん。」

ミッコが、ティンパにお母《かあ》さんに言《い》いつけないと約束《やくそく》をし、これでティンパもいっしょに行《い》けることになりました。

ビールバラ提督《ていとく》は、子《こ》どもたちをこわごわとながめました。彼《かれ》はいま、爺《じい》やのビールを飲《の》んでもどうすることもできないくらい混乱《こんらん》しています。それにビールの瓶《びん》はもうすっかり空《から》っぽです。彼《かれ》の脳《のう》ミソは噴水器《ふんすいき》と同《おな》じくらいの速《はや》さでぐるぐると動《うご》いています。ちょっと待《ま》てよ。もしかして、子《こ》どもたちを怖《こわ》がらせてやればいいんじゃないだろうか。そうしたら、きっと地下《ちか》の国《くに》へなど行《い》きたがらなくなるぞ。ああ、もしかしたら助《たす》かるかもしれん、とビールバラ提督《ていとく》はほっとした気持《きも》ちになり、まるで洗面器《せんめんき》にお水《みず》が少《すこ》しずつ満《み》たされていくように、希望《きぼう》の光《ひかり》が心《こころ》に満《み》ちてきました。ビールバラ提督《ていとく》は震《ふる》えるようなささやき声《ごえ》で話《はな》し始《はじ》めました。

「わしは、危険《きけん》をかえりみず、まるでイノシシのように猛進《もうしん》しようとしている君《きみ》たちの勇《ゆう》気《き》をたたえるぞ。ただコウムが君《きみ》たちを食《た》べなかったにしてもだ、おそろしい炎《ほのお》がエンマを一気《いっき》に飲《の》みこんだように、君《きみ》たちを飲《の》みこんでしまうぞ。それから、ぐつぐつ煮立《にた》っている熱湯《ねっとう》のなかに入《はい》ることになるのだ。その上《うえ》、鳥人間《とりにんげん》の羽《はね》が君《きみ》たちのことをこちょこちょとくすぐったり、からだじゅうをアリンコが這《は》い回《まわ》ったりもするんだ。年《とし》をとって、お腹《なか》が出《で》てしまって、格好《かっこう》が悪《わる》い上《うえ》に、よく知《し》りもしない男《おとこ》のために、こういうことぜんぶに耐《た》えられると言《い》うのかね、君《きみ》たちは。」ビールバラ提督《ていとく》は、こんなおどし文句《もんく》を言《い》って、子《こ》どもたちをためすようにじっと見《み》つめました。おお、君《きみ》たちは、世界《せかい》で一番怖《いちばんこわ》いもの知《し》らずの子《こ》どもたちなんだったね！

　ところが、この話《はなし》は、まったくの逆効果《ぎゃくこうか》でした。じつのところ、ティンパの心臓《しんぞう》は、これから自分《じぶん》が行《い》くことになるであろう場所《ばしょ》の怖《こわ》さを考《かんが》えると飛《と》び出《だ》してしまいそうでした。でも、世界《せかい》で一番怖《いちばんこわ》いもの知《し》らずの子《こ》どもたちなのですから、そのくらいへっちゃらです。ですからティンパは脚立《きゃたつ》の上《うえ》に立《た》ち上《あ》がると、ちょうど、自分《じぶん》の目《め》の高《たか》さでぶらぶらしている、まるでクリスマス・ハム〔フィンランドでクリスマスに食《た》べるブタの肉《にく》で作《つく》ったハム〕のようなビールバラ提督《ていとく》の手《て》を、ぎゅっとにぎりしめると大《おお》きな声《こえ》で言《い》いました。

「おじさんのために、ぼくたちはきっと耐《た》えてみせるよ。絶対《ぜったい》に怖《こわ》がらないって約束《やくそく》する。それに、おじさんはこんなにジャンボなんだから、ぼくたちのこと、助《たす》けてくれるよね。」

ティンパのこの言葉《ことば》が、ビールバラ提督《ていとく》にとっては決定打《けっていだ》となりました。もう、なにをしてもうまくいかないことを悟《さと》りました。こうなると、ビールバラ提督《ていとく》は、怒《いか》り心頭《しんとう》。自《じ》分《ぶん》がいったいどこにいるのか、すっかりわからなくなって、これまでにないすごい大声《おおごえ》でどなり始《はじ》めました。「うおお、とにかくだれでもいい、わしを助《たす》けてくれえ！　エンマー、助《たす》けてくれよお、怖《こわ》いよお、おおい、だれかあ、助《たす》けてくれえ。」

ビールバラ提督《ていとく》が大声《おおごえ》でさけべばさけぶほど、フーさんはどんどん小《ちい》さく、ますますっ黒《くろ》になっていきます。フーさんは、もう二度《にど》と提督《ていとく》が大《おお》きな声《こえ》をあげなくてもすむようにしてあげたかったのです。でもいまも、ビールバラ提督《ていとく》は、いつもの二倍《にばい》は激《はげ》しくさけんでいます。フーさんは、自《じ》分《ぶん》のからだのなかで、昔《むかし》の力《ちから》がうごめきだしたのを感《かん》じました。昔《むかし》の怒《いか》りがフーさんのなかでシューシューと蒸気《じょうき》を上《あ》げ始《はじ》め、フーさんはだんだん苦《くる》しくなってきて、とうとう子《こ》どもたちとの約束《やくそく》をすっかり忘《わす》れてしまいました。フーさんはとにかく、ビールバラ提督《ていとく》が大声《おおごえ》でさけぶのをただひたすら止《や》めさせたかったのです。フーさんは手《て》を上《あ》げると、シューシューとたいまつのように炎《ほのお》が燃《も》え上《あ》がるまで、指《ゆび》に息《いき》を吹《ふ》きかけました。するとビールバラ提督《ていとく》の顔《かお》のまえに炎《ほのお》のようなものが広《ひろ》がって、いったいどうなったと思《おも》いますか。ビールバラ提督《ていとく》はまばたきを一回《いっかい》した瞬間《しゅんかん》に、もくもくと雲《くも》におおわれて、声《こえ》が出《で》なくなってしまったのです。

フーさんは、うれしくなりました。なぜって、こんな昔《むかし》の魔法《まほう》の力《ちから》がまだ残《のこ》っていたからです。ぼく、どうしてこんなにいい人《ひと》のまんま生《い》きているのだろう。怖《こわ》い人《ひと》にだってなれるのに。自分《じぶん》のこの手《て》はなんてすばらしい仕事《しごと》をしたのだろう、とちょっと得意《とくい》になりました。ビールバラ提督《ていとく》は、口《くち》からもくもくと煙《けむり》を吐《は》きながら、ひゅーひゅーという音《おと》にならない音《おと》を出《だ》していましたが、それ以外《いがい》は静《しず》かでしたので、トリのさえずる声《こえ》が遠《とお》くから聞《き》こえ、木々《きぎ》がそよいでさわさわいう音《おと》も聞《き》こえてきました。フーさんは、もう一度《いちど》手《て》を上《あ》げて、ビールバラ提《てい》督《とく》をコショウの育《そだ》つようなところ（西《にし》インドあ

たり）へ飛《と》ばしてしまおうかと考《かんが》えていましたが、ふと子《こ》どもたちが座《すわ》ったまま凍《こお》りついたようになっていることに気《き》づきました。しまったあ、なんてことをしてしまったんだ。フーさんは、子《こ》どもたちとの約束《やくそく》をやぶってしまったのです。それに、なにが一番良《いちばんよ》くなかったかと言《い》うと、子《こ》どもたちがフーさんのやることの一部始終《いちぶしじゅう》を見《み》てしまったことです。もう彼《かれ》らは、フーさんの友《とも》だちではなくなってしまったかもしれません。フーさんは、また一人《ひとり》ぼっちになってしまうかもしれないのです。一人《ひとり》ぼっちになるのは、もういやだったのですが。

　まるで電気《でんき》がショートするようなスピードで、フーさんが先《さき》ほどとは反対《はんたい》むきに手《て》を振《ふ》ると、シュッシューという音《おと》とともに、まるで、納屋《なや》の扉《とびら》が秋《あき》の収穫期《しゅうかくき》には開《ひら》きっぱなしになっているように、恐怖《きょうふ》のあまり目《め》が見開《みひら》いたままのビールバラ提督《ていとく》が、まえと同《おな》じ状態《じょうたい》で椅子《いす》に座《すわ》ったままあらわれました。フーさんは、この状況《じょうきょう》をいったいどういう風《ふう》に説明《せつめい》したらよいものかと頭《あたま》から湯気《ゆげ》が上《あ》がるほど考《かんが》えました。それよりも、とにかくいったいどうやったら、いますぐビールバラ提督《ていとく》を助《たす》けることができるのだろう、ということに思《おも》いをめぐらせました。なぜって、ビールバラ提督《ていとく》がまたさけんだりしたら、フーさんは、もう自分自身《じぶんじしん》をおさえることができないだろうと思《おも》ったからです。ですから、いますぐにでも魔法《まほう》のバター製造器《せいぞうき》をみつけだして地下《ちか》の国《くに》へ行《い》くべきなのです。もう、一分《いっぷん》たりとも時間《じかん》を無駄《むだ》にはできません。

フーさんはひっしになって自分《じぶん》の家《いえ》の倉庫《そうこ》のなかを引《ひ》っかきまわしました。

子《こ》どもたちは、さっきのことを思《おも》い出《だ》して、まだフーさんのことをあえぐように見《み》ています。もう、陽《ひ》はとっぷりと暮《く》れました。かまどでは大《おお》きな白樺《しらかば》の薪《まき》がぱちぱちといっています。テーブルの上《うえ》では、ろうそくがゆらゆらと揺《ゆ》れていて、壁《かべ》に大《おお》きな影《かげ》を映《うつ》し出《だ》し、すべてのものがなんだかちょっとだけオバケのように見《み》えています。ビールバラ提督《ていとく》は息《いき》苦《ぐる》しそうにしています。彼《かれ》は、もうすべてのことをあきらめていて、なにも期待《きたい》しなくなっていました。ですから、天国《てんごく》へでも地獄《じごく》へでも、どこへでもみんなといっしょに行《い》こうと決《き》めていました。なぜって、もう二度《にど》と霧《きり》の袋《ふくろ》のなかになんて入《はい》りたくなかったからです。みんなといっしょに行《い》くことは、エンマがサヴォンリンナから戻《もど》って来《き》て、もう一度《いちど》いっしょに住《す》めるようになることをお願《ねが》いするよりも大切《たいせつ》なことかもしれません。じつを言《い》うとコウムのマコトがつくるオートミールには飽《あ》き飽《あ》きしていました。コウムたちは、エンマほどお料理《りょうり》が上手《じょうず》ではないっていうことだな、とビールバラ提督《ていとく》はエンマの料理《りょうり》をなつかしんでいました。するとまた、泣《な》けてきました。

子《こ》どもたちは目《め》くばせしあいました。彼《かれ》らはちょうどお母《かあ》さんやお父《とう》さん、眠《ねむ》りなれたベッドのあるところへ帰《かえ》ろうと、扉《とびら》からダッシュしようとしていたところだったのですが、ビールバラ提督《ていとく》の涙《なみだ》がみんなを引《ひ》き止《と》めました。もしもだれかがほんとうに、悲《かな》しみにくれて涙《なみだ》を流《なが》しているときは、なぐさめてあげなければいけません。ですから、ミッコはリンマとティンパの手《て》をにぎりしめるとビールバラ提督《ていとく》に近《ちか》づきました。

「泣《な》かないで、ねえ。ぼくたちが助《たす》けてあげるから。」とミッコが心配《しんぱい》そうに言《い》いました。

するとどうやらミッコの声《こえ》で、ビールバラ提督《ていとく》は落《お》ち着《つ》きをとり戻《もど》したようです。もしかしたら、なんとかなるのかもしれない。もしかして、地下《ちか》の国《くに》へ行《い》ったとしても、また、ここへ戻《もど》ってこられるのかもしれない。もしかしたら、彼《かれ》らはエンマを、地下《ちか》の国《くに》か、あるいはサヴォンリンナで見《み》つけ出《だ》せるのかもしれない。どっちで見《み》つかったって同《おな》じことだ。大切《たいせつ》なのは見《み》つかることなのだから。こうしているうちに、ビールバラ提督《ていとく》は、急《きゅう》にエンマのことがなつかしくてしかたなくなってきました。

「君《きみ》、君《きみ》。」とビールバラ提督《ていとく》がミッコにひそひそ声《ごえ》で話《はな》しかけました。「もしかして、まだ、どこかに爺《じい》やのビールがあったりするのかね。瓶半分《びんはんぶん》のビールでもいいのだ。ちょっと、飲《の》みたいなと思《おも》ってな。」

ミッコは外《そと》に出《で》て行《い》ってしばらくすると、ビール瓶《びん》を小脇《こわき》に抱《かか》えて戻《もど》ってきました。ビールバラ提督《ていとく》は、申《もう》しわけなさそうにそれを受《う》け取《と》りました。そして、瓶《びん》から直接《ちょくせつ》ごくごくごっくんと飲《の》みました。そして、さらに、ごくごくごっくんと飲《の》もうとしたとき、ミッコがじっと、心配《しんぱい》そうに自分《じぶん》の一挙手一投足《いっきょしゅいっとうそく》を見《み》ているのに気《き》がつきました。ビールバラ提督《ていとく》は、ふっとビールのおまじないから解《と》けて、瓶《びん》を床《ゆか》に置《お》きました。もう一度《いちど》口《くち》をつけるまで少《すこ》し休《やす》むことにしました。こんな風《ふう》にビールを飲《の》むのも良《よ》いかなと思《おも》ったのと、地《ち》下《か》の国《くに》は、きっとけっこう暑《あつ》いだろうから、なにかのどをうるおすものがあったほうがいいかなと思《おも》ったのです。提督《ていとく》はおでこの汗《あせ》をぬぐいました。フーさんが探《さが》し物《もの》をしている音《おと》ががたがた、ごとごとと聞《き》こえてきます。フーさんは探《さが》しているものを見《み》つけ出《だ》すことができたのでしょうか。みんなは、ただひたすら待《ま》つだけです。みんな息《いき》をのんで、フーさんが家《いえ》の隅《すみ》っこで探《さが》し物《もの》をしている様子《ようす》を見守《みまも》りました。

　みんな、腰《こし》をかけて長《なが》い時《じ》間《かん》待《ま》ちました。外《そと》はすっかりまっ暗《くら》です。あちこちから、コウモリがえさを探《さが》して飛《と》び回《まわ》る時《とき》にはなつ、かん高《だか》い声《こえ》が聞《き》こえてきます。まるで世界《せかい》はまだ変《か》わりなくつづいているということを思《おも》い出《だ》させるかのようです。遠《とお》くのほうからは、車《くるま》の走《はし》る音《おと》が聞《き》こえて来《き》ます。みんなここから離《はな》れることもできず、ただひたすら待《ま》つだけです。ようやくフーさんの帽子《ぼうし》が、いっぱいの物《もの》のあいだから顔《かお》をのぞかせました。帽《ぼう》子《し》のなかにはフーさんの頭《あたま》があって、頭《あたま》につづいてフーさんの全身《ぜんしん》があらわれました。フーさんの手《て》には、木《き》でできた大《おお》きなバター製造器《せいぞうき》がしっかりとかかえられていました。子《こ》どもたちは我《われ》に帰《かえ》って、フーさんの手伝《てつだ》いをしようと飛《と》びつきました。ところがバター製《せい》

4　フーさんとおまじないバター製造器

造器《ぞうき》はあまりに重《おも》たくて、ビールバラ提督《ていとく》が手《て》を貸《か》して、やっと持《も》ち上《あ》がり、なんとかまっすぐに立《た》てて、よろよろ、ふらふらとしながらも、やっとのことでテーブルのそばにきちんと置《お》くことができました。子《こ》どもたちは遠《とお》くに離《はな》れ、ビールバラ提督《ていとく》も側《そば》から離《はな》れました。フーさんはバター製《せい》造器《ぞうき》に近《ちか》づきました。

そう、まさにこれです。おじいさんが触《さわ》ってはいけないと言《い》っていた物《もの》のなかでも、一番《いちばん》きつく触《さわ》ってはいけないと言《い》っていたものでした。これは秘密《ひみつ》のなかの秘密《ひみつ》の道具《どうぐ》で、おじいさんは一度《いちど》として、このバター製造器《せいぞうき》でなにができるのかを話《はな》してくれたことはありませんでした。でもフーさんは知《し》りたがりの子《こ》どもでした。

ある晩《ばん》のこと、フーさんはタヌキ寝入《ねい》りをしていて、じつはしっかりと目《め》をさましていました。

フーさんはあることを期待《きたい》していました。おじいさんは、フーさんが何事《なにごと》もなく安《やす》らかに、まるでなにも知《し》らない子《こ》どものように、ぐっすりと眠《ねむ》りこんでいるとばかり思《おも》っていました。するとおじいさんは、バター製造器《せいぞうき》のなかにむかってなにかもごもごととなえ、両方《りょうほう》の持《も》ち手《て》のところを同時《どうじ》に揺《ゆ》らしたのです。すると、バター製造器《せいぞうき》の胴体《どうたい》のところに扉《とびら》が開《ひら》き、扉《とびら》から地下《ちか》の国《くに》にむかって階段《かいだん》が降《お》りているのが目《め》にはいったのです。

　おじいさんは、ランタンに灯《ひ》をともして、バター製造器《せいぞうき》のなかへと入《はい》っていきました。フーさんはそれにつづきました。階段《かいだん》は、どんどん、どんどんと下《した》にむかってつづいていました。すると同時《どうじ》に、だんだん、だんだんと熱《あつ》く、熱《あつ》くなってきました。階段《かいだん》は、大《おお》きな黄色《きいろ》い扉《とびら》のまえまでくるとようやく終《お》わりました。おじいさんは扉《とびら》にむかっていくつかの単語《たんご》を言《い》いました。すると、扉《とびら》がなにやら言葉《ことば》を返《かえ》して開《ひら》きました。フーさんはそれ以《い》上《じょう》あとについて行《い》くことはしませんでした。ただ、扉《とびら》のむこうに、草《くさ》がはえ、大空《おおぞら》が広《ひろ》がる別世《べっせ》界《かい》があるのをちらっと目《め》にしただけでした。扉《とびら》が閉《し》まる直前《ちょくぜん》に、おじいさんが日《ひ》ごろ鳥人間《とりにんげん》と呼《よ》んでいたコウムたちが飛《と》んでくるのが見《み》えました。コウムたちはおじいさんのことをしっかりとつかむと、おじいさんを連《つ》れてどこかへと飛《と》んで行《い》ってしまいました。

　フーさんは、死《し》にものぐるいで階段《かいだん》を上《のぼ》り、へとへとにくたびれて、くずれ落《お》ちるように急《いそ》いでベッドにもぐりこむと、すとんと眠《ねむ》りに落《お》ちました。朝《あさ》になっても、フーさんは、このことを話《はな》すのはちょっと気《き》がひけました。

ずっとあとになってから、フーさんは地下《ちか》の国《くに》の世界《せかい》について、いろいろと知《し》ることができました。なぜかというと、おじいさんが時《とき》おりフーさんにお話《はなし》を語《かた》って聞《き》かせてくれたからです。おじいさんは鳥人間《とりにんげん》やボール国《こく》の人《ひと》、とんがり森《もり》や白人間《しろにんげん》について話《はな》してくれました。おじいさんが語《かた》ってくれたお話《はなし》は、おじいさんが実際《じっさい》に経験《けいけん》したことなんだ、ということにフーさんは気《き》づいていました。でも、その後《ご》、フーさんは一度《いちど》だっておじいさんのあとをつけるようなことはしませんでした。だって、もしもどこかで捕《つか》まってしまったら……。そう思《おも》うと、いえいえ、そんなことを考《かんが》えるだけでもいやだったのです。それに、おじいさんは怒《おこ》るとほんとうに手《て》におえなくなる人《ひと》だったのです。

フーさんはバター製造器《せいぞうき》をたたきました。おじいさんはどんなことをバター製造器《せいぞうき》のなかにむかってつぶやいていたのでしょう。たしか、ほにゃらら、ふにゃらら、へにゃららとかいうような言葉《ことば》でした。

フーさんは、子《こ》どもたちとビールバラ提督《ていとく》のほうにむき直《なお》ってみんなをじっと見《み》ました。みんな、ぴくりとも動《うご》かずにフーさんの動《うご》きを見《み》まもっています。聞《き》こえてくるものと言《い》えば、普段《ふだん》ならもうベッドのなかにいる時間《じかん》のティンパのあくびくらいです。

フーさんは椅子《いす》のうえに上《あ》がると、バター製造器《せいぞうき》をしっかりと持《も》ち、頭《あたま》をバター製造器《せいぞうき》のなかに突《つ》っこむともぞもぞと言《い》いました。「ほにゃらら、ふにゃらら、へにゃらら。」なにも起《お》こりません。フーさんはもう一度《いちど》ためしてみました。それでもなにも起《お》こりません。フーさんはもう一度《いちど》やってみました。まだなにも起《お》こりません。フーさんは声色《こわいろ》を変《か》えてみましたがそれでもダメでした。バター製造器《せいぞうき》の胴体《どうたい》には、扉《とびら》なんか開《ひら》きませんでした。

　フーさんは、深《ふか》く息《いき》をすると、その昔目《むかしめ》にしたことはすべて夢《ゆめ》だったにちがいないと思《おも》うことにしました。そういうことだったんだ、と子《こ》どもたちやビールバラ提督《ていとく》に言《い》うのが一番良《いちばんよ》いと思《おも》いました。みんな、きっと、おそらく、たぶん、フーさんのことを許《ゆる》してくれるでしょう。フーさんはまた、「ほにゃらら、ふにゃらら、へにゃらら。」とつぶやいてみました。「ほにゃらら、ふにゃらら、へにゃらら。」子《こ》どものころに、夢《ゆめ》のなかでこの言葉《ことば》を聞《き》いたときは、たしか他《ほか》の言葉《ことば》もつながっていたような気《き》がするのですが、それはいったいどんな言葉《ことば》だったのでしょうか。

　子《こ》どもたちはみんながっかりして目配《めくば》せしあいました。ビールバラ提督《ていとく》は、ほっとして息《いき》をつきました。かぼちゃを使《つか》っても、フーさんはうまく魔法《まほう》をかけることができません。ビールバラ提督《ていとく》は、もうこれで安心《あんしん》だとわかって幸《しあわ》せな気持《きも》ちです。これでまた、ビールを好《す》きなだけ飲《の》むことも、口《くち》をついて出《で》ることを、なんだって話《はな》すこともできるというわけです。フーさんは、なんとも宙《ちゅう》ぶらりんな気持《きも》ちでした。だれか、ほんとうにバター製《せい》造器《ぞうき》を使《つか》って地下《ちか》の国《くに》へ行《い》ったたっていうお話《はなし》を聞《き》いたことはないのかな。ほんとうにないのか。何度《なんど》聞《き》かれてもないいって言《い》えるのかな。その時《とき》、わしは普段《ふだん》は怖《こわ》がることなんてないのに馬鹿《ばか》だったわいと思《おも》ったビールバラ提督《ていとく》が、両手《りょうて》を合《あ》わせるようにしてパンッと手《て》をたたきました。

フーさんはびくっとしました。パンッという音《おと》でフーさんは忘《わす》れていた言葉《ことば》を思《おも》い出《だ》したのです。ほにゃらら、ふにゃらら、へにゃらら……。はにゃらら。これを使《つか》ってみたらどうだろう。フーさんは、もう一度《いちど》かがんで、バター製造器《せいぞうき》の持《も》ち手《て》をしっかりもつと、頭《あたま》をそのなかに入《い》れてもそもそととなえました。「ほにゃらら、ふにゃらら、へにゃらら、はにゃらら、バター製造器《せいぞうき》、扉《とびら》を出《だ》せよ、錠《じょう》をはずせよ。」

すると、ギギギギギッという低《ひく》い音《おと》が聞《き》こえてきたのでフーさんは思《おも》わずバター製造器《せいぞうき》からびっくり飛《と》びのきました。つづいて、ギイッギイッという金属音《きんぞくおん》がひびいてきたのですが、それはまるで、地下《ちか》から階段《かいだん》がひとりでにバター製造器《せいぞうき》のところまで立《た》ち上《あ》がってきている音《おと》のようでした。しばらくするとコンコンッとバター製造器《せいぞうき》の内側《うちがわ》から扉《とびら》をノックするような音《おと》が聞《き》こえ、嘘《うそ》みたいな話《はなし》ですが、ほんとうにバター製造器《せいぞうき》の胴体《どうたい》に扉《とびら》があらわれたのです。

ビールバラ提督《ていとく》は心臓《しんぞう》がばくばく、ビール瓶《びん》を片手《かたて》にあわあわとしていました。一方《いっぽう》、子《こ》どもたちは落《お》ち着《つ》いていました。フーさんの言《い》ったことはほんとうだったのです。これから冒険《ぼうけん》が始《はじ》まるぞ。冒険《ぼうけん》なんて、だれもそんなすごいこと、やったことがある友《とも》だちはいないぞ、とミッコは思《おも》っていました。

扉《とびら》が音《おと》を立《た》てて開《ひら》き始《はじ》めました。少《すこ》しずつ、ほんの少《すこ》しずつ黒《くろ》っぽいほこりをかぶった階段《かいだん》が見《み》えてきました。階段《かいだん》は、まるでまっすぐ下《した》に落《お》っこちているようで、まるで穴《あな》をあけるドリルの刃物《はもの》です。こうしているあいだも扉《とびら》はしっかりと開《ひら》いたままです。

「ひゃぁ。ぼくたちここから出発《しゅっぱつ》するの？」とティンパが小声《こごえ》で言《い》いました。

「そうだよ。さあ、ぼくのあとにつづいて。」とフーさんは言《い》いました。

フーさんは、ささっと扉《とびら》に近寄《ちかよ》ると、階段《かいだん》を

チェックしました。階段《かいだん》は子《こ》どものころに見《み》たものとまったくおんなじものでした。フーさんは、扉《とびら》のそばからランタンを取《と》り出《だ》すと、みんながついてくるかどうかうしろをむいて確認《かくにん》してから、先《さき》へ行《い》こうとしました。子《こ》どもたちはみんなついて来《こ》ようとしています。ビールバラ提督《ていとく》は、おそれおののいたようすで、子《こ》どもたちに前後《ぜんご》をはさまれてついてきています。提督《ていとく》の足《あし》は、まるで紐《ひも》でできているようにくにゃくにゃとしていました。

だんだん、だんだんと深《ふか》いところ、深《ふか》いところへ、どんどん、どんどんと下《した》へ下《した》へと下《お》りて行《い》き、これ以上《いじょう》、世界中《せかいじゅう》のどんな階段《かいだん》も下《した》へは下《お》りることができないだろうと思《おも》うくらい下《した》まで下《お》りて行《い》きました。階段《かいだん》は、まだまだ下《した》へとつづきます。下《した》へ、下《した》へとどんどん、どんどんつづいて行《い》きます。こんな下《した》へ下《お》りるなんて、信《しん》じられないと思《おも》うくらい下《した》までずんずん下《お》りて行《い》きます。もっともっと下《した》へと彼《かれ》らは下《お》りて行《い》きます。

5 フーさん新世界《しんせかい》をみつける

「もうつかれちゃった。」とリンマが最初《さいしょ》に不平《ふへい》を言《い》い始《はじ》めました。「足《あし》なんか火《ひ》のなかにあるみたいにぽっぽしてる。家《いえ》に帰《かえ》りたいよ。クマちゃんのそばにいたいよ。だってこんなんじゃ、いつまでたっても着《つ》かないもの。」

ミッコもくたびれていました。でもオバケの夢《ゆめ》を見《み》ているときのように歯《は》を食《く》いしばってがまんして階段《かいだん》を下《お》りて行《い》きました。ティンパはもう眠《ねむ》っていました。ティンパのことは、ビールバラ提督《ていとく》がおぶっていました。じつは、ビールバラ提督《ていとく》はティンパのことを運《はこ》んでいるなんてぜんぜん感《かん》じていなかったのですけどね。彼《かれ》はすっかりロボットのようになって歩《ある》いていて、すごい風《かぜ》が石《いし》の壁《かべ》にあたってひびき渡《わた》る音《おと》を聞《き》いて、かろうじて自分《じぶん》は人間《にんげん》なんだと感《かん》じているだけでした。

「ねえねえ、もう帰《かえ》ろうよ。もう一歩《いっぽ》も歩《ある》けないよ、わたし。」とリンマはほとんど泣《な》き

べそをかきながら言《い》いました。

「じゃあ、なんでついて来《き》たんだよ。」とミッコがささやくような声《こえ》で言《い》いました。

「ついて来《き》たとか、ついて来《こ》ないとか、そういう問題《もんだい》じゃないの。もう、放《ほう》っといてよ！」

「シーッ。」フーさんがまえのほうで言《い》いました。「もう扉《とびら》のかなりそばまで来《き》ていると思《おも》うんだ。」

空気《くうき》はからからでしたが、あたたかくなっていました。どこからか、深《ふか》い深《ふか》い地下《ちか》の国《くに》のほうから光《ひかり》が漏《も》れてきました。ですからフーさんが持《も》っていたランタンの灯《あか》りも、もうそれほど明《あか》るく感《かん》じなくなってきました。まっ暗闇《くらやみ》から薄暗《うすぐら》くなって、だんだんと明《あか》るくなってきました。それはまるで、急《きゅう》に朝《あさ》がやってきて、太陽《たいよう》が森《もり》のうしろから昇《のぼ》り、朝《あさ》の光《ひかり》が燃《も》え立《た》つようにかがやきだし、湖《みずうみ》からの風《かぜ》が湖面《こめん》にさざ波《なみ》を作《つく》り、肌《はだ》にも触《ふ》れるようになるような、そんな感《かん》じだったのでティンパはおばあちゃんのお家《うち》にいるのかと思《おも》ったくらいです。ティンパは一瞬目《いっしゅんめ》を開《あ》けて、「これから泳《およ》ぎに行《い》くの？」と言《い》うとまたスコンと眠《ねむ》ってしまいました。ティンパは、鳥《とり》の羽《はね》よりも軽《かる》かったので、ビールバラ提督《ていとく》は彼《かれ》をおこす必要《ひつよう》がありませんでした。それにしても、この子《こ》はミルクのにおいがするぞ、とビールバラ提督《ていとく》は思《おも》いました。けんかさえしなければ、エンマともこんな感《かん》じだったよな、と思《おも》うと、ビールバラ提督《ていとく》はまた泣《な》けてきました。泣《な》くのはもうこれで二十回目《にじっかいめ》かもしれません。

「アホイ、さあ着《つ》いたよ。こっちへおいでよ。到着《とうちゃく》したんだよ。」と子《こ》どもたちといっしょにテレビでチェコの映画《えいが》を見《み》たことのあるフーさんが、チェコ語《ご》を使《つか》って大《おお》きな声《こえ》をあげました。

　子《こ》どもたちとビールバラ提督《ていとく》は、階段《かいだん》の最後《さいご》の段《だん》を、つかれを忘《わす》れて下《お》りました。まるで教会《きょうかい》のような石《いし》の壁《かべ》に囲《かこ》まれた大《おお》きな広場《ひろば》に着《つ》いたようです。床《ゆか》はきれいな白《しろ》っぽい砂《すな》でできていました。広場《ひろば》の反対側《はんたいがわ》には扉《とびら》があるようです。でもどんな扉《とびら》があったと思《おも》いますか！　その扉《とびら》といったら、ものすごく背《せ》が高《たか》くて、まっ黄色《きいろ》。フーさんが話《はな》していたそのまんまです。でも、フーさんは、その扉《とびら》が金《きん》でできているとは一言《ひとこと》も言《い》っていませんでした。扉《とびら》は、目《め》を刺《さ》すようにかがやいていました。リンマは、ちょっと怖《こわ》くなりました。だってその扉《とびら》には、おっきな顔《かお》、つまり目《め》と耳《みみ》と鼻《はな》と口《くち》がついていたのです。

　みんなは、慎重《しんちょう》に扉《とびら》に近《ちか》づいて行《い》きました。ミッコはポケットのなかでアーミーナイフをぎゅっとにぎりしめました。扉《とびら》についている口《くち》は、彼《かれ》らを飲《の》みこもうと思《おも》えばできそうなくらい、ものすごく大《おお》きかったのです。ビールバラ提督《ていとく》は、またふるえ始《はじ》めました。エンマがここにいてもいなくても、提督《ていとく》がやりたかったのは幸《しあわ》せの島《しま》へ爺《じい》やのビールを飲《の》みに行《い》くことだけだったのです。扉《とびら》は大《おお》きく口《くち》を開《あ》けて、あくびをしました。「大味《おおあじ》な大《おお》カブ一《ひと》つ、小《こ》カブが三《みっ》つ、できそこないのカブ一《ひと》つ。」と扉《とびら》は言《い》いました。そりゃあわしはなんにも考《かんが》えてないし、そんなこといっしょにいる他《ほか》のみんなだって、先刻承知《せんこくしょうち》のはずだ。提督《ていとく》は寒《さむ》くてぶるぶるふるえるみたいにぶるっと身《み》ぶるいし、それといっしょにティンパも揺《ゆ》れました。ティンパは、おばあちゃんとモーターボートに乗《の》って教会《きょうかい》にお使《つか》いに行《い》く途中《とちゅう》だとばかり思《おも》っていました。ボートの先《さき》にたつ水《みず》の泡《あわ》を見《み》ようと目《め》を開《あ》けましたが、すぐに閉《と》じてしまったので、顔《かお》のついた、ものすごく大《おお》きくて黄《き》色《いろ》い色《いろ》をした扉《とびら》を見《み》ただけでした。ティンパは夢《ゆめ》を見《み》ているのだと思《おも》いました。なので、なんとかして目《め》を覚《さ》まさなきゃと思《おも》い、ビールバラの手《て》を、しっかりとにぎりしめようとしました。ところが、また、クリスマス・カレンダーを胸《むね》のところにぎゅっと抱《だ》きしめたまま、眠《ねむ》りにおちてしまいました。

　扉《とびら》は彼《かれ》らのことをじっと見《み》つめ、もう一度《いちど》あくびをし、それから、太《ふと》くて低《ひく》い声《こえ》でこんなことを言《い》いました。

「ふわぁー。君《きみ》たちは、わたしのことをまたずいぶんと長《なが》いこと眠《ねむ》らせておいてくれたもんだ。ところで、君《きみ》たちは、どちら様《さま》かな？　おお、そうだ。思《おも》い出《だ》したぞ。いやはや、一人《ひとり》だけ見《み》おぼえがあるようだ。ちがうかな。君《きみ》がまだ、小《ちい》さな子《こ》どものころに一度《いちど》だけ会《あ》ったことがあるな。君《きみ》は、あの年寄《としよ》りの翁《おきな》にそっくりだ。」

「ああ、そうですか。」とフーさんは、弱々《よわよわ》しい声《こえ》で答《こた》えました。というのも、フーさんは、年寄《としよ》りの翁《おきな》と呼《よ》ばれたのが、自分《じぶん》のおじいさんのことだということがわかったからです。

「そうだ、そうだ。時《とき》がたったということだ。さすれば子《こ》どもは大《おお》きくなる、大《おお》きくなれば大人《おとな》になる。君《きみ》は、ずいぶんとまた小《ちい》さいままだな。こんなに小《ちい》さなおまえさんを年寄《としよ》りの翁《おきな》が見《み》たら、いったいなんと言《い》うだろう。」と扉《とびら》が小《ちい》さな声《こえ》で言《い》いました。

フーさんにはわかっていることでした。フーさんは、初《はじ》めから自分《じぶん》がおじいさんに半人《はんにん》前《まえ》だと思《おも》われることがいやでした。そうでなくとも、フーさんはいま、この状況《じょうきょう》がだんだんといやになって来《き》ています。どうして、ここにいなくちゃいけないのだろう。ビールバラ提督《ていとく》は、もう、大声《おおごえ》をはり上《あ》げたりはしなくなっていて、むしろ、ヘルシンキにいる騒《さわ》ぎたてる男《おとこ》たちよりも静《しず》かだったのに。エンマのことなんて、フーさんにはどうでもよいことだったのに。それから、子《こ》どもたち！　フーさんは、三人《さんにん》の子《こ》どもたちといっしょに来《こ》ようとひっしだったけれど、おじいさんから聞《き》いた話《はなし》と来《き》たらとにかく怖《こわ》いものばっかりだったから、きっとこれから先《さき》、色々《いろいろ》な危険《きけん》が待《ま》ち受《う》けているにちがいないのだ。ダメだ。フーさんは、すぐに心《こころ》を決《き》めて、もと来《き》た道《みち》を戻《もど》り始《はじ》めました。まだ、いまなら、戻《もど》

る方法《ほうほう》があるぞ。でも、もしも、だれかに怖《こわ》がりだって言《い》われたらどうしよう。そうしたら、もっといやなことだってがまんしなきゃいけないかもしれない。

「そのとおりだ。」と扉《とびら》がまるでフーさんの考《かんが》えていることを聞《き》いていたかのようにささやきました。「まちがいない。悔《く》やむより見《み》たほうがいいぞ。」と言《い》うと扉《とびら》は目《め》くばせしました。「フーさん、ビールっ腹《ばら》の男《おとこ》、それと三人《さんにん》の子《こ》ども。」と扉《とびら》はまるで本《ほん》でも読《よ》んでいるように呼《よ》びました。「さあ、記憶《きおく》せよ。東時間七〇七《ひがしじかんななまるなな》に、この者《もの》たちはやって来《き》た。予《よ》言《げん》のとおり。予言《よげん》のとおり。さて、これから開《あ》けよう。」

　金《きん》の扉《とびら》はなにひとつ音《おと》をたてずに岩《いわ》の内側《うちがわ》へ開《ひら》きました。扉《とびら》のむこうには、フーさんが子《こ》どもの時《とき》に目《め》にしたのと同《おな》じすばらしい世界《せかい》が広《ひろ》がっていました。ところが、フーさんは、その土地《とち》にも海岸線《かいがんせん》にも興味《きょうみ》がわきませんでした。扉《とびら》は、彼《かれ》らが来《く》ることを知《し》っていたのです。なにかがちょっと変《へん》でした。

「止《と》まるんだ。行《い》っちゃいけない。」フーさんは大《おお》きな声《こえ》で言《い》いましたが、子《こ》どもたちもビールバラ提督《ていとく》も聞《き》いてはいませんでした。扉《とびら》のむこうからはトリのさえずりや小川《おがわ》のせせらぎが聞《き》こえ、かなたまで広《ひろ》がる野原《のはら》には、シートがおかれていて、その上《うえ》に食《た》べ物《もの》や飲《の》み物《もの》が置《お》いてあるのが目《め》に入《はい》りました。ビールバラ提督《ていとく》は、まるで貨物自動車《かもつじどうしゃ》のように食《た》べ物《もの》にむかって突進《とっしん》し、子《こ》どもたちがそれにつづきました。これは、ぼくらを引《ひ》っかけようとしているだけなんだとフーさんにはすぐにわかりました。ぼくがみんなを守《まも》らなきゃ。フーさんは大声《おおごえ》を出《だ》し、バタバタとあわててみんなのあとを追《お》いました。すると、扉《とびら》がフーさんの背後《はいご》で、開《ひら》いたときと同《おな》じように音《おと》もなくすっと閉《し》まりました。フーさんは、あっいけない、と天地《てんち》がひっくり返《かえ》りそうになるほどおどろきました。フーさんもわなに引《ひ》っかかってしまったのです。フーさんは、もうけっして考《かんが》えもなしに行動《こうどう》するなんてことはしないぞ、と心《こころ》に決《き》めました。とにかくまずは考《かんが》えて、それから行動《こうどう》を起《お》こすんだ。フーさんは、すばらしい考《かんが》えというものは、どうしていつも、ずいぶんとあとになってから思《おも》いうかぶんだろう、と哀《かな》しい気持《きも》ちになりました。でも、もうどうしようもありません。扉《とびら》が閉《し》まってしまったのです。フーさんは、みんなのあとをゆっくりとついていきました。

「わたし、ヤッファ〔フィンランドでもっとも一般的《いっぱんてき》な炭酸飲料《たんさんいんりょう》〕飲《の》む。」とリンマがさけびました。

「ぼくが飲《の》む。」とティンパがいきおいこんで言《い》いました。

「おいおい、ビールは、わしのためにとっておいてくれよ。」とビールバラ提督《ていとく》が胸《むね》をワクワクさせながらお願《ねが》いしました。「家《いえ》に帰《かえ》ったら、一《いち》マルカ払《はら》うから。頼《たの》むぞ。」

ビールバラ提督《ていとく》はますますスピードを上《あ》げました。ほんの少《すこ》しだけ、ビールバラ提督《ていとく》は足《あし》を限界《げんかい》まで早《はや》く動《うご》かして、ミッコよりも先《さき》に食《た》べ物《もの》や飲《の》み物《もの》のところにつくや、食《た》べ物《もの》

や飲《の》み物《もの》の上《うえ》に、どさっとひっくり返《かえ》りました。すると、いったいなにが起《お》こったのでしょう。食《た》べ物《もの》や飲《の》み物《もの》をつかんだと思《おも》ったのに、手《て》は空《から》っぽでした。野原《のはら》の上《うえ》にははっきりとソーセージにニシン、パンやコルップ〔パンからつくったビスケットの一種《いっしゅ》〕、チーズにパプリカ、ヤッファ・ジュース、爺《じい》やのビールにグレー伯爵《はくしゃく》ティーがあるのが見《み》えたのに、手《て》にはなにひとつつかむことができなかったのです。まるで蜃気楼《しんきろう》です。そこにあるように見《み》えるだけなのです。

　ヒュンッという音《おと》がして、飲《の》み物《もの》が入《はい》った瓶《びん》や食《た》べ物《もの》が消《き》えてしまったのです。どこからともなく意地悪《いじわる》そうな笑《わら》い声《ごえ》が聞《き》こえてきました。するとまた、ヒュンッという音《おと》がして瓶《びん》や食《た》べ物《もの》があらわれました。彼《かれ》らはまた、食《た》べ物《もの》や飲《の》み物《もの》をつかもうとしましたが、またまた、ヒュンッという音《おと》とともに目《め》にしているものが消《き》えて、ヒーッヒッヒッという笑《わら》いが聞《き》こえました。子《こ》どもたちはがっかりし、ビールバラ提督《ていとく》は怒《おこ》り始《はじ》めました。

「いったいどこのどいつが、わしといたちごっこをやりたがっておるのだ。こういうことをしたいなら、わしに謝礼《しゃれい》を支払《しはら》ってもよいくらいだぞ。」

ミッコは、なんだか同《おな》じことを経験《けいけん》したことがあるように感《かん》じました。目《め》のまえに見《み》えているものは、映写機《えいしゃき》で映《うつ》し出《だ》されているものじゃないだろうかと思《おも》ったのです。こうして、だれかがぼくたちをからかっているのです。でも、いったいなぜ？

フーさんもみんなに追《お》いつきました。でも、いままで自分《じぶん》の考《かんが》えに没頭《ぼっとう》していたことをみんなにはひとことも言《い》いませんでした。おじいさんは、いま起《お》こったようなことも話《はな》してくれていたのですが、いったいそれがどういう内容《ないよう》だったのかすっかり忘《わす》れてしまっています。どうして、ぼくは記憶力《きおくりょく》がよくないのだろうと、フーさんはがっくりしてしまいました。

子《こ》どもたちはすっかりつかれきって、草《くさ》むらのなかにへたりこんでしまいました。ところが、ビールバラ提督《ていとく》の怒《いか》りはまったく収《おさ》まっていません。食《た》べ物《もの》がないことに対《たい》してほえまくり、あっちこっちにむかってげんこつでなぐりかかっています。すると、こんなビールバラ提督《ていとく》に、ある現象《げんしょう》が起《お》こり始《はじ》めました。というのは、一《いち》ダースの爺《じい》やのビールがいつでもどこでも、ビールバラ提督《ていとく》の目《め》のまえにあらわれるようになったのです。ところが、ビールバラ提督《ていとく》が瓶《びん》を一本《いっぽん》でも手《て》に取《と》ろうとすると、瓶《びん》は消《き》えてしまうのです。そして、毎回同《まいかいおな》じ小《ちい》さな笑《わら》い声《ごえ》が草《くさ》むらを越《こ》えて聞《き》こえてくるのです。

「止《や》めるんだ。そんなことしたって、どうにもならないよ。ぼくたちは、これからなにをしなきゃいけないのか考《かんが》えないといけないんだ。けど、ぼくは、いますっごくお腹《なか》がすいてるよ。」とミッコが言《い》いました。

「それに、のどもかわいたよ。」とティンパが小声《こごえ》で言《い》いました。

「それに、お家《うち》に帰《かえ》りたい。」とリンマがいまにも消《き》えいりそうな声《こえ》で言《い》いました。彼女《かのじょ》のワンピースには小《ちい》さな汚《よご》れがあったのです。その上《うえ》、いまさらどうやったらパイメラさん家《ち》のキルシちゃんのお誕生会《たんじょうかい》に間《ま》にあうというのでしょう。

フーさんは、まだなにも言《い》いません。ひたすら、ただ、ひたすらに考《かんが》えています。たしか見《み》えているだけのものを実物《じつぶつ》にする方法《ほうほう》がなにかあったはず。なにかとっても単純《たんじゅん》な方法《ほう》が。おじいさんが、それを思《おも》いついたとき、すぐに話《はな》してくれた方法《ほうほう》。どんな方法《ほうほう》だったっけ。

子《こ》どもたちは文句《もんく》を言《い》い、ビールバラ提督《ていとく》もののしり声《ごえ》をあげました。ビール瓶《びん》と食《た》べ物《もの》は、まだ彼《かれ》らのまわりにあらわれては消《き》え、フーさんはただ考《かんが》え事《ごと》をしています。でも、考《かんが》え事《ごと》をしたかいがありました。ついに思《おも》い出《だ》したのです。次《つぎ》に瓶《びん》があらわれたとき、フーさんは大《おお》きな声《こえ》で言《い》いました。「動《うご》いちゃだめだ。さわろうとしちゃだめだ。とにかく座《すわ》って、みんないっしょに念《ねん》じて。これは嘘《うそ》なんかじゃない。ぜんぶホントのことなんだ、ってね。さあ、いまだ。」

みんなは座《すわ》って念《ねん》じました。ヒュンッという音《おと》がしました。この音《おと》がするとビール瓶《びん》は残《のこ》らず消《き》えてしまうはずなのですが、そのまま草《くさ》むらの上《うえ》に残《のこ》っています。それに、笑《わら》い声《ごえ》も聞《き》こえてきません。みんな、もう、何度《なんど》もがっかりさせられたあとなので、食《た》べ物《もの》にふれてみようとさえ思《おも》いませんでした。とうとうビールバラ提督《ていとく》が手《て》を延《の》ばし、爺《じい》やのビールの瓶《びん》の口《くち》をつかみました。ビールバラ提督《ていとく》はまるで瓶《びん》をやっつけようとでもするかのように乱暴《らんぼう》に栓《せん》を抜《ぬ》くと、ビールをのどにながしこみました。こうして初《はじ》めてビールバラ提督《ていとく》は、瓶《びん》がちゃんとあって、本物《ほんもの》だということがわかったのです。ビールも本物《ほんもの》だったのですからね。

子《こ》どもたちは喜《よろこ》びの声《こえ》を上《あ》げて、食《た》べ物《もの》に飛《と》びつきました。ティンパは、ニシンをほおばり、パプリカも口《くち》いっぱいに入《い》れました。ミッコとリンマは、リンゴ、パン、ソーセージにチーズを食《た》べました。フーさんのまえには、コルップと紅茶《こうちゃ》のカップがあらわれました。みんな、音《おと》も立《た》てずに黙々《もくもく》と飲《の》んだり食《た》べたりしています。お腹《なか》がいっぱいで、もうこれ以上《いじょう》飲《の》んだり食《た》べたりできなくなっても、まだ、飲《の》んだり食《た》べたりしています。ビールバラ提督《ていとく》はどちらかというと飲《の》んでばかりでしたが、そんなことは、すでにわかりきったことですよね。フーさんは、こうなってもまだ、こうじゃない、理解《りかい》できないと頭《あたま》をふっていました。フーさんは提督《ていとく》のビールの飲《の》みっぷりについては、どういう状況《じょうきょう》になっても理解《りかい》できないと思《おも》っています。

食《た》べたあとは疲労感《ひろうかん》がやってきました。みんなが眠《ねむ》りこみそうになったとき、ミッコは、だれかが見張《みは》りをしなきゃいけないということに気《き》がつきました。だって、そういう風《ふう》にあるガイドブックには書《か》いてあったのです。それに、焚《た》き火《び》をつけて、予備《よび》の小枝《こえだ》も集《あつ》めておくべきだと思《おも》いました。ミッコがあれこれ指示《しじ》を出《だ》し、みんなでちょっと動《うご》き回《まわ》ると、すぐに準備《じゅんび》はととのいました。でも、いったいどうやったら焚《た》き火《び》をつけることができるでしょう。だれもマッチを持《も》っていなかったのです。

「みんな、ポケットのなかのものをぜんぶ出《だ》してみて。」とミッコが声《こえ》をかけ、みんなは言《い》われた通《とお》りにしました。草《くさ》むらの上《うえ》には、鍵《かぎ》、小銭《こぜに》、釘《くぎ》、紐《ひも》、消《け》しゴム、電球《でんきゅう》、一口《ひとくち》かじったリンゴ、ファスナー、フーさんのだれもほどくことができないくらい、口《くち》がしっかりとしばられた三《みっ》つの包《つつ》み、アーミーナイフ、そして、ああ不思議《ふしぎ》、不思議《ふしぎ》なことに単眼《たんがん》鏡《きょう》までできました。単眼鏡《たんがんきょう》は、ビールバラ提督《ていとく》がはずかしさのあまりまっ赤《か》になりなが

ら出《だ》したものでした。
単眼鏡《たんがんきょう》は、昔々《むかしむかし》、目《め》の角《かど》を美《うつく》しく見《み》せるために使《つか》ったものですが、使《つか》ったからといって、ちっとも美《うつく》しくはならない、ということを提督《ていとく》も覚《おぼ》えていました。ミッコが探《さが》しているものというのはこれなのでしょうか。ミッコは、さっさとかわいた草《くさ》をかき集《あつ》め、小枝《こえだ》をもっと小《ちい》さく折《お》りました。そして、小《ちい》さく折《お》った枝《えだ》を草《くさ》の上《うえ》に置《お》くと単眼鏡《たんがんきょう》を手《て》に取《と》りました。太陽《たいよう》が雲《くも》の陰《かげ》から出《で》てくると、単眼鏡《たんがんきょう》が太陽光線《たいようこうせん》を受《う》けて、草《くさ》にむくように調整《ちょうせい》しました。すると、草《くさ》から煙《けむり》が上《あ》がり始《はじ》め、ミッコがそうっと息《いき》を吹《ふ》きかけると草《くさ》に火《ひ》がつき、小枝《こえだ》はぱちぱちと言《い》い始《はじ》め、やがて大《おお》きな炎《ほのお》となって焚《た》き火《び》が燃《も》え始《はじ》めました。フーさんはおどろきにうちひしがれました。フーさんがどんなにがんばってもできないことを、ミッコはやりとげた

のです。ビールバラ提督《ていとく》でさえ、口《くち》をぽかんと開《あ》けたまま見《み》とれていて、やがてその口《くち》にビール瓶《びん》の口《くち》を、いつも通《どお》りにつっこみました。

いまになってミッコは、地面《じめん》の下《した》の世界《せかい》にも、地上《ちじょう》の世界《せかい》と同《おな》じように、太陽《たいよう》がかがやいていることに気《き》がつきました。それに、雲《くも》も本物《ほんもの》の雲《くも》とそっくりです。おまけに、彼《かれ》らに猛《もう》スピードで近《ちか》づいてくるトラも本物《ほんもの》そっくりです。

ミッコは固《かた》まりました。「トラだ、気《き》をつけろ、すぐに火《ひ》のそばに集《あつ》まるんだ。」とミッコは大声《おおごえ》でさけびました。それからミッコはアーミーナイフをつかむと、なかから一番大《いちばんおお》きな道具《どうぐ》を出《だ》しました。ミッコは、自分《じぶん》の力《ちから》のおよぶかぎり、ティンパとリンマを守《まも》ろうと決《き》めたのです。ティンパも、ボールペンをつかむと、ミッコと同《おな》じようにしようと決《き》めました。一方《いっぽう》、リンマは、トラに背《せ》をむけて座《すわ》り、こんな遊《あそ》びにはつき合《あ》っていられないからもう寝《ね》よう、と決《き》めました。そして、おどろいたことに、リンマはすぐにぐっすりと眠《ねむ》りこんでしまったのです。

フーさんは、トラのことを、まるで哲学《てつがく》について考《かんが》える時《とき》のように観察《かんさつ》していました。縞模様《しまもよう》で、ウシくらいの大《おお》きさで、肉食《にくしょく》で、ネコ系《けい》の獰猛《どうもう》な動物《どうぶつ》といったらこれだろうか？　トラはなにを食《た》べるのだろう？　トラはおだやかな時《とき》にはカメかワニと同《おな》じようにのんびりしているだろうし、猛々《たけだけ》しい時《とき》にはカエルかキリギリスのようにぴょんぴょん大《おお》まで走《はし》るだろう。でもいったいいまここでなにをしているのだろうか？　どうして動物《どうぶつ》園《えん》にいないのだろう？　もしも、危険《きけん》な生《い》きものであれば、どうやったら動《うご》きを止《と》めさせることができるだろうか？　フーさんは考《かんが》えました。フーさんは、たんに自分《じぶん》の考《かんが》え事《ごと》の対象《たいしょう》として、トラにとても興味《きょうみ》を持《も》ったのです。ですから、トラというものの存在《そんざい》について、また今度《こんど》、じっくり落《お》ち着《つ》いて考《かんが》えようと決《き》めました。それというのも、トラがかなり近《ちか》づいて来《き》ていて、しかもそれが、すごい早《はや》さだったので、十分《じゅうぶん》に考《かんが》える時間《じかん》がなくなったからです。

　子《こ》どもたちもフーさんもなにもできずにいるときに、ビールバラ提督《ていとく》は動《うご》きだしていました。彼《かれ》は、火《ひ》のついた小枝《こえだ》を焚《た》き火《び》から抜《ぬ》くと、それを振《ふ》りまわしながらトラにむかって行《い》きました。トラはほえて、うめいて、それから、まるで特急列車《とっきゅうれっしゃ》のようにスピードを上《あ》げて、近《ちか》づいて来《き》ました。ビールバラ提督《ていとく》はビール瓶《びん》をあおるように飲《の》んで空《から》にすると、トラにむかって投《な》げつけました。ビールバラ提督《ていとく》はなんだかおかしくなってきました。人《ひと》はどれだけ妄想《もうそう》をおそれるのか。みんな、目《め》に見《み》えていると思《おも》っていることが妄想《もうそう》だとわかると、はずかしくなるものなんだ。ビールバラ提督《ていとく》は、まるで英雄《えいゆう》が、ちょうど魔女《まじょ》の手《て》にとらわれた王女《おうじょ》を救《すく》い出《だ》して迎《むか》える時《とき》のように、両腕《りょううで》を広《ひろ》げて立《た》ち止《ど》まりました。

　ところが、トラにむかって飛《と》んで行《い》ったビール瓶《びん》が、トラにがんとぶつかると、瞬時《しゅんじ》にトラは消《き》えて、別《べつ》の方向《ほうこう》からあらわれるはずだったのに、このトラは、ちがう行動《こうどう》にでました。トラは瓶《びん》があたった痛《いた》みにうめき声《ごえ》をあげて、立《た》ち止《ど》まり、瓶《びん》を飲《の》みこむと、またビールバラ提督《ていとく》に近《ちか》づいてきたのです。提督《ていとく》は（まるで、ロトの奥《おく》さん〔『旧約聖書《きゅうやくせいしょ》』の登場人物《とうじょうじんぶつ》で、町《まち》が崩壊《ほうかい》する時《とき》に、ふりかえったために塩《しお》の柱《はしら》になってしまう〕のように）一瞬《いっしゅん》立《た》ち止《ど》まり、焚《た》き火《び》のもとへ走《はし》ってきました。彼《かれ》は焚《た》き火《び》のそばに横《よこ》になると、火《ひ》のついた小枝《こえだ》を投《な》げ捨《す》てて、あたらしい爺《じい》やのビール瓶《びん》に手《て》を伸《の》ばしました。提督《ていとく》は、もしも死《し》ぬんだったら、最期《さいご》にビールを飲《の》んでおきたいと思《おも》ったのです。そして、彼《かれ》は目《め》を閉《と》じました。

　提督《ていとく》の投《な》げ捨《す》てた火《ひ》のついた小枝《こえだ》がトラにあたって、トラは痛《いた》みでキャウォーンと鳴《な》き声《ごえ》を上《あ》げました。巨大《きょだい》なネコも火《ひ》は好《す》きではありませんでしたし、このトラはキップリング〔『ジャングル・ブック』などを書《か》いた英国《えいこく》の作家《さっか》〕の作品《さくひん》を読《よ》んでもいたのです。トラは怒《おこ》りましたが、煙《けむり》が変《へん》なところに入《はい》ってくしゃみと咳《せき》をしました。目《め》のまえにはせっかく人間《にんげん》がいるというのに、いったいどうやったらこんな痛《いた》みを受《う》けることなく捕《つか》まえて食《た》べることができるだろうと考《かんが》えて、トラは立《た》ち止《ど》まりました。トラはできれば道《みち》に穴《あな》を掘《ほ》って、このにっくきえたいの知《し》れない獲物《えもの》を穴《あな》へ落《お》としたいと思《おも》いました。ところが、このトラはモグラではなく、たんに動物園《どうぶつえん》へ戻《もど》って小《ちい》さな子《こ》どもたちを怖《こわ》がらせ、新鮮《しんせん》な肉《にく》を毎日《まいにち》食《た》べたいと思《おも》っているだけの、年《とし》をとってくたびれたトラなのです。でも、このトラはお腹《なか》がす

いていましたし、お腹《なか》がすくと本能《ほんのう》というものが働《はたら》き始《はじ》めるものです。火《ひ》であろうがなんであろうが、とにかくなにかを食《た》べたかったのです。トラは注意深《ちゅういぶか》く火《ひ》に近《ちか》づいて、だれが一番警戒《いちばんけいかい》していないかを観察《かんさつ》しました。トラは最初《さいしょ》に空《から》の瓶《びん》を投《な》げつけてケガを負《お》わせようとした、大《おお》きなお腹《なか》のみにくい生《い》き物《もの》をやっつけようとしました。のろのろした動《うご》きがトラにはちょうどよかったのです。

一方《いっぽう》、フーさんは棒立《ぼうだ》ちのまま考《かんが》えていました。方法《ほうほう》さえわかれば、みんなを守《まも》ることは簡単《かんたん》なはず。これは嘘《うそ》なんかじゃないといって、食《た》べ物《もの》を実物《じつぶつ》にすることだってできたのだから、もしかして、これは嘘《うそ》だといえば、トラを消《け》すことだってできるんじゃないだろうか？

フーさんは、ためしてみることにしました。うまくいかなくても、失《うしな》うものはなにひとつないだろうし。それに、いずれにしても、もうすぐやられてしまうだろうし。

　すると、フーさんは、「トラのことを見《み》ちゃいけない。目《め》を閉《と》じて。そして、みんないっしょにぼくと同《おな》じことを考《かんが》えて。これは、ほんとうのことじゃない。これは、嘘《うそ》なんだって。さあ、いまだ。」と大《おお》きな声《こえ》で言《い》いました。

　子《こ》どもたちは、フーさんといっしょに目《め》を閉《と》じました。ビールバラ提督《ていとく》の目《め》は、とっくにしっかりと閉《と》じられていました。これは、ほんとうのことじゃない。これは、嘘《うそ》なんだ。こうして、いっしょに念《ねん》じてはみたものの、だれ一人目《ひとりめ》を開《あ》けてみようとはしませんでした。なぜって、こんなに単純《たんじゅん》な方法《ほうほう》でうまくいくなんてとても思《おも》えませんでしたし、なんと言《い》っても相手《あいて》は大《おお》きくておそろしい動物《どうぶつ》なのです。とうとうティンパが目《め》を閉《と》じていられなくなって、目《め》が自然《しぜん》に開《ひら》いて来《き》たので思《おも》いきって開《あ》けてみました。焚《た》き火《び》はぱちぱちいっていて、空《そら》にはトリらしきものが飛《と》んでいて、草《くさ》は香《かお》り、風《かぜ》になびいています。トラはまるで昨日《きのう》のことのようにいなくなっていました。

「いなくなったよ。いなくなっちゃったよ。」とティンパはさけびました。

　みんなも、そうっと目《め》を開《あ》けてみました。そのとおりでした。広々《ひろびろ》とした草原《そうげん》が、彼《かれ》らのまわりにだだっ広《ぴろ》く、おだやかに広《ひろ》がっていました。なにもかもが平和《へいわ》そのものに見《み》えます。でも、ぬか喜《よろこ》びはしませんでした。もう、次《つぎ》にどんな危険《きけん》が自分《じぶん》たちにせまっているのかがわかったのです。じつを言《い》うとそれは風《かぜ》が運《はこ》ぶにおいでわかったのです。彼《かれ》らは真顔《まがお》で視線《しせん》をかわし、また、草原《そうげん》のほうへ目《め》をむけました。でも子《こ》どもたちはあくびが出《で》てきました。もう、眠《ねむ》る時間《じかん》だったのです。もうなにもできそうもありません。なにをおいても、まずは寝《ね》なければいけなかったのです。

「だれが見張《みは》りに立《た》つのかくじ引《び》きで決《き》めようよ。物語《ものがたり》の本《ほん》では、いつもそういう風《ふう》にしているよ。」とミッコがぼそっと言《い》いました。

すると、ビールバラ提督《ていとく》は、ゆっくりすくっと立《た》ち上《あ》がり、ビール瓶《びん》から直接《ちょくせつ》ごくごくとビールを飲《の》むと、また勇気《ゆうき》がわいてきました。もしかしたら、みずから志願《しがん》したほうが良《よ》いかもしれないと提督《ていとく》は考《かんが》えたのです。そうしたら、ミッコの目《め》を気《き》にせずに、フーさんの視線《しせん》も気《き》に留《と》めることなく、ビールを心行《こころゆ》くまで何本《なんぼん》でも飲《の》めるじゃないですか。これは、とてもすばらしい考《かんが》えに思《おも》えました。

「わしが最初《さいしょ》に見張《みは》りに立《た》とう。」と提督《ていとく》が声《こえ》を上《あ》げました。「わしはまったくつかれていないから、一晩中《ひとばんじゅう》だって起《お》きていられるぞ。君《きみ》たちは、眠《ねむ》りなさい。君《きみ》たちはまるでトウヒの木《き》の中枢神経《ちゅうすうしんけい》みたいになってがんばったんだから。」

ミッコは、ビールバラのことをうたがわしそうに見《み》つめましたが、もうとにかく眠《ねむ》くて眠《ねむ》くてしかたがなかったので、とにかくまずは少《すこ》し眠《ねむ》って、考《かんが》えるのはそれからにしようと思《おも》いました。他《ほか》の者《もの》たちも提督《ていとく》の意見《いけん》に反対《はんたい》のものはいませんでした。子《こ》どもたちは、お互《たが》いにくっついて寝《ね》て、フーさんはみんなのそばに横《よこ》になりました。子《こ》どもたちは、すぐにすとん、と夢《ゆめ》のなかに落《お》ちました。

フーさんはまずあおむけに寝《ね》て空《そら》をながめましたが、背中《せなか》になんだか引《ひ》っぱられるような重《おも》みを感《かん》じたので、しばらくしてからむきを変《か》えました。ですが、横《よこ》むきに寝《ね》ても寝心《ねごこ》地《ち》が良《よ》くなかったので、こんどは反対側《はんたいがわ》の横《よこ》むきになってみました。それからうつぶせにもなってみましたが、どんな姿勢《しせい》になってもちっとも落《お》ち着《つ》きません。とうとうフーさんは、からだを起《お》こして座《すわ》り、下《した》をたしかめてみました。するとなんと、フーさんはとんがった岩《いわ》の上《うえ》に寝《ね》ていたのです。でもいったいどうやったらこれをどけることができるでしょう。フーさんは長《なが》いこと考《かんが》えたすえ、草《くさ》をたっぷり集《あつ》めて岩《いわ》の上《うえ》に置《お》くことにしました。これで、岩《いわ》も少《すこ》しやわらかくなりました。たぶんこれでもう大丈夫《だいじょうぶ》だろう。きっと、いつかは地上《ちじょう》に帰《かえ》ることだってできるだろうし。とにかくいまは、おじいさんもそうだったように、まえへ進《すす》むしかないのだから。フーさんはおじいさんよりも、いろいろなことが下《へ》手《た》で、うまくできないというのはいやなのでした。と、あれやこれやと思《おも》っているうちに、フーさんは眠《ねむ》ってしまいました。

一方《いっぽう》、ビールバラ提督《ていとく》は起《お》きていました。大小《だいしょう》いろいろな雲《くも》が、夕方《ゆうがた》の空《そら》になり、やが

てまっ暗《くら》な空《そら》になってからも、ずっと上空《じょうくう》を通過《つうか》していました。草《くさ》はざわざわと鳴《な》りつづけ、見渡《みわた》すかぎりの草原《そうげん》からふわあ、ふわあ、さわさわ、ざわわ、というみょうな音《おと》が鳴《な》りひびきつづけています。こういう音《おと》が聞《き》こえることこそが、人《ひと》が生《い》きるということだ、と提督《ていとく》は思《おも》いながら、あたらしいビールの栓《せん》を抜《ぬ》きました。焚《た》き火《び》が手《て》をほかほかにし、提督《ていとく》はあたらしい薪《まき》を押《お》しこむようにしてくべました。大《おお》きな肉食《にくしょく》のトリがぐぉぉぉぉ、きーっきーっ、ぎぃーっぎぃーっと鳴《な》きながら頭上《ずじょう》を飛《と》んでいきましたが、提督《ていとく》は、トリのことを飛行機《ひこうき》だと思《おも》って、気《き》にも留《と》めませんでした。もしかして、いま、軍事訓練中《ぐんじくんれんちゅう》なのかな？　こんなに、きーっきーっと言《い》うなんて、エンジンがオイル切《ぎ》れになっているにちがいない。ビールバラ

提督《ていとく》はまたビールをごくごくと飲《の》みました。おっ

ちゃん印《じるし》の爺《じい》やのビールが、彼《かれ》の好《す》きな銘柄《めいがら》だということを新世界《しんせかい》のいったいだれが知《し》っていたのでしょうか。提督《ていとく》はいつの日《ひ》か、このすばらしいビールを作《つく》った人《ひと》に出会《であ》ったら手《て》をにぎって感謝《かんしゃ》の気持《きも》ちを述《の》べようと思《おも》いました。こんなにすばらしいビールを作《つく》った人《ひと》は、いつだって感謝《かんしゃ》の気持《きも》ちをささげられるべき人《ひと》にちがいないのですから。もしかすると、抱《だ》きしめても良《よ》いくらいかもしれません。そうして、提督《ていとく》はまたごくごくっとビールを飲《の》みました。

こうして夜《よる》は過《す》ぎて行《い》き、空《そら》では星《ほし》がきらきらとかがやいています。トリは大《おお》きな声《こえ》で鳴《な》きつづけ、おそろしいカメやでっぱのサメは、空腹《くうふく》のあまりもっといい獲物《えもの》はないかと声《こえ》を上《あ》げつづけています。ところが、彼《かれ》らの声《こえ》よりももっと大《おお》きな音《おと》で鳴《な》りひびいていたのは、ビールバラ提督《ていとく》のちょっと音程《おんてい》がはずれた歌《うた》でした。

地《ち》の上《うえ》だって　地《ち》の下《した》だって
トラやら獅子《しし》に会《あ》ったらば、らば
椅子《いす》に　腰《こし》かけに　座《すわ》らせようや
きれいな晴《は》れ着《ぎ》で着飾《きかざ》って
ビールを手《て》に手《て》にやっほっほー

お空《そら》にうっすらお月様《つきさま》
うっすらチョコもおいしいよ
わしらは人食《ひとく》い獣《けもの》だぞう
それでは　みなさん　ごいっしょに
もしも　ビールが底《そこ》をつき
いやいや　いけない　そりゃ　いけない
提督《ていとく》　飲《の》む飲《の》む　ごっくごく

こんな歌《うた》のおかげで、この夜《よる》は、獣《けもの》は一匹《いっぴき》もフーさんやぐっすりと眠《ねむ》っている子《こ》どもたちに近《ちか》づくことができませんでした。

6　広《ひろ》い野《の》原《はら》のおそるべき秘《ひ》密《みつ》

　朝《あさ》になってミッコはけだるい調子《ちょうし》のぐぐぐっごごっという音《おと》で目覚《めざ》めました。それからひえっと飛《と》び上《あ》がるとぴょんっと立《た》ち上《あ》がりました。ぐぐぐっごごっという音《おと》は、火《ひ》が消《き》えた焚《た》き火《び》のかたわらでいびきをかいている、ビールバラ提督《ていとく》のものでした。提督《ていとく》のまわりには、あっちこっちに空《から》っぽになった爺《じい》やのビールの瓶《びん》が散《ち》らばっていて、満《まん》タンの瓶《びん》は一本《いっぽん》もありませんでした。提督《ていとく》が、ぜんぶ飲《の》んでしまったにちがいありません！

　ミッコはささっとあたりを見回《みまわ》しましたが、世界《せかい》は平和《へいわ》そのものだったので、ほっとしました。うっすらとかかったもやのむこうには太陽《たいよう》がかがやいていて、空気《くうき》はおだやかに感《かん》じられます。草原《そうげん》の反対側《はんたいがわ》のちょうど山《やま》のように盛《も》り上《あ》がっているあたりで、なにかうごめいているものが目《め》に入《はい》りました。けれど、ミッコがどんなに目《め》をこすってみても、それがなにかははっきりしませんでした。

「みんな、起《お》きるんだ。」とミッコが大声《おおごえ》で言《い》うと、子《こ》どもたちもフーさんもびっくりして飛《と》び起《お》きました。

「ねえ、もうクリスマスになったの。」ティンパは声《こえ》に出《だ》してから、自分《じぶん》たちがどこにいるのかを思《おも》い出《だ》しました。彼《かれ》はあたりを面白《おもしろ》そうに見回《みまわ》しました。地下《ちか》の国《くに》は、夢《ゆめ》のなかの出来事《できごと》ではなくて、ほんとうのことだったのです。それからなにかがなくなっていることに気《き》がつきました。クリスマス・カレンダーは、どこへ行《い》っちゃったんだろう？　どこにもないぞ。みんなは、フーさんがあることを思《おも》い出《だ》すまで、焚《た》き火《び》のまわりをさがしました。フーさんは、とがった岩《いわ》が邪魔《じゃま》だったので、やわらかくなるようにしたことを思《おも》い出《だ》しました。すると、草《くさ》にかくれていたクリスマス・カレンダーもでてき

ました。おっと、このことを言《い》うにはフーさんのお許《ゆる》しをもらわないといけなかったかな。フーさんは、草《くさ》だらけになったカレンダーを、まるで美《うつく》しい魔法《まほう》の帽子《ぼうし》から、ものを取《と》り出《だ》すように地面《じめん》から引《ひ》っぱり出《だ》しました。

こういう取《と》り出《だ》し方《かた》でもしなければ、ティンパはぶりぶりに怒《おこ》ったにちがいありませんが、とても喜《よろこ》びました。ティンパは、いつもフーさんのことをすごい魔法使《まほうつか》いだと思《おも》っていて、いまのことで、自分《じぶん》の思《おも》っていることが確信《かくしん》にかわったのです。ですからティンパは、フーさんのおまじないを覚《おぼ》えようと決《き》めました。ティンパも偉大《いだい》な魔法使《まほうつか》いになれば、サーカス団《だん》の一員《いちいん》として、ライオンや空中《くうちゅう》ブランコ、アザラシやアイスクリーム、大《おお》きなのこぎりとゾウがいる、そんな世界《せかい》にくわわることができるかもしれません。

「ねえ、ねえ、今日《きょう》は何曜日《なんようび》？」とリンマがフーさんに聞《き》きました。

フーさんはちょっと考《かんが》えましたが、わからなかったのでてきとうに「火曜日《かようび》。」と答《こた》えました。リンマはほっとしたようです。そして草《くさ》を集《あつ》めて小《ちい》さな山《やま》を作《つく》り始《はじ》めました。彼女《かのじょ》はキャンプをしている場所《ばしょ》をきれいにしようと小枝《こえだ》で掃《は》きました。ビールバラ提督《ていとく》の空《から》っぽの瓶《びん》は、野原《のはら》に隠《かく》しました。でも、ほんとうは、そんなことをしてはいけないのですが、地面《じめん》を掘《ほ》るシャベルがなかったのです。瓶《びん》を自然《しぜん》のなかに放置《ほうち》することが、自然《しぜん》にそむくことだということくらいリンマはちゃんと知《し》っています。

もうみんな、しゃきんと目覚《めざ》めていて、お腹《なか》をすかせていました。全員《ぜんいん》がです。ただし、提督《ていとく》をのぞいてですが。

彼《かれ》らはミッコがしびれを切《き》らしてビールバラの肩《かた》をげんこつでゴンゴンとたたき始《はじ》めるまで、ずっとずっとひたすら待《ま》ちつづけていました。

「起《お》きろ。ねえねえ、もう起《お》きようよ。」

ところがビールバラ提督《ていとく》はぐうぐう、ぐうぐう、まるで潜水艦《せんすいかん》のように深《ふか》い眠《ねむ》りに落《お》ちていました。

「提督《ていとく》を起《お》こさなきゃ！」とうとうミッコははじけるように立《た》ち上《あ》がると、大《おお》きく深呼《しんこ》吸《きゅう》をし、あらんかぎりの大声《おおごえ》でどなりました。「おーい、船《ふね》が沈《しず》むぞーー！」

効果《こうか》てきめん。ビールバラ提督《ていとく》は、たちまちピシッと立《た》ち上《あ》がりました。まるで、すぐにでも泳《およ》ぎ出《だ》すかのように腕《うで》は泳《およ》ぐかっこうをしています。頭《あたま》がだんだんしゃっきりとしてきて、自分《じぶん》の目《め》のまえにどこかで見《み》たことのある小《ちい》さくて黒《くろ》い男《おとこ》と、これもまた、どこかで会《あ》ったことがある、でもどこで会《あ》ったかは忘《わす》れてしまった、まあ、とにかく、三人《さんにん》の子《こ》どもが立《た》っているのがわかりました。沈《しず》みかけの船《ふね》はどこにもありません。たぶん、彼《かれ》らはもう無事《ぶじ》に避難《ひなん》して、いまは遭難者《そうなんしゃ》としてここにいるにちがいない。ビールバラ提督《ていとく》はなんだかおかしくなってきました。笑《わら》えてきました。でも一応《いちおう》、ほんとうのことかどうかたしかめるために、もう一度《いちど》鼻《はな》をつまんで引《ひ》っぱってみました。

ところがそれで提督《ていとく》の様子《ようす》が一変《いっぺん》しました。ちょっとした動《うご》きだったのですが、まるで木工《もっこう》ナイフで刺《さ》されたようになったのです。口《くち》のなかは、アリの巣《す》のようで、目《め》はちかちか、こめかみではモーターがぶんぶん鳴《な》っているようです。なんてことだ。わしは二日酔《ふつかよ》いだぞ。賃貸契約《ちんたいけいやく》があるというのに、いったいどこでこんな病気《びょうき》をもらってきてしまったというのだ。

「ぼくたちを守《まも》らなきゃいけなかったのに、どうして、寝《ね》たりしたんだよ。」とミッコは責任《せきにん》を追及《ついきゅう》するように言《い》いました。

「そうよ。怖《こわ》い動物《どうぶつ》かなにかに食《た》べられちゃったかもしれないじゃない、わたしたち。」とリンマも言《い》いました。

「君《きみ》だって、食《た》べられちゃったかもね。」とティンパは言《い》うと鼻《はな》をすすりました。

提督《ていとく》の頭《あたま》のなかは、宙返《ちゅうがえ》りしたみたいになっています。この子《こ》たちはいったいなにを言《い》っているのだ。（まるで、髪《かみ》の毛《け》を赤《あか》く染《そ》めたナイトクラブの女《おんな》の子《こ》みたいだぞ。）

フーさんはなにも言《い》わず、ただ、じっと様子《ようす》を見《み》ていました。ビールバラ提督《ていとく》は、頭《あたま》を金槌《かなづち》で打《う》たれたようになって、ようやくぼんやりといろいろなことを思《おも》い出《だ》し始《はじ》めました。たしか、見張《みは》りをしなければならなかったはずだ。ところが、爺《じい》やのビールを飲《の》んで、歌《うた》って、そして、いまここにいるというわけだ。でもまだ、はんぶん夢《ゆめ》のなかという気分《きぶん》でした。ビールバラ提督《ていとく》にとっては、ビールだけが、世《よ》のなかをふたたび動《うご》き出《だ》させることができるもののようです。ところでわしはいったいいまどこにいるのだろう。提督《ていとく》はなにひとつわかっていませんでした。

「ビールをくれないか。」と彼《かれ》は弱々《よわよわ》しい声《こえ》でお願《ねが》いしました。

「ここにヤッファならあるけど。でも、他《ほか》のものはもうなにもないのよ。昨日《きのう》、ぜんぶ、飲《の》んじゃったじゃない。」とリンマが言《い》いました。

提督《ていとく》は目《め》を閉《と》じると神様《かみさま》におわびしました。いったい提督《ていとく》はいつからビールを飲《の》むようになったのでしょうか。いまとなってはビールと縁《えん》を切《き》る方法《ほうほう》はみつかりそうもありません。わしは、もう、ただの年老《としお》いた人《ひと》でいたいだけなのだと提督《ていとく》は思《おも》いました。もしも、ビールを一本《いっぽん》でいいからもらえるのなら、これを最後《さいご》に、もうお酒《さけ》を飲《の》むのは止《や》めよう、と提督《ていとく》は祈《いの》り、空《そら》を見上《みあ》げました。今回《こんかい》は、神様《かみさま》を信《しん》じようと思《おも》いました。提督《ていとく》は自分《じぶん》たちがいま、地下《ちか》の国《くに》にいるということを忘《わす》れていました。

「ここにあるよ。」と、提督《ていとく》の行動《こうどう》パターンを理解《りかい》しているミッコが一本《いっぽん》のビールを見《み》つけてきて言《い》いました。「これ、あそこの草《くさ》むらのかげにあったんだ。もう、他《ほか》にはないからね。」

提督《ていとく》はビール瓶《びん》をぎゅっとにぎりしめ、はらはらと涙《なみだ》を流《なが》し、一気《いっき》にビールを飲《の》みほし、空《から》になったビール瓶《びん》を草《くさ》むらのうんと遠《とお》くへと放《ほう》り投《な》げると、すとん、と落《お》ち着《つ》きました。偶然《ぐうぜん》にもだれ一人《ひとり》として彼《かれ》の誓《ちか》いを耳《みみ》にしてはいませんでしたので、もうお酒《さけ》を飲《の》むのは止《や》めると誓《ちか》ったことを、みんなにわかってもらおうとこういう風《ふう》にしたのです。でも、わざわざそんなことをする必要《ひつよう》はなかったんですけどね。ビールが提督《ていとく》のお腹《なか》のなかでザブン、ザブンとゆれるたびに気分《きぶん》は軽《かる》くなっていきました。

「ぼくたちは、先《さき》へ進《すす》まなきゃいけない。」とフーさんはなんとなく落《お》ち着《つ》かないすっきりしない気分《きぶん》のまま言《い》いました。「急《いそ》がないといけない。」

「急《いそ》がなきゃならんって、なんでなんだ？　こんなに気持《きも》ちの良《よ》い場所《ばしょ》なのに。」とビールバラ提督《ていとく》は満足《まんぞく》げに言《い》いました。

フーさんはおじいさんが話《はな》してくれたことを思《おも》い出《だ》していたのです。日中《にっちゅう》になると、草《くさ》むらが目《め》を覚《さ》まし、草《くさ》が伸《の》びて、それもどんどん伸《の》びて、昼《ひる》ごろにはすべてのものを飲《の》みこんで窒息《ちっそく》させてしまうというのです。その時間《じかん》になるまでに、このだだっ広《びろ》い草《くさ》むらから出《で》なければ。フーさんは太陽《たいよう》をちらっと見《み》ました。だいたい十時《じゅうじ》くらいのようです。あと二時間《にじかん》くらいしかなさそうだ。それに、山《やま》へは、まだまだ遠《とお》いぞ。もういっときだって無駄《むだ》にできないぞ。

「さあ、急《いそ》いで出発《しゅっぱつ》しよう。ぼくたちは山《やま》のふもとまで行《い》かなければいけないんだ。」とフーさんは大《おお》きな声《こえ》で言《い》いました。

「山《せん》のほうへだと。どうぞ、どうぞ、君《きみ》たち、行《い》くがいい。わしはここで休《やす》んでいるよ。こんなにふわふわとして気持《きも》ちのいい草《くさ》むらより良《よ》いところなんて他《ほか》にあるわけがない。」とビールを飲《の》んで陽気《ようき》になった提督《ていとく》はくだを巻《ま》いていました。

提督《ていとく》は草《くさ》むらにごろんとなると、のんびりとあくびをし、朝露《あさつゆ》にぬれて香《かお》りたつ草《くさ》の香《かお》りを吸《す》いこみました。そして、ひとねむりしようと目《め》を閉《と》じました。ところが、なにかがこちょこちょとくすぐります。目《め》を開《あ》けると何百《なんびゃく》という小《ちい》さな草《くさ》が、あっちからもこっちからも彼《かれ》のことをつかまえようとゆっくりと伸《の》びてきているのが目《め》にはいりました。草《くさ》は、さわさわ、かさかさと音《おと》を立《た》てながら、こいつはおいしいだろうかとためすように、早《はや》くも提督《ていとく》の鼻《はな》に触《ふ》れてきました。これを見《み》た提督《ていとく》は、おそろしさのあまり目《め》の玉《たま》が飛《と》び出《だ》しそうになりました。草《くさ》むらが彼《かれ》を飲《の》みこもうとしているのです。

「助《たす》けてくれ。わしを置《お》いていかないでくれ。」ビールバラ提督《ていとく》はさけびました。フーさんはすでに、草《くさ》むらがこれからどんな風《ふう》になるのかを急《いそ》いで子《こ》どもたちに説明《せつめい》していました。ですから、フーさんと子《こ》どもたちは先《さき》を急《いそ》ぎ、いまではもうずいぶん離《はな》れたところにいます。それでも、提督《ていとく》はすぐに彼《かれ》らに追《お》いつきました。提督《ていとく》は恐怖《きょうふ》でぶるぶるふるえていて、肌《はだ》にはまだ草《くさ》になめられた感触《かんしょく》が残《のこ》っています。彼《かれ》はホッホッと息《いき》を上《あ》げながら、子《こ》どもたちのあとにつづき、もう二度《にど》とビールは飲《の》まないぞと神妙《しんみょう》に思《おも》っていました。でもいずれにせよ、今度《こんど》は水飲《みずの》み介《すけ》になることはまちがいないでしょう。

彼《かれ》らは灼熱《しゃくねつ》の太陽《たいよう》の光《ひかり》がふりそそぐなかを、アヒルの行列《ぎょうれつ》のようになってすすみました。しだいにくたびれ、のどもカラカラになってきました。でも、たとえほんの少《すこ》しでも立《た》ち止《ど》まると、草原《そうげん》は、彼《かれ》らの足元《あしもと》をくんくんとかぐようにしながら、興味津々《きょうみしんしん》といった様子《ようす》で伸《の》びてきます。ですから、彼《かれ》らはひたすら先《さき》へと進《すす》むしかないのです。でも、とうとう、あきらめました。山《やま》はまだまだはるかかなたにあるのです。

「ぼく、もう、歩《ある》けないよ。他《ほか》のことはできても、歩《ある》くのだけは無理《むり》。」とティンパがぶつぶつ言《い》いました。

提督《ていとく》は、ふと優《やさ》しい気持《きも》ちになりました。そして、ティンパを抱《かか》えると肩車《かたくるま》しました。高《たか》いところに上《あ》がったティンパは、遠《とお》くのほうまで見《み》えるようになりました。うしろのほうへ目《め》をやると、草《くさ》むらがにょきにょきと伸《の》びてきて、彼《かれ》らがついさっき歩《ある》いてできた細《ほそ》いくねくねした道《みち》はもう消《き》えてしまっていました。ティンパは、落《お》っこちないようにビルバラ提督《ていとく》ののどのあたりをつかみました。まだまだ、先《さき》は長《なが》そうです。

「絶望的《ぜつぼうてき》だ。間《ま》に合《あ》いっこない。もう、どうしようもないよ。他《ほか》になんか方法《ほうほう》はないの。」

とミッコはあえぎながら言《い》いました。

「わたし、こんなの好《す》きじゃない。もう、みんなといっしょになんかいたくない。」とリンマはまるでこうなったのは人《ひと》のせいだとばかりに言《い》いました。

フーさんはまえのほうを大《おお》またで歩《ある》きながら考《かんが》えこんでいました。ここにはおじいさんの包《つつ》みを三《みっ》つ持《も》ってきていました。そのなかの一《ひと》つには、この状況《じょうきょう》を解決《かいけつ》するものが入《はい》っているはずです。

「ここで止《と》まろう。」とフーさんはため息《いき》をつくように言《い》いました。「でも、みんな、草《くさ》が伸《の》びてこないように、その場《ば》でずっと足踏《あしぶ》みだけはしていてね。円《えん》になって回《まわ》りながら、できるだけしっかりと足踏《あしぶ》みをしていて。」

怒《いか》りにふるえたぶつぶついう声《こえ》が聞《き》こえてくるところからすると、草《くさ》は足《あし》に踏《ふ》みつけられるたびにうめき声《ごえ》をたてているようでした。でも、遠《とお》くのほうの草《くさ》は盛《も》り上《あ》がっていて、そのさらにむこう側《がわ》は見《み》えなくなっています。フーさんは、包《つつ》みのなかをごそごそとさぐり、なかを見《み》ました。ああ、これじゃなかったか、じゃ次《つぎ》はどうだろう。これでもない。それじゃ、この三《みっ》つ目《め》の包《つつ》みかな。きっとそうだ。包《つつ》みのなかにはなんだか見《み》おぼえのあるものが入《はい》っていました。これはいったいどうやったら開《あ》けられるのだろう？　フーさんは思《おも》い出《だ》しました。なんとかしてこの表面《ひょうめん》に穴《あな》をあけなければなりません。でも、いったいどうやって。ポケットナイフは使《つか》えません。ビールバラ提督《ていとく》の単眼鏡《たんがんきょう》ならどうだろう？

子《こ》どもたちと提督《ていとく》はぐんぐん、ぐんぐん伸《の》びつづける草《くさ》むらの上《うえ》で足踏《あしぶ》みをしています。もう、時間《じかん》がありません。ミッコは、もうただの一歩《いっぽ》だって動《うご》けないと思《おも》っていました。彼《かれ》はこれから起《お》こるかもしれないことを見《み》たくなかったのです。ミッコは自分《じぶん》が、ラクダに乗《の》って水《みず》のあるところにむかっているところだと思《おも》うようにしました。あいかわらず、太《たい》陽《よう》はぎらぎらと照《て》りつけています。

　フーさんは単眼鏡《たんがんきょう》を手《て》にすると、火《ひ》がつきやすいちょうど良《よ》い距離《きょり》で照点《しょうてん》を合《あ》わせて待《ま》ちました。包《つつ》みの脇《わき》のところから少《すこ》しずつ黒《くろ》いものが出《で》てきて、だんだんと包《つつ》みの奥深《おくふか》く入《はい》っていきました。急《きゅう》にシューッと言《い》う音《おと》がしたかと思《おも》うと、白《しろ》っぽいものが包《つつ》みのなかから飛《と》び出《で》てきました。白《しろ》っぽいものはどんどん大《おお》きくなって遊《あそ》び小屋《ごや》くらいの大《おお》きさにまでなりました。それから、またさらに大《おお》きくなって今度《こんど》はふくらみはじめました。その下《した》には、みんながなんとかかんとか入《はい》れそうなくらいの小《ちい》さなカゴがありました。

「急《いそ》いでカゴに入《はい》るんだ。」とフーさんが大《おお》きな声《こえ》で言《い》いました。みんなは、こんなに薄《うす》っぺらいもので全員《ぜんいん》を持《も》ち上《あ》げることなんてとうていできそうもないと思《おも》いましたが、口《くち》には出《だ》さずに行動《こうどう》しました。ビールバラ提督《ていとく》は、お腹《なか》をきゅっと引《ひ》っこめるようにしまし

たが、この時少《ときすく》なくともこれから二十《にじっ》キロは減量《げんりょう》しようと心《こころ》に決《き》めました。そのほうが、きっと心臓《しんぞう》にもいいにちがいないと思《おも》ったのです。

いまや草《くさ》むらは、もっともっと伸《の》びてきています。そして、まさに草《くさ》むらが、カゴのふちにとりつきそうになったとき、気球《ききゅう》のようになってゆっくりと、しっかりと空《そら》へと上《あ》がり始《はじ》めました。みんな、ほっとして息《いき》をつきました。そのときです、とつぜん上昇《じょうしょう》が止《と》まりました！　草《くさ》がカゴの底《そこ》をしっかりとつかんで、気球《ききゅう》の上昇《じょうしょう》を邪魔《じゃま》したのです。みんな落《お》っこちそうになっています！　ミッコは、瞬時《しゅんじ》にアーミーナイフを手《て》にして、しゃがみこむと、矢《や》のような速《はや》さで草《くさ》を切《き》りました。電光石火《でんこうせっか》の速《はや》さで彼《かれ》らは上空高《じょうくうたか》くに上《あ》がっていました。

助《たす》かったんだ！　子《こ》どもたちは喜《よろこ》びにわきまし

た。

「すごいなぁ、ミッコ！」とティンパとリンマは、いままでこんな大声《おおごえ》を出《だ》したことがないというほどの大声《おおごえ》でさけびました。「すごいよ、フーさん。」とも言《い》いましたが、それは少《すこ》し小《ちい》さめの声《こえ》でした。というのもフーさんの顔《かお》に、また、深刻《しんこく》そうな表情《ひょうじょう》があらわれたものですから。リンマは、フーさんが大《おお》きな声《こえ》を出《だ》されるのが嫌《きら》いだということを覚《おぼ》えていました。

気球《ききゅう》はまだまだ上昇《じょうしょう》しています。彼《かれ》らは猛《もう》スピードで山《やま》に近《ちか》づき始《はじ》めました。ミッコはまわりを見《み》わたしました。見《み》わたすかぎり地面《じめん》が広《ひろ》がっているだけです。山《やま》があり、山脈《さんみゃく》があり川《かわ》も小《ちい》さな湖《みずうみ》もあります。山々《やまやま》のすそ野《の》にはとても大《おお》きな街《まち》があるようで、コルク抜《ぬ》きのような形《かたち》をしたタワーがいくつも建《た》っています。そんなとき、風《かぜ》がちょうど街《まち》の方向《ほうこう》へむかって吹《ふ》きつけました。

「あそこへ行《い》っちゃいけないの。」とミッコはフーさんにたずねました。

「あそこへ行《い》かなきゃね。」とフーさんは答《こた》えました。「あそこに地面《じめん》の下《した》の国《くに》を治《おさ》めるえらい人《ひと》たちが住《す》んでいて、なんでも必要以上《ひつよういじょう》にものを持《も》っているんだっておじいさんが言《い》ってたんだ。でもね、いまは、行《い》けないと思《おも》う。」

「え、なんで？」

「だって、この気球《ききゅう》、いったいどうやったら降《お》りられるのかわからないんだ。ぼくたちは、まだまだ上《うえ》へ上《あ》がっているんだもの。」

ミッコは、あっと思《おも》いました。そう言《い》われてみればそうなのです。彼《かれ》らはもう山脈《さんみゃく》の一番高《ばんたか》いところと同《おな》じ高《たか》さにまで上《あ》がってきていました。それにスピードを上《あ》げてまだまだ上昇中《じょうしょうちゅう》です。じきに街《まち》も遠《とお》くへと離《はな》れていってしまいます。山脈《さんみゃく》の反対側《はんたいがわ》に見《み》えるのは古《ふる》い古《ふる》いジャングルのようで、ジャングルは砂漠《さばく》にぶつかって終《お》わっています。その砂漠《さばく》も広大《こうだい》で、おそらく彼《かれ》らがどまんなかにおいてけぼりにされるようなことになれば、たぶん、からからにひからびて死《し》んでしまうことでしょう。危険《きけん》なんて他《ほか》にもたくさんあるだろうなぁとミッコは悟《さと》りました。

少《すこ》しずつ彼《かれ》らは降下《こうか》し始《はじ》めました。どうして降下《こうか》し始《はじ》めたのか、その理由《りゆう》をみんなが考《かんが》えているとき、フーさんの耳《みみ》に、シューッという、かすかではありますが、とぎれることのない音《おと》が聞《き》こえてきました。フーさんは、あっと思《おも》いました。単眼鏡《たんがんきょう》で気球《ききゅう》までこがして穴《あな》をあけてしまったのです。空気《くうき》がずっとそこから抜《ぬ》けているのです。彼《かれ》らはいまや、かなりのスピードで落下《らっか》しています。それにビールバラ提督《ていとく》が、十《じっ》キロの砂袋一個《すなぶくろいっこ》分《ぶん》と同《おな》じ、よぶんな重《おも》さになっているのです。

「みんな、しっかりつかまるんだ。もうすぐ着地《ちゃくち》するぞ。」とフーさんが大《おお》きな声《こえ》で言《い》いました。

気球《ききゅう》の下《した》には、大《おお》きくてとんがった木《き》がいっぱいです。リンマは、自分《じぶん》たちがそこに落《お》っこちるんじゃないかと思《おも》ってふるえています。もしも、このとんがった木《き》が自分《じぶん》たちのほうへ槍《やり》みたいになってむかってきたらどうしよう。こんなことを思《おも》っていると、気球《ききゅう》はジャングルを通《とお》り過《す》ぎ、眼下《がんか》には砂漠《さばく》が広《ひろ》がり始《はじ》め、ますます速度《そくど》を上《あ》げながら、ぐんぐん、ぐんぐん近《ちか》づいてきます。

「くるぞ。」とフーさんがさけぶと、彼《かれ》らは思《おも》いっきり地面《じめん》にたたきつけられました。それがいったいどんな風《ふう》に思《おも》いっきりだったかというと、頭《あたま》のなかにはお星《ほし》さまが飛《と》び、呼吸《こきゅう》は一瞬《いっしゅん》止《と》まってしまうくらいでした。しばらくは、だれも動《うご》き出《だ》すことができませんでした。

一番最初《いちばんさいしょ》に立《た》ち上《あ》がったのはビールバラ提督《ていとく》でした。足元《あしもと》にはしっかりとした地面《じめん》が広《ひろ》がっていて、もう、自分《じぶん》たちを飲《の》みこむような草《くさ》はありません。だから、ここが砂地《すなじ》だってかまわないのです。じつは提督《ていとく》は砂地《すなじ》は好《す》きではありません。なぜって、もう四十年《よんじゅうねん》も砂地《すなじ》ばかり歩《ある》いてきたからです。でもいいのです。大事《だいじ》なことは足《あし》の下《した》がなにか固《かた》い地面《じめん》になっているということなのです。ですから提督《ていとく》は、うれしくなって地面《じめん》を踏《ふ》みしめました。

ところが、地面《じめん》を踏《ふ》みしめるなんてことはしなければよかったのです。さらさらという音《おと》がして、気《き》がつくと提督《ていとく》はひざまで砂《すな》のなかに埋《う》まっていました。なにが一番《いちばん》たいへんなことかって、彼《かれ》は足《あし》をもうぴくりとも動《うご》かせなくなっていたのです。でも、もっとたいへんなことが起《お》ころうとしていました。提督《ていとく》は、ゆっくりと砂《すな》のなかに入《はい》っていっているのを感《かん》じていました。ところが、彼《かれ》だけがそうなっていたわけではありませんでした。他《ほか》のみんなも、足《あし》が少《すこ》しずつ少《すこ》しずつ、砂《すな》のなかに入《はい》っていっているのを感《かん》じていたのです。彼《かれ》らは足《あし》の下《した》が少《すこ》しでも固《かた》くなるようなところを探《さが》しましたがみつかりません。砂《すな》はどこもかしこも同《おな》じでした。フーさんも、どうすることもできません。なぜって、おじいさんは、こんな話《はなし》を話《はな》してくれてはいなかったからです。いったいどうすればよ

いのでしょう。どうすることもできないのでしょうか。ジャングルははるかかなたです。気球《ききゅう》もカゴも砂《すな》のなかにもぐりかけています。

「おたっしゃで。」と子《こ》どもたちに言《い》うと、フーさんは砂《すな》に飲《の》みこまれていきました。「ぼくはただ、君《きみ》たちは勇気《ゆうき》のある子《こ》どもたちだって言《い》いたいんだ。ぼくは、君《きみ》たちがとっても好《す》きだよ。それから、提督《ていとく》のことも好《す》きだよ。大《おお》きな声《こえ》でどなったり、ビールを飲《の》むのを止《や》めてくれたらもっと好《す》きだよ。」と言《い》いながら。

「誓《ちか》うさ。」と提督《ていとく》はなさけない声《こえ》で答《こた》えました。彼《かれ》らはお互《たが》いに望《のぞ》みはもうないと思《おも》って見《み》つめ合《あ》いました。ティンパがのどをごくりと鳴《な》らしました。のどにパンのかけらが詰《つ》まっているのかもしれません。

「うわ、見《み》、見《み》て。見《み》たこともない変《へん》なのがうしろにいる！」とリンマが急《きゅう》にさけびました。

ぎしぎしという音《おと》と小《ちい》さくピーピーという音《おと》が聞《き》こえてきました。

みんな、音《おと》のする方向《ほうこう》をむくと、目《め》をうたがいました。

「なんてことだ。ゴーストタウンのずるがしこい泥棒《どろぼう》にビン小僧《こぞう》じゃないか。」ビールバラは息《いき》をのみました。「ボールじゃないか。」

ボールでした。信《しん》じられないことですが、家《いえ》より大《おお》きくて透明《とうめい》のボールだったのです。

そして、そのボールがピーピーッと言《い》っているのです。でも、それが彼《かれ》らにとっていったいなんだというのでしょう。提督《ていとく》は、もう砂《すな》がベルトのあたりまできているのがわかっていたので、最期《さいご》に、たとえ空《から》っぽでもいいから大《おお》きな爺《じい》やのビール瓶《びん》を見《み》てみたいと思《おも》っていました。

「ぼくたちのことを助《たす》けてください。」とフーさんがボールにむかって言《い》いました。

ボールは考《かんが》えこんでいるように見《み》えました。ボールには、目《め》も、耳《みみ》も、手《て》も、扉《とびら》さえもありませんでした。フーさんは、当然《とうぜん》のことだと思《おも》いました。それは、たんなるボールです。でも、なにかピーピー言《い》っています。

もしかして、モールス信号《しんごう》がわかるんじゃないだろうかとミッコは思《おも》いました。とりあえず試《ため》してみよう。ミッコは口笛《くちぶえ》でモールス信号《しんごう》を鳴《な》らしはじめました。トトトツーツーツートトト……——……SOS、SOS、SOS。

SOS、これは、国際遭難信号《こくさいそうなんしんごう》だということが、ティンパにはわかりました。

ボールは激《はげ》しく揺《ゆ》れ動《うご》き、彼《かれ》らのまぢかでぐるぐる回《まわ》りはじめました。その時《とき》です。ボールの壁面《へきめん》に穴《あな》があいて、彼《かれ》らのほうに近《ちか》づいてきました。それから、薄《うす》いゴムでできたような膜《まく》が彼《かれ》らのまわりに下《お》りてきたのです。それはボールが内側《うちがわ》に空気《くうき》を吸《す》いこんだような、へこんだ形《かたち》をしています。ポヨン。一瞬《いっしゅん》にして全員《ぜんいん》が、砂地《すなじ》から離《はな》れて、ボールの内側《うちがわ》に吸《す》いこまれていきました。そして、また、穴《あな》は、開《あ》いたときと同《おな》じようにすっと閉《と》じたのです。

「おお、偉大《いだい》なサーカス団《だん》。いったいどうしたらこんなことができるのかね。」とビールバラ提督《ていとく》はおどろくばかりでした。

ミッコは、なんだかおかしくなってきました。あの男《おとこ》、絶対《ぜったい》、提督《ていとく》なんかじゃないぞ。だって、モールス信号《しんごう》さえわからないんだから。でも、ミッコは、いまここで、提督《ていとく》に恥《は》ずかしい思《おも》いをさせたくはありませんでした。なぜって、身《み》にせまる危険《きけん》はまだ終《お》わってはいないと思《おも》ったからです。これからまだ、どんなにおそろしいことがぼくたちのまえに立《た》ちはだかるかわからないのですから、心《こころ》は一《ひと》つにしていなければと思《おも》ったのです。ですから、ミッコはなにも言《い》いませんでした。

ボールが動《うご》き始《はじ》めました。まっすぐに立《た》っていたものは、すぐにころんでしまいました。すると、ボールは動《うご》きを止《と》めて、ピーピーッと話《はな》し始《はじ》めました。ミッコは耳《みみ》をかたむけました。ボールがなにかを言《い》っています。

「ねえ、いったいなんなの？」とリンマが小声《こごえ》で言《い》いました。

「ちょっと、待《ま》って。えっと、ぼくらはこのボールが動《うご》くのと同《おな》じ方向《ほうこう》に歩《ある》かなきゃいけないって言《い》っているよ。」

「ウッラのところのハムスターが、サークルで遊《あそ》んでいるときと同《おな》じようにするってことね。」とリンマが思《おも》い出《だ》しながら言《い》いました。「でも、わたしは、クリスマスのプレゼントにたれ耳《みみ》のワンちゃんがほしいの。それから、乗馬《じょうば》にも通《かよ》いたいな。」

「シーッ。」ミッコは言《い》うと、ボールの言《い》うピーピーに耳《みみ》をかたむけました。「オッケー。さ、これから動《うご》き出《だ》すよ。さあ、ぼくらも歩《ある》き出《だ》そう。」

ボールは、砂《すな》の上《うえ》をキュッキュッと音《おと》を立《た》てながら動《うご》き始《はじ》め、まるで、かんじきを履《は》いて雪《ゆき》の上《うえ》を歩《ある》くように進《すす》んでいきました。それにあわせて、みんなも歩《ある》きました。

「こりゃ、おもしろい。」と提督《ていとく》が大声《おおごえ》を出《だ》しました。「ふん、ふ、ふん。」と言《い》いながらビールバラ提督《ていとく》はスピードを上《あ》げました。楽《たの》しいことはどこからでも取《と》り入《い》れなくちゃいけないさ、というのが、彼《かれ》の好《す》きな格言《かくげん》でした。

ところが、だしぬけに提督《ていとく》がころびました。すると、彼《かれ》の靴《くつ》のとんがった出《で》っぱりがボールの壁面《へきめん》に刺《さ》さってしまい、ごくごく小《ち》さな穴《あな》が開《あ》いてしまったのです。じつは、たったそれだけでもたいへんなことだったのです。ボールは動《うご》きを止《と》めて、たいへんだ、たいへんだとピーピー、ピーピー言《い》い始《はじ》めました。

「トトトツーツーツートトト。」

「こ、こんどはいったいなんだ。」と提督《ていとく》は自分《じぶん》のせいかと大《おお》あわてで聞《き》きました。

「SOSって言《い》ってるよ。助《たす》けがほしいんだ。ほら、見《み》てよ。ボールがしぼんできているよ。」とミッコが答《こた》えました。

　ボールは、ますますひっしになってピーピー言《い》っています。そして、みんなは砂《すな》が広《ひろ》い範囲《はんい》でゆっくりと沈《しず》み始《はじ》めているのを感《かん》じていました。穴《あな》は小《ちい》さかったのですが、だれもその穴《あな》をふさぐことができるものを持《も》ち合《あ》わせていませんでした。

フーさんは、気持《きも》ちがしぼんで来《き》ました。こんなに、あとからあとからたいへんなことが立《た》てつづけに起《お》こるのでは、もうやりきれません。とってもいい出来事《できごと》のあとには、いっつもとっても悪《わる》いことが起《お》こります。いいことのあとはこんな風《ふう》になるものだ、ということをフーさんは、覚《おぼ》えていなかったのです。こういうことについても、おじいさんはいっさい話《はな》してくれなかったぞ、とフーさんは思《おも》っていました。がっかりだ。フーさんは、泣《な》けてきました。

ティンパが座《すわ》りこんで穴《あな》を見《み》つめていました。そうだ。なにかがひらめいたようです。

ティンパは、指《ゆび》を口《くち》のなかにつっこむとごそごそし出《だ》しました。奥歯《おくば》の隣《となり》の乳歯《にゅうし》が抜《ぬ》けたところにガムを入《い》れたまま、もう何日《なんにち》もたっていたのです。ティンパはそれを取《と》り出《だ》すと、穴《あな》にくっつけました。すると、ボールがしぼむのが止《と》まり、それまでと同《おな》じようにピーピーと言《い》い始《はじ》めました。彼《かれ》らはティンパのまわりに集《あつ》まりました。

「ねえ、どうしたらそんなこと思《おも》いつけるの。あんたって、ほんっとに頭《あたま》いいわね。わたしだったら絶対《ぜったい》思《おも》いつかないわ。」とリンマが言《い》いました。

「そんなことないよ。次《つぎ》は君《きみ》がどんなにすごいことを思《おも》いつくかわからないじゃないか。」と、ティンパはほめられたことに気《き》を良《よ》くしながら答《こた》えました。でも、そんなにたいしたことではないのです。こんなことは、ティンパにとってはよくあること、というか、少《すく》なくとも一日《いちにち》おきには思《おも》いつくことなのです。今回《こんかい》は、五人《ごにん》を死《し》なずにすませたというだけ、ごく当《あ》たりまえのことです。死《し》にそうなところから助《たす》けたのか、とティンパはあらためて考《かんが》えると、なんだかちょっと怖《こわ》くなってきました。自分自身《じぶんじしん》が気《き》がつくまえに、目《め》のまえが暗《くら》くなり、ドサッと崩《くず》れ落《お》ちました。いまになって、自分《じぶん》がどういうことをしたのかがわかったのです。

リンマとミッコがティンパの面倒《めんどう》をみました。ボールは、おだやかな調子《ちょうし》でピーピーッと言《い》っています。「ありがとうって言《い》っているんだ。」とミッコにはわかりました。「どうもありがとう。さあ、また、歩《ある》き出《だ》そうか。」とボールはつづけたようです。

ボールは、ゆっくりと動《うご》き始《はじ》めました。耳《みみ》になじんだ、きゅっきゅっという音《おと》がしています。ジャングルのそばまでやってきたことにフーさんは気《き》づいています。ビールバラ提《てい》督《とく》は、一言《ひとこと》も口《くち》をきかずにフーさんのかたわらをとぼとぼと歩《ある》いています。彼《かれ》は、自分《じぶん》がまえよりもなんだか小《ちい》さくなって、口数《くちかず》がすくなくなったなと感《かん》じていました。自分《じぶん》は、どこにいてもみんなの手《て》となり、足《あし》となっていなければとは思《おも》うのですが、どうして他《ほか》の人《ひと》たちにできるようなことが、自分《じぶん》はなにもできないのだろうと考《かんが》えていました。

さあ、彼《かれ》らはもうジャングルのかなり近《ちか》くにまでやって来《き》ているようで、とげとげした木々《きぎ》がはっきりと見《み》えてきています。ボールが動《うご》きを止《と》め、ピーピーッと言《い》っています。

ミッコが言葉《ことば》を聞《き》きとります。

「さあ、怖《こわ》がらないでって言《い》ってるよ。これから下《した》へ降《お》りるんだ。だから、落《お》ち着《つ》いてって。」

彼《かれ》らはじっと待《ま》ちました。

いったいこれからどこへ降《お》りるというのだろうと、ビールバラ提督《ていとく》は考《かんが》えていました。

まさか、砂《すな》のなかへだろうか。草原《そうげん》か、あるいはトラがいるところのほうがまだましだぞ。砂《すな》は、わしが知《し》っているなかでは、ほんとうに一番具合《いちばんぐあい》の良《よ》くないところだとビールバラ提督《ていとく》は思《おも》っています。未来永劫《みらいえいごう》、禁酒《きんしゅ》をすることよりも良《よ》くないと。

するとこの時《とき》、ぱふんという小《ちい》さな音《おと》が聞《き》こえたかと思《おも》うと、砂《すな》のなかから、彼《かれ》らのちょうど目《め》のまえに、とっても大《おお》きな扉《とびら》が開《ひら》いたまま盛《も》り上《あ》がってきて、そのなかへ砂《すな》がさらさらと流《なが》れこみました。ボールは、もう一回《いっかい》ピーピーと言《い》うと、そろそろと扉《とびら》に近《ちか》づいて行《い》きます。

「おい、おい、これはいったいなんなんだ……。」ビールバラ提督《ていとく》は、背後《はいご》で扉《とびら》がバタンと閉《し》まるか閉《し》まらないうちに大声《おおごえ》で言《い》いました。扉《とびら》が閉《し》まるとまっ暗闇《くらやみ》になりました。道《みち》は、もっともっと下《した》へとつづいていました。彼《かれ》らはボールのなかで、まるで目《め》が不自由《ふじゆう》な人《ひと》のように、なんにも見《み》えない状態《じょうたい》で足《あし》を上《あ》げ下《お》ろししていました。しばらくすると、どうやら平《たい》らなところに来《き》たらしいことがわかりました。ですが、まだまだ、暗闇《くらやみ》のまま。いったいどこへ連《つ》れて行《い》かれるのでしょうか。だれにも想像《そうぞう》がつきません。ミッコは、いまはとにかくみんないっしょに動《うご》いて、明《あ》かりがつくか光《ひかり》がさしたりした時《とき》にまわりを確《かく》認《にん》するのが一番《いちばん》だと思《おも》いました。他《ほか》にはなにも方法《ほうほう》がないのですから。ボールはまだまだ動《うご》きつづけていています。

7　ボール国《こく》に捕《と》らわれる

ボールが止《と》まったとき、みんなは歩《ある》きすぎてすっかりへとへとになっていました。まっ暗闇《くらやみ》のなかで足《あし》を上《あ》げ下《さ》げしながら歩《ある》くのはかんたんなことではありません。ボールがピーピー言《い》っています。あっちからもこっちからもピーピーッという高《たか》い音《おと》、低《ひく》い音《おと》、いろいろな音《おと》が聞《き》こえてきます。みんなはじっと動《うご》かず、いったいなにをしたら良《よ》いのかもわからずにいました。とても早《はや》くて長《なが》いピーピー音《おん》が聞《き》こえ、暗闇《くらやみ》のなかに緑《みどり》や赤《あか》く光《ひか》るものが見《み》えました。彼《かれ》らは光《ひかり》の動《うご》きをうっとりしながらながめていました。急《きゅう》に光《ひかり》が明《あか》るくなったかと思《おも》うと、それがあまりにも強烈《きょうれつ》だったので、彼《かれ》らは目《め》をつぶらなければならないほどでした。長《なが》いこと目《め》をゴシゴシこすったあとで、やっとまわりがはっきりしてきました。

そこはこれまで一度《いちど》だって見《み》たことがないような大《おお》きな広間《ひろま》でした。どこを見《み》わたして

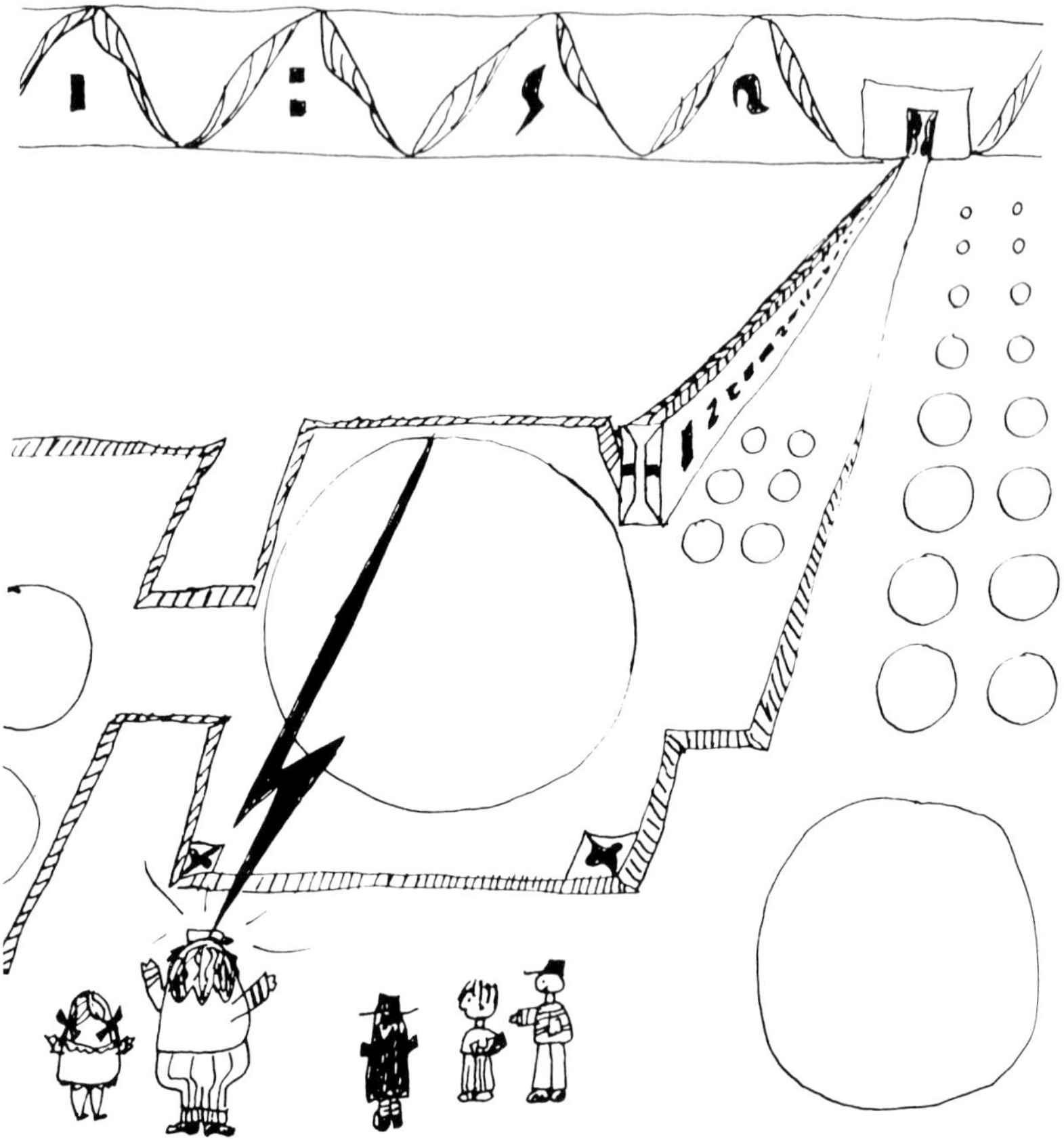

も小《ちい》さいのやら大《おお》きいのやら、いろんなボールだらけです。ボールはそろそろと、行《い》ったり来《き》たりしています。いくつかのボールが他《ほか》のボールと横《よこ》っちょをつっつき合《あ》っていました。あれはきっとおたがいに好《す》きあっているんだわ、とリンマは思《おも》いました。

彼《かれ》らの目《め》のまえにはなにもありませんでした。長《なが》い通路《つうろ》が派手《はで》な模様《もよう》のカーテンのうしろへとつづいていました。そのカーテンに暗闇《くらやみ》のなかでも見《み》た赤《あか》や緑《みどり》の明《あ》かりが映《うつ》っています。かん高《だか》くて長《なが》いピーッという音《おと》がまた聞《き》こえたかと思《おも》うと、カーテンが閉《と》じました。カーテンのうしろからは弱々《よわよわ》しくて困《こま》りきったような声《こえ》が聞《き》こえ、あるボールがみんなのところへころがって来《き》ました。このボールは、赤《あか》っぽい色《いろ》をしていて、他《ほか》のボールよりも大《おお》きいので、もう絶対《ぜったい》にボール国《こく》の長《おさ》にちがいありません。大《おお》きなボールのそばでは、なげき悲《かな》しむ音《おと》を出《だ》している小《ちい》さなボールが、いくつものかたまりになっていっしょに動《うご》いていました。これは長《おさ》のための音楽《おんがく》にちがいない、とミッコは思《おも》うとなんだか楽《たの》しくなって来《き》ました。小《ちい》さなボールが出《だ》している音《おと》は、まるで子《こ》どもを泣《な》かそうとしているかのように聞《き》こえます。地上《ちじょう》では、こういうことは決《けっ》してほめられないことですが。

赤《あか》みがかったボールは、彼《かれ》らのまんまえで止《と》まると、なにかを懇願《こんがん》するようにピーピーと言《い》いました。すると彼《かれ》らを運《はこ》んできたボールが自分《じぶん》の表面《ひょうめん》に穴《あな》をあけ、みんなをフーッと吹《ふ》き出《だ》したのです。彼《かれ》らはばらんばらんになりながら、つるつるの床《ゆか》に飛《と》んでいきました。ビールバラ提督《ていとく》は、怒《おこ》って思《おも》わずボールをひざでけってしまいました。でも、そんなことをしてはいけなかったのです。赤《あか》みがかったボールは、たちまち毒々《どくどく》しい緑色《みどりいろ》に色《いろ》を変《か》え、怒《いか》りにふるえているようでした。このボールもビールバラ提督《ていとく》が立《た》てる騒音《そうおん》が嫌《きら》いなんだなとフーさんは思《おも》いました。ビールバラ提督《ていとく》の鼻先《はなさき》でフラッシュがバチンと音《おと》をたてて黄色《きいろ》く光《ひか》りました。すると提督《ていとく》は、まるで急《きゅう》にしおれた草《くさ》のようにうずくまってしまいました。提督《ていとく》はそのまましばらく動《うご》くことができません。やがて、彼《かれ》はそうっと頭《あたま》をふると、からだのいろいろな部分《ぶぶん》を動《うご》かしてみて、からだじゅうがまだ一《ひと》つにくっついていることを確認《かくにん》しました。もう、彼《かれ》は大《おお》きな声《こえ》を出《だ》そうとは思《おも》わなくなりました。そして、ティンパとミッコのうしろに小《ちい》さくなってかくれました。自分《じぶん》とあのおそろしいボールのあいだには子《こ》どもたちがいたほうが安全《あんぜん》だと思《おも》ったのです。

少《すこ》しずつボールは元《もと》の赤《あか》みがかった色《いろ》に戻《もど》っていきました。そして、こんどは早口《はやくち》でピーピーッと言《い》い始《はじ》め、彼《かれ》らを運《はこ》んできたボールがそれに答《こた》えていました。ミッコは、彼《かれ》らがなにを話《はな》しているのか聞《き》きとろうとしましたが、ピーピーッという声《こえ》が早《はや》すぎてダメでした。やがて音《おと》が止《や》むと赤《あか》みがかったボールは彼《かれ》らのほうへむき直《なお》り、ゆっくり、はっきりと、ピーピー言《い》い始《はじ》めました。

ミッコは耳《みみ》をかたむけました。「えっと、ぼくたちが何者《なにもの》で、ここでなにをやっていて、なにをしたいのかって聞《き》いているよ。それと、いまの質問《しつもん》にはぼくたちのリーダーに答《こた》えてほしいって言《い》ってる。」

ビールバラ提督《ていとく》がまえに進《すす》み出《で》て口《くち》を開《ひら》きましたが、ボールはすぐにピーピーッと言《い》い始《はじ》めました。「ボールは、おじさんのことをリーダーだとは思《おも》っていないって。ほんとうのリーダーと話《はな》したいって言《い》ってる。」とミッコが通訳《つうやく》しました。

提督《ていとく》は、ますます自分《じぶん》のことをちっぽけで、一人《ひとり》ぼっちだと感《かん》じました。子《こ》どもたちみんなのまえで、こんなはずかしい目《め》にあうなんて。もう、怖《こわ》いお話《はなし》を話《はな》せなくなってしまう。それにこれでは、子《こ》どもたちも、はなっから怖《こわ》い話《はなし》を信《しん》じなくなってしまうではないか。ビールバラ提督《ていとく》は、またあらたに、なにか誓《ちか》いをたてようかと思《おも》いました。が、止《や》めました。これまでだって、約束《やくそく》したことを守《まも》ったためしはないということを思《おも》い出《だ》したのです。提督《ていとく》は、地面《じめん》の下《した》に沈《しず》んだような気分《きぶん》になりました。人《ひと》に起《お》こりうる、最悪《さいあく》かつ最《さい》良《りょう》のことといえば、うそ、いつわりに自分自身《じぶんじしん》がとらわれてしまうことです。わしはもうなにも誓《ちか》ったりはしないぞとビールバラ提督《ていとく》は誓《ちか》いました。というか、少《すく》なくとも自分《じぶん》の態度《たいど》を少《すこ》しは良《よ》くする努力《どりょく》だけはしようと自分《じぶん》に約束《やくそく》しました。そして、提督《ていとく》は、みんなに聞《き》こえるように鼻《はな》をすすり上《あ》げました。

赤《あか》らんでいるボールは、提督《ていとく》の悲《かな》しみにはぜんぜん気《き》づいていませんでした。目《め》はありませんでしたが、どうやらフーさんのことを見《み》ているようです。ティンパとリンマはフーさんをまえに押《お》し出《だ》しました。フーさんは、自分《じぶん》はリーダーではないし、リーダーになろうなんて思《おも》ってもいなかったので、とてもびっくりしました。けれど、他《ほか》のだれも声《こえ》を出《だ》さなかったので、フーさんは自分《じぶん》が話《はな》さなければいけないんだなと思《おも》いました。

「ぼくらは、この地下《ちか》の国《くに》へ、このビールバラ提督《ていとく》の愛《あい》するエンマを探《さが》しに来《き》たのです。そしていま、山《やま》のふもとにある街《まち》へ行《い》こうとしているところなのです。ぼくらは地上《ちじょう》に住《す》んでいます。ぼくはフーさんで、あれがティンパ。あちらがリンマでこれがミッコ。それから、あそこにいるのがビールバラ提督《ていとく》です。」

　ミッコがフーさんの話《はな》す言葉《ことば》をモールス信号《しんごう》に変《か》えました。赤《あか》みがかったボールは、まず、わかったというようなことをピーピーッと言《い》い、それから長《なが》い言葉《ことば》を話《はな》しました。その音《おと》からは、いやな感《かん》じはしませんでした。ですが、ミッコが話《はなし》を聞《き》いている様子《ようす》から察《さっ》するに、なんだかおそろしい状況《じょうきょう》になってきているようです。

「なにか、たいへんなことでも言《い》っているの。」とリンマが勇気《ゆうき》を出《だ》して聞《き》きました。

　ミッコは、つばをごくんと飲《の》みこむと、「あのね、ぼくたちの邪魔《じゃま》をするつもりはないって言《い》うんだ。むしろ、ボールを手当《てあ》てしてくれたことをとても感謝《かんしゃ》しているって。まあ、じつのところはビールバラ提督《ていとく》がボールに穴《あな》をあけてしまったんだけどね。このボールはね、ぼくたちが街《まち》へ行《い》けるよう手助《てだす》けしたいとも言《い》っているんだ。街《まち》ではもうぼくらのことを待《ま》っているらしいよ。でも、そのまえに、ぼくらはあることをやらなくちゃいけないらしい。なぜって、そういう風《ふう》にボール国《こく》の掟《おきて》で決《き》まっているんだって。そのあとでなら、このボール国《こく》の人《ひと》はぼくらのことを助《たす》けてくれるって。」

「もうぼくらのことを待《ま》っているらしいよ。」という言葉《ことば》にフーさんは考《かんが》えこんでしまいました。だれが待《ま》っているんだろう。どうして、ボール国《こく》の人《ひと》がそのことを知《し》っているんだろうか。

「なにをやらなきゃいけないの。」とティンパが声《こえ》を低《ひく》くして聞《き》きました。

「ぼくらは、ボール国《こく》のなかで一番大《いちばんおお》きくて一番強《いちばんつよ》いボールと戦《たたか》わなくちゃいけないんだ。もし、そのボールが、ぼくらのことを全員吸《ぜんいんす》いこんでしまったら、ボールの勝《か》ち。でも、もし、どうにかしてそのボールをじっとさせることができたら、ボールの負《ま》け。」

「もしボールが勝《か》ったらどうなるんだろう。」とティンパが声《こえ》に出《だ》して考《かんが》えこみました。

「そうしたら、ぼくらは砂漠《さばく》まで帰《かえ》されちゃうんだ。」とミッコは残念《ざんねん》そうに言《い》いました。でも、他《ほか》の方法《ほうほう》を選《えら》ぶ余地《よち》はありません。彼《かれ》らだって、自分《じぶん》たちの掟《おきて》を守《まも》らなければ、滅《ほろ》びるしかないのです。

「ひっどいなぁ。」とティンパはささやきました。

「ふんっ。そんなの、おかしいわ。」とリンマが言《い》いました。

ボールは、また何回《なんかい》かピーピーッと言《い》ってからカーテンのうしろへと去《さ》っていきました。

フーさんは考《かんが》えたあげく、この話《はなし》は、まえに聞《き》いたことがあるように思《おも》いました。たしかおじいさんが話《はな》してくれていたはずです。

「さあ、そろそろ始《はじ》まるよ。」とミッコが言《い》いました。「なんとかいますぐに戦《たたか》う方法《ほうほう》を考《かんが》えないと、あさってじゃもう手遅《ておく》れになるよ。」

低《ひく》くて長《なが》いピーピーッという音《おと》が聞《き》こえ、ふたたびカーテンが開《ひら》きました。他《ほか》にこんな大《おお》きなボールはありえないというような、巨大《きょだい》な白《しろ》いボールが回転《かいてん》しながら彼《かれ》らにむかってきました。

「あたし、あんなのぜんぜん好《す》きじゃない。」と、リンマが怒《おこ》って言《い》いました。

フーさんは、おじいさんがなんと言《い》っていたのか思《おも》い出《だ》そうとしていました。でも、頭《あたま》のなかはいろいろなことでいっぱいで、思《おも》い出《だ》そうとしていることじたいが無駄《むだ》なことのように思《おも》えました。ボールはもう、すぐ近《ちか》くまでやってきています。すぐにでも、彼《かれ》らはみんなまるでクジラがプランクトンを飲《の》みこむみたいに、いともかんたんに飲《の》みこまれてしまいそうです。

そのときです、「さあ、みんなばらばらに散《ち》るんだ。いっしょにいたらダメだ。」とフーさんが大声《おおごえ》で言《い》いました。子《こ》どもたちは、思《おも》い思《おも》いの方向《ほうこう》へ走《はし》り出《だ》しました。ビールバラ提督《ていとく》がみんなの一番《いちばん》うしろでころんでしまいました。ボールは、もう彼《かれ》を捕《つか》まえられる距《きょ》離《り》にいます。提督《ていとく》が、南無三《なむさん》と唱《とな》えるまえに、ボールはまたたく間《ま》に彼《かれ》を飲《の》みこんでしまいました。それから、ボールは別《べつ》の方向《ほうこう》へむき直《なお》りました。ですが、なかに入《はい》っている提《てい》督《とく》が、いっしょに歩《ある》こうとしなかったので動《うご》きはにぶくなっていました。ボールは怒《おこ》りながらピーピーッと言《い》っています。

　それでも、ボールはまだある程度《ていど》のスピードが出《で》ていたので、ティンパとミッコが飲《の》みこまれてしまいました。ですが、ミッコが力《ちから》のかぎりボールと反対方向《はんたいほうこう》へ動《うご》き、けとばし、それをティンパもいっしょにやったので、ボールはもうふらふらになっていました。それでも、ひっしになって一《ひと》つの方向《ほうこう》をめざし、リンマに近《ちか》づきました。

　リンマは、こうした状況《じょうきょう》に、ますます怒《いか》りをつのらせていました。そして、ボールが、リンマのすぐ背後《はいご》までせまったとき、かんしゃくを起《お》こしました。リンマは泣《な》きさけびながら、闇雲《やみくも》にボールをげんこつで攻撃《こうげき》し、表面《ひょうめん》をたたきました。ボールはすっかりおどろいて立《た》ち止《ど》まってしまいました。こんな目《め》にあったのは初《はじ》めてだったのです。

　ボールは、それほど長《なが》く立《た》ち止《ど》まってはいなかったのですが、それで十分《じゅうぶん》でした。フーさんはリンマのそばへ飛《と》んでいきました。フーさんはポケットからピンを引《ひ》っぱり出《だ》すと、それをボールにあらんかぎりの力《ちから》をこめてふかぶかと突《つ》き刺《さ》しました。まるでまっ黒海賊《くろかいぞく》でも見《み》たときのようにビールバラ提督《ていとく》はびっくりしました。な、なんと、フーさんはボールを立《た》ち止《ど》まらせたのです。ボールは動《うご》きを止《と》めると、まるでビニール袋《ぶくろ》のように縮《ちぢ》まっていきました。

「ひゃっほー！　わたしたち勝《か》ったのね。」とリンマは喜《よろこ》んでさけびました。

「ありがとう。君《きみ》が、思《おも》いもつかない行動《こうどう》をとったもんだからボールはびっくりしたんだね。ボールはとがったものが嫌《きら》いで、おまけに憎《にく》んでさえいるってことをたったいま思《おも》い出《だ》したんだ。」とフーさんが言《い》いました。

ビールバラ提督《ていとく》は、ボールに開《あ》いた大《おお》きな穴《あな》からミッコとティンパといっしょに這《は》い出《で》てきました。ボールは、なんだか不満《ふまん》でも言《い》うようにピーピー言《い》っていました。もうすぐこのボールはたんなる小《ちい》さなかたまりになってしまうでしょうし、他《ほか》のボールはこのボールのことなんて気《き》にしなくなるんだろうなと思《おも》うと、リンマはなんだかかわいそうになってきて、ボールのことをながめました。

そう言《い》えばティンパは、彼《かれ》らを運《はこ》んでくれたボールをガムで治《なお》してあげたっけ。それがあれば、このボールも同《おな》じように元《もと》に戻《もど》るかもしれません。リンマは、まだ開《あ》けていないガムの包《つつ》みをポケットから出《だ》すと、一粒口《ひとつぶくち》のなかに放《ほう》りこみ、ちょっとのあいだしっかりと噛《か》んでからフーさんが開《あ》けた穴《あな》にくっつけてみました。リンマはいつだって食《た》べものはどんなものでもすぐには食《た》べないで、しばらくのあいだとって置《お》いているのです。なので、このガムも残《のこ》っていたのです。リンマはすぐに食《た》べずにおいておくほうがすてきなことだと思《おも》っているのです。

ホールにいるすべてのボールが早口《はやくち》でピーピーと言《い》っています。白《しろ》いボールがまた大《おお》きくなり始《はじ》めました。カーテンが開《ひら》いて赤《あか》みがかったボールがふたたび姿《すがた》をあらわしました。ボールはゆっくりと重々《おもおも》しく回転《かいてん》しながら彼《かれ》らのほうへやって来《き》て、そのボールには、あいかわらず、小《ちい》さな白《しろ》いボールたちが不平不満《ふへいふまん》を言《い》いながらくっついてきています。おそらく泣《な》くということは、この国《くに》では喜《よろこ》びをあらわしていることなんだ、とミッコは考《かんが》えていました。

赤《あか》みがかったボールは彼《かれ》らのまえに立《た》ち止《ど》まると低《ひく》い音《おと》でピーピーと言《い》い、ミッコが聞《き》きとります。

「この人《ひと》こんなことを言《い》ってるよ。なにもかもがこんなにうまくいってうれしいんだって。小《ちい》さな女《おんな》の子《こ》の優《やさ》しさに心《こころ》が動《うご》かされたんだって。だから助《たす》けたいんだってさ。それと一《ひと》つお願《ねが》いがあるって。小《ちい》さな女《おんな》の子《こ》が持《も》っている不思議《ふしぎ》なものをくれたらとてもうれしいってさ。それがあれば自分《じぶん》たちを大《おお》きな危険《きけん》から守《まも》ることができるんだってさ。ジャングルのとげとげの木《き》がゆっくりとこの国《くに》に近《ちか》づいてきているんだって。もしも、とがった木《き》のそばに近《ちか》づいてしまったら、光線《こうせん》を出《だ》して押《お》しとどめることはできるんだけれど、とがった木《き》はとてもかしこいらしいんだ。とがった木《き》のとがった根《ね》っこは砂漠《さばく》のなかを進《すす》んできてボールを割《わ》ってしまうんだってさ。ボール国《こく》の人《ひと》たちは、とんがりにやられた傷《きず》を治《なお》す方法《ほうほう》をまだあみ出《だ》していないんだって。もしいま、リンマが持《も》っている不思議《ふしぎ》なものを手《て》に入《い》れることができれば、ボールを治《なお》すこともできるし、とがった木《き》も本来《ほんらい》あるべきところにおさまって、種《しゅ》の滅亡《めつぼう》をむかえなくてもすむらしいんだ。この赤《あか》みがかったボール、名前《なまえ》はトーマイターっていうんだけど、なんとかしてそれを手《て》に入《い》れたいって心《こころ》から望《のぞ》んでいるらしいよ。」

リンマは数秒考《すうびょうかんが》えました。なぜかというと、ガムの包《つつ》みはただ一《ひと》つ残《のこ》っているものでしたし、次《つぎ》のお小遣《こづかい》いまではまだ何日《なんにち》もありましたから。でも、リンマは赤《あか》みがかったボールが好《す》きでした。だって彼女《かのじょ》にとって薄赤色《うすあかいろ》はなかなかすてきな色《いろ》だったからです。リンマは包《つつ》みをポケットから取《と》り出《だ》すと、ボールのそばの床《ゆか》に置《お》いて言《い》いました。「さあ、どうぞ。トーマイター閣下殿《かっかどの》にささげます。」

リンマはなんだかとても幸《しあわ》せな気分《きぶん》になりました。彼女《かのじょ》は、生《う》まれて初《はじ》めて**本物《ほんもの》の**王様《おうさま》に出会《であ》ったのです。まあ、この人《ひと》はたんなるボールではありましたが、それでも十分《じゅうぶん》だったのです。

　ボールは彼《かれ》らと長《なが》いこと話《はなし》をしました。ボールの王様《おうさま》は、ボールたちがみんなのことをジャングルの入《い》り口《ぐち》までは連《つ》れて行《い》ってあげても良《よ》いけれど、そこから先《さき》は、自分《じぶん》たちで山《やま》まで行《い》って、山《やま》を越《こ》え、山《やま》の反対側《はんたいがわ》にある街《まち》までむかってほしいと言《い》いました。それからボールは、とんがった木《き》についている棘《とげ》から身《み》を守《まも》るためにゴムのようなものと、棘《とげ》から身《み》を守《まも》る光線《こうせん》をプレゼントしようと約束《やくそく》してくれました。ですが、とんがった木《き》のうしろに広《ひろ》がるジャングルにいる白人間《しろにんげん》には気《き》をつけるように、と言《い》いました。彼《かれ》らは残酷《ざんこく》な戦争《せんそう》を休《やす》むことなくつづけていて、まるで動物同士《どうぶつどうし》のようにお互《たが》いの命《いのち》をうばいあっていると言《い》うのです。ずっとずっと昔《むかし》のこと、ボールの国《くに》は、白人間《しろにんげん》を一人捕虜《ひとりほりょ》にしたことがありました。彼《かれ》らは、捕虜《ほりょ》に対《たい》して親切《しんせつ》にしようとしていたのですが、捕虜《ほりょ》は、とんがった木《き》の棘《とげ》で、道《みち》で出会《であ》うボールを片《かた》っぱしから刺《さ》して行《い》ったのです。このとき、ボールたちは、人間《にんげん》に対抗《たいこう》するための掟《おきて》を作《つく》ったのです。残念《ざんねん》なことだけれど、わたしたちは、人《にん》間《げん》とのあいだに哀《かな》しい過去《かこ》があるのです、と赤《あか》みがかったボールが最後《さいご》に言《い》いました。

「もちろん、君《きみ》たちをのぞいてだがね。君《きみ》たちは立派《りっぱ》な人《ひと》たちだからね。」と言《い》うと、ボールは色《いろ》を変《か》え、まず、青《あお》くなりました。それから緑色《みどりいろ》、黄色《きいろ》、茶色《ちゃいろ》、黒《くろ》、それからまた、赤《あか》みがかった色《いろ》になりました。これは、ボールがとても感謝《かんしゃ》しているしるしだとみんなは理解《りかい》しました。

リンマが治《なお》してあげたボールがもう彼《かれ》らのことを待《ま》っていて、あたたかな音《おと》でピーピーと言《い》っています。ボールは、優《やさ》しく一人《ひとり》ずつなかに取《と》りこむと、砂漠《さばく》へと元来《もとき》た道《みち》を、慎《しん》重《ちょう》に、休《やす》みを取《と》りながらひきかえしていきました。

「ごきげんよう。親愛《しんあい》なるトーマイター王《おう》。」とリンマは大《おお》きな声《こえ》で言《い》うと、ハンカチをふりました。「あなたの王子《おうじ》様《さま》たちにもよろしくお伝《つた》えくださいね。」

赤《あか》みがかったボールはピーピーと言《い》いながら、うれしそうにかならず伝《つた》えると約束《やくそく》しました。それから、また、彼《かれ》らの上《うえ》を暗闇《くらやみ》が、まるでスイッチをひねったようにたちまちのうちにおおいました。

こうして長《なが》い時間《じかん》をかけて上昇《じょうしょう》していきました。

彼《かれ》らは上《うえ》に到着《とうちゃく》しました。砂漠《さばく》にかがやく太陽《たいよう》で、彼《かれ》らはまるでフクロウになったようにまわりが見《み》えなくなりました。ですが、目《め》がなれると、少《すこ》しずつまた見《み》えるようになりました。白《しろ》いボールがジャングルの端《はし》を慎重《しんちょう》に回転《かいてん》しながら移動《いどう》していきます。とんがり森《もり》の棘《とげ》がもう見《み》えてきています。ボールは何回《なんかい》か前方《ぜんぽう》へむけて光線《こうせん》を発射《はっしゃ》して、立《た》ち止《ど》まりました。地面《じめん》の下《した》でなにかが焦《こ》げているようです。そのにおいで、とんがり森《もり》の根《ね》っこが待《ま》ち伏《ぶ》せしていることが子《こ》どもたちにもわかりました。さいわいボールはガムを持《も》ってきていました。赤《あか》みがかったボールは、ガムの元《もと》を手《て》に入《い》れたので、もう際限《さいげん》なくガムを作《つく》ることができるのだと言《い》っていました。ですから、彼《かれ》らはボールを増《ふ》やして行《い》くことだってできるようになったのです。ボールたちは機械《きかい》のなかに入《はい》りそのままなかでしばらく待機《たいき》、それからしばらくして表《おもて》に出《で》ます。すると、機械《きかい》から、どんどん、どんどん、同《おな》じようなあたらしいボールが出《で》てくるのです。ガムも見本《みほん》としてすぐに千《せん》キロも作《つく》りました。その量《りょう》ときたらあまりにも多《おお》くて、子《こ》どもたちは自分《じぶん》たちが眼《め》にしている光景《こうけい》をとても信《しん》じることができませんでした。でも、これは、夢《ゆめ》ではありません。ボールは、ガムをみんなにプレゼントしてくれました。けれど、いくらガムでもこんなにたくさん食《た》べたらダメよね、とリンマは思《おも》いました。ガムで歯《は》がダメになってしまいます。彼女《かのじょ》が崇《あが》めるトーマイターもわかりやすくボールたちに注意《ちゅうい》していました。

　ジャングルのはずれのところで、ボールはみんなを慎重《しんちょう》に木《き》の根元《ねもと》へ吹《ふ》き出《だ》しました。地面《じめん》は硬《かた》く、もう沈《しず》むことはありませんでした。ボールはまたピーピーと言《い》って感謝《かんしゃ》の気《き》持《も》ちをあらわすと、みんなの幸《しあわ》せと楽《たの》しい旅《たび》になることを祈《いの》って、急《いそ》いで元来《もとき》た道《みち》を戻《もど》っていきました。やがてボールは砂《すな》のなかにある深《ふか》い谷《たに》のほうへと見《み》えなくなりました。彼《かれ》らはまた、自分《じぶん》たちだけになり、だれの助《たす》けもかりずに、自分《じぶん》たちで考《かんが》えながら進《すす》まなければならなくなりました。とんがり森《もり》からはなんとか身《み》を守《まも》ることができますが、凶暴《きょうぼう》な人《ひと》たちからはどうやって身《み》を守《まも》ればよいのだろうとフーさんは考《かんが》えました。ここで考《かんが》えてもしかたがないか。フーさんは、怖《こわ》くなってきました。フーさんにしてみれば、なんでもかんでもやり放題《ほうだい》の人《ひと》たちは、トラが十頭《じっとう》まとまって襲《おそ》ってくるよりもおそろしいのです。人間《にんげん》は自分《じぶん》たちがいままでなにをしてきたのかをわかっている、でも、トラはなにをするかわからない。それでも、トラはたんなるトラであって、字《じ》を読《よ》むことすらできないんだもの、とフーさんは思《おも》ったのです。できることなら、凶暴《きょうぼう》な人《ひと》が一人《ひとり》も自分《じぶん》たちのまえにあらわれないでほしいと思《おも》いました。おじいさんですら、彼《かれ》らのことは怖《こわ》がっていたのです。ですから、おじいさんが彼《かれ》らのことを話《はな》し始《はじ》めると、いつも声《こえ》がふるえ始《はじ》めたものです。

　太陽《たいよう》が、そろそろ地平線《ちへいせん》の下《した》に沈《しず》もうとしています。じきに夜《よる》がやってきます。彼《かれ》らは、棘《とげ》から身《み》を守《まも》るために、明《あか》るいあいだにとんがり森《もり》を通《とお》り抜《ぬ》けなければなりません。それから、キャンプもしなければなりません。そこでは、みんなが順番《じゅんばん》に見張《みは》りにも立《た》たなければいけないのです。ビールバラ提督《ていとく》は、みんなが見張《みは》りに立《た》つ時間《じかん》の合計《ごうけい》よりも長《なが》い時《じ》間起《かんお》きていよう、とうやうやしく約束《やくそく》しました。フーさんは、提督《ていとく》のことをうたがいのまなざしで見《み》つめました。人《ひと》はそんなにかんたんに変《か》わるものではありません、変《か》わるためには、とにかくたくさんの経験《けいけん》をつまなければいけないのだから、とフーさんは思《おも》ってい

ます。でも、その代《か》わり提督《ていとく》は、とても優《やさ》しい心《こころ》を持《も》っています。フーさんは唇《くちびる》をなめました。さて、もう、急《いそ》がないと、みんなお腹《なか》がすいているだろうし、夜《よる》はもうすぐそこまで来《き》ています。とにかく、先《さき》へ進《すす》まないと。

彼《かれ》らは出発《しゅっぱつ》しました。リンマは、もう一度《いちど》うしろを振《ふ》りむいて手《て》をふりました。だって、もしかしたら、トーマイターの王様《おうさま》と小《ちい》さな王子様《おうじさま》たちがさよならを言《い》うために、そばまで来《き》て、薄赤色《うすあかいろ》のボールのからだをゆらゆらとゆらしているかもしれないじゃないですか。

8　ジャングルの荒《あら》くれ白人間《しろにんげん》

とんがり森《もり》の木《き》の低《ひく》い部分《ぶぶん》には棘《とげ》が少《すこ》ししかなかったので、なんだかんだいっても楽《らく》に歩《ある》くことができました。大《おお》きなとがった枝《えだ》は高《たか》く空《そら》にむかって伸《の》びていて、どこの森《もり》でも見《み》られるように、枝《えだ》どうしで明《あ》かりと枝《えだ》をのばす場所《ばしょ》の取《と》りあいをしていました。ある場《ば》所《しょ》では二本《にほん》の幹《みき》どうしがとても近《ちか》くにあって、みんなはそのあいだを這《は》って通《とお》りぬけなければなりませんでした。ビールバラ提督《ていとく》は最初《さいしょ》ぬけることができなかったのですが、みんなでボールからもらったゴムのようなものを幹《みき》になでつけて、ようやく魚《さかな》が釣《つ》った人《ひと》の手《て》からつるっとすべり落《お》ちるように、すべりぬけることができました。こうして彼《かれ》らは先《さき》に進《すす》んでいきました。

夜《よる》の闇《やみ》がおり始《はじ》めました。そしてとんがり森《もり》の木《き》の数《かず》も減《へ》り始《はじ》めました。彼《かれ》らは草《くさ》がぴんぴんと元気《げんき》に生《は》えた開《ひら》けた場所《ばしょ》に出《で》ました。ここでは草《くさ》は足《あし》を伝《つた》って昇《のぼ》ってこようとは

しません。開《ひら》けた場《ば》所《しょ》のむこう側《がわ》からは、とても背《せ》が高《たか》い、山《やま》のふもとまで広《ひろ》がる落葉樹《らくようじゅ》の森《もり》が始《はじ》まっています。

「あそこまで行《い》かなきゃいけないの。」と、リンマがうんざりした様子《ようす》で言《い》いました。あまりに遠《とお》すぎると感《かん》じたのです。

「森《もり》のすみでキャンプをしようか。それから、食《た》べ物《もの》や飲《の》み物《もの》がみつかるか探《さが》してみよう。夜《よる》のうちはここで休《やす》んで朝《あさ》になったらまた先《さき》へ進《すす》もう。」とフーさんが提案《ていあん》しました。

　これはいい考《かんが》えです。彼《かれ》らは木《き》から枝《えだ》を折《お》ると、小屋《こや》の建《た》て方《かた》にかんする本《ほん》をたくさん読《よ》んでいるミッコの指示《しじ》にしたがって小《ちい》さな小屋《こや》を作《つく》りました。小屋《こや》の入《い》り口《ぐち》のまえに乾《かわ》いた小枝《こえだ》を置《お》き、提督《ていとく》の単眼鏡《たんがんきょう》を使《つか》って夕方《ゆうがた》の最後《さいご》の太陽《たいよう》の光《ひかり》でなんとか火《ひ》をつけました。幸運《こううん》はこれで終《お》わりではありませんでした。提督《ていとく》が頭《あたま》を木《き》の枝《えだ》にぶつけると、木《き》は怒《おこ》ってふるえました。すると、地面《じめん》にココナッツの実《み》のような茶色《ちゃいろ》い果物《くだもの》が落《お》ちてきたのです。ミッコは、その一《ひと》つをアーミーナイフで割《わ》ると、慎重《しんちょう》に、果物《くだもの》から出《で》てきた白《しろ》い液体《えきたい》をすすってみました。それはそれは、おいしい味《あじ》でした。こんどは果物《くだもの》の皮《かわ》にかぶりついてみましたが、皮《かわ》はかなり固《かた》く生《なま》っぽいものでした。ミッコは、果物《くだもの》のかけらを枝《えだ》の先《さき》にさして、遊《あそ》び半分《はんぶん》で火《ひ》に当《あ》ててソーセージのようにじゅうじゅうと焼《や》いてみました。パンを焼《や》くようないい香《かお》りが少《すこ》しずつみんなの鼻《はな》をくすぐりはじめました。子《こ》どもたちと提督《ていとく》はきそうようにミッコと同《おな》じことをやろうと走《はし》り寄《よ》りました。こんなにおいしいもの、いままで食《た》べたことないよ、とティンパは思《おも》いながらまたかぶりつきました。みんなは腰《こし》もかけずに一心《いっしん》に食《た》べました。もう、あたりはボウルをおおいかぶせたように暗《くら》くなっていましたが、焚《た》き火《び》の火《ひ》で明《あか》るくなっていました。心地《ここち》よい気分《きぶん》でした。

「だれが最初《さいしょ》に見張《みは》りに立《た》つの。」

「わしがやろう。」と約束《やくそく》を思《おも》いだしたビールバラ提督《ていとく》が立《た》ち上《あ》がりました。ミルクと果《くだ》物《もの》の皮《かわ》が手《て》に入《はい》ったので、また昔《むかし》のように気分《きぶん》が良《よ》くなったようです。「たとえ人食《ひとく》いブタが千頭来《せんとうき》ても、君《きみ》たちのことはかならず守《まも》るから怖《こわ》がる必要《ひつよう》はないぞ。」

子《こ》どもたちは小屋《こや》に入《はい》ると葉《は》のついた枝《えだ》で作《つく》った香《かお》りつきベッドに横《よこ》になりました。フーさんはもうすっかり夢《ゆめ》のなか。ミッコがフーさんをじっと見《み》つめています。すてきなフーさん。みんなのことをなんどもなんども助《たす》けてくれたね。フーさんがいなかったらここまでくることは出来《でき》なかったよ。みんなで力《ちから》をあわせれば、これからだって大丈夫《だいじょうぶ》さ。

ミッコは眠《ねむ》りこむまえにビールバラ提督《ていとく》がなにか小声《こごえ》で歌《うた》っているのを耳《みみ》にしました。提督《ていとく》は焚《た》き火《び》を見《み》つめていました。火《ひ》が燃《も》えて、あたためてくれています。火《ひ》って不思議《ふしぎ》なもので、化学物質《かがくぶっしつ》の一種《いっしゅ》だと提督《ていとく》は聞《き》いたことがありました。火《ひ》は、善《ぜん》のときもあれば悪《あく》のときもあって、善《ぜん》のときは使用人《しようにん》、悪《あく》のときは支配者《しはいしゃ》、なんて言《い》われています。おっと、いまは、われわれの支配者《しはいしゃ》だなとビールバラ提督《ていとく》は思《おも》いました。もしも、火《ひ》があたりに燃《も》えひろがったりしてしまったら、それは、もう大変《たいへん》なことです！　ですから、提督《ていとく》は、火《ひ》を監視《かんし》するようにじっと見《み》つめていました。焚《た》き火《び》の火《ひ》は、淡々《たんたん》と燃《も》えています。それを見《み》て、ビールバラ提督《ていとく》は歌《うた》い始《はじ》めました。

またまたここで焚《た》き火《び》が燃《も》える
おだやかおだやか眠《ねむ》くなる
頭《あたま》はすでにかんかんシャベル
旅《たび》はまだまだつづくのさ
でもでもわしらはここにいる
いっしょにみんなで髪《かみ》をすこう
危険《きけん》が待《ま》ち伏《ぶ》せそこかしこ
わしら五人《ごにん》で戦《たたか》うさ

提督《ていとく》は心《こころ》あたたまる自分《じぶん》の歌《うた》に感動《かんどう》し、眠《ねむ》りに落《お》ちました。木々《きぎ》の陰《かげ》からいくつもの目《め》がこちらをじっと見《み》ていることに気《き》づかずに。たくさんの手《て》が縄《なわ》をぎゅっとにぎりしめ、見知《みし》らぬ者《もの》たちをしばりあげてやろうと準備《じゅんび》をととのえていたのです。彼《かれ》らの手《て》には枕《まくら》が見《み》えます。これは、よそ者《もの》が助《たす》けをもとめて大声《おおごえ》を出《だ》したときに口《くち》を押《お》さえつけるためのものです。なぜ、こんな状況《じょうきょう》になっているかというと、ブウ国《こく》の荒《あら》くれたちが愛《あい》するココナッツパンの木《き》の森《もり》に一歩《いっぽ》でも足《あし》を踏《ふ》み入《い》れた者《もの》は、ひどいめにあう掟《おきて》になっているからなのです。

　ビールバラ提督《ていとく》が、なんだかくすぐったくて目《め》を覚《さ》ましたときは、縄《なわ》がちょうど提督《ていとく》にかけられたところでした。怒《おこ》った顔《かお》つきで、自分《じぶん》のことを押《お》さえつけようとしている色《いろ》が白《しろ》くて荒《あら》くれた感《かん》じの男《おとこ》たちが目《め》に入《はい》りました。あっさりさっぱりやられちゃったり、わしらはすっかり囚《とら》われてしまったり。提督《ていとく》はびっくりして飛《と》びあがりました。白人間《しろにんげん》たちが次《つぎ》になにをしようかと考《かんが》えるまえに、いったい提督《ていとく》はなにをしたと思《おも》います。彼《かれ》らにむかって戦《たたか》いをいどんだのです。いつもの偉大《いだい》なる提督《ていとく》になり、まるでトラのようになって。さあ、どこからでもかかって来《く》るがいい！　ところが、やっつけても、やっつけても、男《おとこ》たちは、あとからあとからかかってきます。しだいに提督《ていとく》もつかれてきました。男《おとこ》たちは一団《いちだん》となって飛《と》びかかって来《き》て、ついにビールバラ提督《ていとく》はぐるぐる巻《ま》きにされ、口《くち》にはぼろ枕《まくら》が突《つ》っこまれてしまいました。なんだかもぐもぐ言《い》うような音《おと》が聞《き》こえたような気《き》がしましたが、子《こ》どもたちは、その音《おと》でも目《め》を覚《さ》ましませんでした。一方《いっぽう》、フーさんは、ギョッとして目《め》を覚《さ》ましていたのですが、男《おとこ》たちもどうもフーさんが目《め》を覚《さ》ましていることに気《き》づいているような感《かん》じだったので、あえて口《くち》を開《ひら》きませんでした。昔《むかし》おじいさんは、左腕一本《ひだりうでいっぽん》で荒《あら》くれ白人間《しろにんげん》たちを投《な》げつけては山《やま》のようにつみあげ、自分《じぶん》にしたがわせたんだと話《はな》してくれました。でも、フーさんはおじいさんではありません。ですから、ものすごいいきおいで、自分《じぶん》たちがジャングルのなかの細《ほそ》い道《みち》を運《はこ》ばれていくのをただうす目《め》をあけて見《み》ていたのです。

一行《いっこう》は村《むら》に連《つ》れてこられました。あばら家《や》が、一軒一軒《いっけんいっけん》ぴったりくっつくように建《た》てられていて、まるで城壁《じょうへき》のようです。門《もん》が開《あ》けられ、彼《かれ》らは小《ちい》さくて汚《きたな》いあばら家《や》に乱暴《らんぼう》に押《お》しこまれました。フーさんは怒《いか》りをぐっとがまんして、手《て》をゆるめようとしました。でも、うまく行《い》きません。縄《なわ》がまるでナイフを刺《さ》されてくいこむように手首《てくび》に食《く》いこんで来《き》たので、フーさんは、いまは待《ま》つしかないのだと悟《さと》りました。子《こ》どもたちはまだぐっすりと静《しず》かに眠《ねむ》っています。

朝《あさ》になって目《め》が覚《さ》めた子《こ》どもたちは、自分《じぶん》たちがどこにいるのか、まったくわかっていませんでした。ですからフーさんはいったいなにが起《お》こったのかを、なんどもなんども説《せつ》明《めい》しなければなりませんでした。ビールバラ提督《ていとく》はぶつぶつと文句《もんく》を言《い》っていましたが、目《め》を開《あ》けることはありませんでした。提督《ていとく》はきっと病気《びょうき》なんだとフーさんは思《おも》いました。

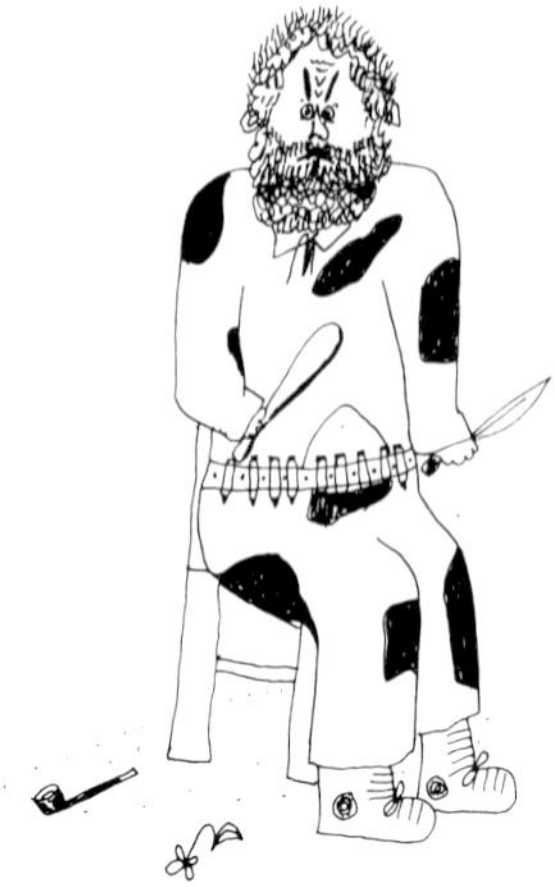

「提督《ていとく》が目《め》を覚《さ》ましても、彼《かれ》を責《せ》めちゃいけないよ。こうなったのは、提督《ていとく》のせいじゃないんだ。彼《かれ》は勇敢《ゆうかん》に、強《つよ》い相手《あいて》をむこうにまわして戦《たたか》ったんだよ。」とフーさんは子《こ》どもたちに言《い》いました。

急《きゅう》に扉《とびら》が開《ひら》くと、半裸《はんら》の怖《こわ》そうな白人間《しろにんげん》が二人《ふたり》入《はい》って来《き》て、みんなになんだか曲《ま》がりくねったものを取《と》りつけると、外《そと》へ無理《むり》やり引《ひ》っぱり出《だ》しました。村《むら》のまんなかには広場《ひろば》があって、その広場《ひろば》には椅子《いす》がおいてありました。その椅子《いす》には意地《いじ》悪《わる》そうな、赤毛《あかげ》で赤《あか》ひげの男《おとこ》が座《すわ》っていて、冷《つめ》たい視線《しせん》でみんなのことを見《み》まわしています。子《こ》どもたちはふるえてお互《たが》いに助《たす》けをもとめ合《あ》うようにしています。男《おとこ》は、線路《せんろ》のそばに住《す》んでいて、いつも子《こ》どもをびっくりおどおどさせてしまう、怖《こわ》いコンコン狐《ぎつね》を思《おも》い起《お》こさせました。こういう人《ひと》はここでいったいなにをしたいのでしょうね？

同《おな》じような人《ひと》は、世界中《せかいじゅう》どこにでもいるのでしょうね。

ゆっくりと口《くち》を開《ひら》くと、男《おとこ》は話《はな》し始《はじ》めました。「おまえらは、ムウ国《こく》のスパイだな。どうだ。こんなところまで追《お》って来《く》るとはな。」

「ムウ国《こく》って、いったいなんのこと?」とミッコがたずねました。

「小僧《こぞう》っ子《こ》は、だまっとれ。ここでは、なんでもこのおれ様《さま》が決《き》めるのだ。おい、ばあさんや。こいつらに見《み》おぼえがあるかどうか見《み》に来《く》るのだ。それから、おれ様《さま》には、ビールだ。」

男《おとこ》は、パイプに火《ひ》をつけました。あばら家《や》から辛抱強《しんぼうづよ》そうな女《おんな》の人《ひと》があらわれると、うやうやしく赤《あか》ひげの世話《せわ》をしはじめ、ビールを一《ひと》ケースと食《た》べ物《もの》を出《だ》し、ひざに毛布《もうふ》をかけました。小《ちい》さな子《こ》どもたちが扉《とびら》からのぞいているらしく暗闇《くらやみ》に白《しろ》い顔《かお》がうかんでいます。そして意地悪《いじわる》そうな白人間《しろにんげん》の男《おとこ》たちがどんどん増《ふ》えてきました。だれもが唾《つば》をはき、荒《あら》くれた態度《たいど》で、汚《きたな》い言葉《ことば》を話《はな》し、子《こ》どもや女《おんな》の人《ひと》たちを押《お》し倒《たお》しては大声《おおごえ》で笑《わら》い、あびるようにビールを飲《の》んでいます。そして一人《ひとり》のこらずパイプかタバコを口《くち》にくわえています!

ビールバラ提督《ていとく》はお腹《なか》がひっくり返《かえ》るくらいぶるぶるしてきました。たしかに彼《かれ》はビールが大好《だいす》きでしたが、こういう人《ひと》たちといっしょには飲《の》みたくありません。こういう人《ひと》たちは、荒《あら》くれ人間《にんげん》なんだ。提督《ていとく》は聞《き》こえよがしに鼻《はな》をフンッと鳴《な》らしました。

「だまれ、でぶっちょ。」と赤《あか》ひげの男《おとこ》がどなりました。「おまえらをスパイに仕立《した》てあげるぞ！　わしらの国《くに》とおまえらの国《くに》のあいだでは、終《お》わることのない戦争《せんそう》がつづいていることを忘《わす》れたのか。いついかなる時《とき》でもムウ国《こく》はブウ国《こく》を敵視《てきし》しているではないか。いつもなにかしらの手柄《てがら》を立《た》てようとして攻《せ》めて来《く》るではないか。だから、復讐《ふくしゅう》してやるのだ。」そう言《い》うと、男《おとこ》は高笑《たかわら》いをしました。

フーさんは男《おとこ》のことをびっくりした気持《きも》ちで見《み》ていました。この人《ひと》は、明《あき》らかにちょっとおかしいぞ。いったい、大《だい》の大人《おとな》がこんなばかげたことを話《はな》していいなんてことがあるだろうか？

男《おとこ》は彼《かれ》らにむかってげんこつを振《ふ》り回《まわ》しました。

「しかしだな、はっきりしたことがわかるまでは、おまえらをこらしめたりはせん。では、ここにいったいなにが書《か》いてあるのかいますぐ言《い》ってみよ。」

リンマがまっ赤《か》になりました。リンマが眠《ねむ》っているあいだに、男《おとこ》たちがリンマのかわいい服《ふく》のポケットをかき回《まわ》し、紙《かみ》の切《き》れ端《はし》を見《み》つけてうばい取《と》っていたのです。それは、彼女《かのじょ》がサースタモイネンさん家《ち》のテロからもらったものでした。そこには、「君《きみ》のことを好《す》きなのはだれかあててみて。サ・テロ」と書《か》いてありました。リンマは、死《し》んでもそのことを口《くち》に出《だ》すことはできません。

「え、あなた方《がた》はこれが読《よ》めないの。」とミッコがびっくりしてたずねました。

「だまれ、チビ助《すけ》。」と赤《ひげ》ひげは怒《おこ》ってどなりつけました。「なんで、わしらが読《よ》めなきゃならんのだ。わしらができることといえば、けんかだ。けんかは力《ちから》だぞ。力《ちから》は、権力《けんりょく》。そして、権力《けんりょく》は……。」と男《おとこ》は考《かんが》えこみました。どうもつづきを忘《わす》れてしまったようです。ついでに、紙《かみ》の切《き》れ端《はし》のこともどうやら忘《わす》れてしまったようです。

子《こ》どもたちは、口《くち》をぽかんと開《あ》けて男《おとこ》たちのことをみていましたが、どうやら彼《かれ》らがどういう人《ひと》たちなのかがわかってきました。彼《かれ》らは読《よ》み書《か》きができませんし、他《ほか》のことだってできないようです。できることと言《い》えば、けんかと毒《どく》づくことと戦争《せんそう》だけ。彼《かれ》らには気《き》持《も》ちをおだやかに、静《しず》かに生《い》きるなんていうことは、きっとできないのでしょう。ジャングルには、みんなに行《い》きわたるだけの十分《じゅうぶん》な食料《しょくりょう》があります。なのに、どうして彼《かれ》らはけんかをするのでしょうか？　きっと、本人《ほんにん》たちもその理由《りゆう》を忘《わす》れているのでしょう。

「それじゃあ、なんにも知《し》らないんだ。」とミッコが勇敢《ゆうかん》にも言《い》いました。「それじゃあ、地上《ちじょう》の国《くに》のうちで一番《いちばん》とんがった国《くに》がどこか知《し》っているかい？」

「そりゃ、いったい、どこだ？」

「スイスだよ〔フィンランド語《ご》では、ナイフという単語《たんご》がスイスの国名《こくめい》にかくれています〕。」

赤《あか》ひげの男《おとこ》は、怒《おこ》って彼《かれ》らのことをにらみつけました。「ふざけるな。スイスだと。そんな名前《なまえ》の国《くに》、あるわけがないではないか。まったく、なんてやつらだ。まったく、甘《あま》えん坊赤《ぼうあか》ちゃんの、でぶでぶなブタのちっこい輩《やから》だ。おまえらを見《み》てるとはき気《け》がしてくる。おまえらには、ニワトリさえ殺《ころ》せやしないだろうよ。おい、ばあさんや、もっとビールを持《も》って来《こ》い。それから、こいつらを冷《ひ》やかしがてら、ここに来《き》てみろ。」

女《おんな》の人《ひと》たちが、うやうやしく、男《おとこ》たちの世話《せわ》をしにやって来《き》ました。そして、子《こ》どもたちに近《ちか》づきました。ところが、彼女《かのじょ》たちはあざけり笑《わら》うどころかみんなに哀《あわ》れみの言葉《ことば》をかけ、泣《な》き出《だ》したのです。自分《じぶん》たちは男《おとこ》たちにはさからえないのだと言《い》いました。彼女《かのじょ》たちは、礼儀正《れいぎただ》しく生《い》きたいと思《おも》っているのに、男《おとこ》たちは仕事《しごと》をなにもかも自分《じぶん》たちに押《お》しつけて、楽《たの》しみのために戦争《せんそう》をしているのだと言《い》うのです。そのうえ、来《く》る日《ひ》も来《く》る日《ひ》も女性《じょせい》たちにがみがみと文句《もんく》ばかり言《い》っているのです。

「さあ、もう充分《じゅうぶん》だ。ばあさんたちは元《もと》の場所《ばしょ》に戻《もど》るんだ。これからおれ様《さま》は少々《しょうしょう》このスパイたちと遊《あそ》ぼうと思《おも》うのでな。」と大声《おおごえ》で言《い》うと、明《あき》らかになにか悪《わる》だくみを思《おも》いついた様子《ようす》で近《ちか》づいて来《き》ました。

そうしているあいだにもティンパはいっしょうけんめいになって、なにかをしています。彼《かれ》はフーさんの腕《うで》をしばっている縄《なわ》の結《むす》び目《め》の一《ひと》つを歯《は》でほどき、もう一《ひと》つの結《むす》び目《め》も噛《か》みきったのです。ぷちん。フーさんの両手《りょうて》が自由《じゆう》になりました。けれど男《おとこ》ももうほんのす

ぐそばまで近《ちか》づいてきていて、いまにも攻撃《こうげき》して来《き》そうないきおいです。

両手《りょうて》が自由《じゆう》になったフーさんは、ポケットからボール国《こく》の人《ひと》からもらった光線《こうせん》の出《で》る箱《はこ》を取《と》りだすと、それを森《もり》にむけました。男《おとこ》はびっくりしながらフーさんがせわしなく動《うご》いているのをぼうぜんと見《み》ていました。

「やや。この小《ちい》さな男《おとこ》は自分《じぶん》で縄《なわ》を解《と》いたのか。そりゃま、それで良《よ》しとしようか。しからばおれ様《さま》はおまえさんをもっとふらふらにさせてやろう。」と言《い》うと男《おとこ》はフーさんたちにおそいかかろうと、手《て》をあげました。

フーさんは気《き》が遠《とお》くなりそうでした。箱《はこ》からは光線《こうせん》など出《で》てこないのです。ボール国《こく》の人《ひと》はぼくらのことをだましたのだろうか。フーさんは混乱《こんらん》してきました。ですが、箱《はこ》のふたが閉《し》まっていることに気《き》づきました。フーさんはふるえる指《ゆび》で箱《はこ》のふたを開《あ》け、森《もり》のほうへむけました。男《おとこ》の手《て》が揺《ゆ》れ動《うご》いたと思《おも》った瞬間《しゅんかん》、箱《はこ》から青《あお》くてまぶしい稲妻《いなずま》がほと走《ばし》り、ものすごいさけび声《ごえ》と、まるで物《もの》がこわれるような音《おと》が聞《き》こえたかと思《おも》うと、男《おとこ》は跡形《あとかた》もなく消《き》えてしまいました。「急《いそ》いでこっちへ。」とフーさんは大声《おおごえ》でミッコを呼《よ》ぶと、アーミーナイフで他《ほか》の人《ひと》たちをしばっている縄《なわ》を切《き》りました。さて、それからどうなったと思《おも》いますか。あちこちから荒《あら》くれ白人間《しろにんげん》たちが音《おと》もなく近《ちか》づいて来《き》たのです。

その時《とき》です。門《もん》のほうからものすごいさけび声《ごえ》が聞《き》こえました。「助《たす》けてくれー、たいへんだー。ムウ国《こく》が攻《せ》めてくるぞー。」男《おとこ》たちはあたふたと城壁《じょうへき》めがけて突進《とっしん》していきました。すぐに激《はげ》しい戦《たたか》いが始《はじ》まりました。男《おとこ》たちはお互《たが》いにめったやたらと打《う》ちあい、その騒《さわ》がしさと言《い》ったらありません。フーさんは自分《じぶん》が目《め》にしている光景《こうけい》がとても信《しん》じられませんでした。こういうことは昔《むかし》むかしのお話《はなし》だと思《おも》っていたのです。こんな風《ふう》におかしくなってしまっている人《ひと》たちを正気《しょうき》に戻《もど》すのはものすごくたいへんだろうなあとフーさんは考《かんが》えていました。こういうことって地上《ちじょう》でも起《お》こるのだろうか？　いままでこんな人《ひと》たちに会《あ》ったことはないなあ。フーさんはおそれおののくばかりでした。

男《おとこ》たちは休《やす》みなく戦《たたか》って、その場《ば》にじっとしていることはありません。そばにある小屋《こや》の扉《とびら》が開《あ》いていたので、子《こ》どもたちや提督《ていとく》、フーさんは扉《とびら》にむかって這《は》って移動《いどう》しました。

小屋《こや》に入《はい》れば、少《すく》なくともしばらくは安全《あんぜん》です。

目《め》が暗闇《くらやみ》になれてくると、小屋《こや》のなかは女《おんな》たちと子《こ》どもたちでいっぱいな事《こと》がわかりました。みんなは大声《おおごえ》で泣《な》いていました。彼《かれ》らはこれまで一度《いちど》だって、幸《しあわ》せで、平和《へいわ》な暮《く》らしをしたことがないんだなとミッコは思《おも》いました。ぼくはこの人《ひと》たちのために一体《いったい》なにをしてあげられるだろう？　ミッコはなんとしてでも、この人《ひと》たちを助《たす》けてあげようと心《こころ》に決《き》めました。たとえいますぐでなくてもきっといつかは。

「どうやったらここから逃《に》げられるか教《おし》えてもらえませんか。」と、フーさんが女《おんな》の人《ひと》の一人《ひとり》にたずねました。フーさんには、その女《おんな》の人《ひと》は心《こころ》があたたかそうに見《み》えたのです。彼女《かのじょ》ははじめびっくりしていましたが、こうささやきました。「では、わたしについていらっしゃい。」

女性《じょせい》はあばら家《や》がびっしり建《た》って、外壁《がいへき》のようになっているところまで這《は》って行《い》きました。

「わたしたちはあなた方《がた》といっしょに行《い》くことはできませんが、あなた方《がた》をここから逃《に》がしてあげることはできます。ここにいてもいいことはなにひとつありませんからね。」と、女《おんな》の人《ひと》は言《い》いました。女《おんな》の人《ひと》は地面《じめん》にある小《ちい》さなフタを持《も》ち上《あ》げると「ここから這《は》って出《で》て下《くだ》さい。壁《かべ》の下《した》をくぐって外《そと》に出《で》られます。外《そと》に出《で》たら、ありったけの力《ちから》で森《もり》にむかって走《はし》って、森《もり》に入《はい》ったらそのまま山《やま》を目指《めざ》しなさい。そこを通《とお》るしか乱暴《らんぼう》な男《おとこ》たちから身《み》を守《まも》ることはできません。」と言《い》いました。

「かたじけない。」と、ビールバラ提督《ていとく》は力《ちから》なく言《い》うと、なんとかほほえもうとしました。

「あの、ひょっとするとこちらでビールをいただくことはできないだろうか。あの、先《さき》ほどあちらにビールがあるのが見《み》えたんだが……。」と言《い》うと、提督《ていとく》はゴクリとのどをならしました。ビールなしの人生《じんせい》は、彼《かれ》にとって、まるで曇《くも》りの日《ひ》には、村《むら》の小道《こみち》に女主人《おんなしゅじん》は立《た》たないようなもの。そうでなければ、いったいどんなものだったのでしょう。提督《ていとく》は、その昔読《むかしよ》んだ記憶《きおく》のあるそんな小説《しょうせつ》の一文《いちぶん》を思《おも》い出《だ》していました〔フィンランドの国民的作家《こくみんてきさっか》アレクシス・キヴィの小説《しょうせつ》『七人《しちにん》の兄弟《きょうだい》』（一八七〇）のこと〕。

「ビールですって、あの人《ひと》ビールがほしいんですって。」と女《おんな》の人《ひと》たちはささやきあいました。彼女《かのじょ》たちにしてみれば、これまで男《おとこ》たちの希望《きぼう》をかなえることは当《あ》たりまえのことだったので、今回《こんかい》も当然《とうぜん》のように、ビールバラ提督《ていとく》にビールを一《ひと》ケース持《も》って来《き》ました。子《こ》どもたちやフーさんがなにかを言《い》おうとする間《ま》もなく、またたくうちに、提督《ていとく》は一《ひと》ケース分《ぶん》のビールを空《から》っぽにしてしまいました。こんなにおいしいビールはいままでに飲《の》んだことがありません。この場所《ばしょ》をけっして忘《わす》れずに、いつの日《ひ》か、ここへビールの作《つく》り方《かた》を教《おし》えてもらいに戻《もど》ってこようと提督《ていとく》は考《かんが》えながらげっぷをしました。なぜ、げっぷをしたかと言《い》うと、提督《ていとく》は、おいしい食事《しょくじ》をいただいたときの感謝《かんしゃ》のしるしとして、エスキモーは、こうすると書《か》いてあったのを読《よ》んだことがあったからです。ところが、女《おんな》の人《ひと》たちは、そんな提督《ていとく》をとがめるような目《め》で見《み》ました。

「さあ、急《いそ》いで。男《おとこ》たちは、じきにここに戻《もど》ってきます。戦《いくさ》はいつもそれほど長《なが》くはつづかないのです。ほら、もう、なんの音《おと》もしなくて静《しず》かになったでしょう。」と女《おんな》の人《ひと》が言《い》い、そして、つづけます。「彼《かれ》らは、あなた方《がた》を、ところかまわず探《さが》しにやってくるはずです。とにかく這《は》って外《そと》に出《で》るのです。そして、もしも、できることならば、わたしたちのことを助《たす》けてください。」

ビールバラ提督《ていとく》は、喜《よろこ》びいっぱいで穴《あな》へと落《お》ちて行《い》きました。彼《かれ》はまたビールが飲《の》めた

し、これでまた助《たす》かるのです。でも、提督《ていとく》が喜《よろこ》んだのもつかの間《ま》でした。というのも、穴《あな》はとても狭《せま》かったのです。提督《ていとく》は、ひっしになってなんとか頭《あたま》だけは穴《あな》のなかに入《い》れることができましたが、お腹《なか》がしっかりと引《ひ》っかかってしまいました。何年《なんねん》にもわたって、少《すこ》しも反省《はんせい》することなくビールを飲《の》みつづけてきたので、これはその飲《の》みすぎの結果《けっか》です。提督《ていとく》は恐怖《きょうふ》で汗《あせ》がふきでてきました。力《ちから》のかぎりがんばってみましたが骨折《ほねお》り損《ぞん》でした。まるで、お風呂《ふろ》の栓《せん》をきゅっとしめたように、提督《ていとく》が穴《あな》をふさいでしまっています。これでは、だれ一人《ひとり》としてこのあばら家《や》から逃《に》げ出《だ》すことができません。

リンマはひっしになって考《かんが》えました。そして、ビールバラ提督《ていとく》の靴《くつ》を脱《ぬ》がし始《はじ》めました。他《ほか》のみんなは、リンマがやっていることの意味《いみ》がわからず、手伝《てつだ》おうともしません。ところがリンマは一人《ひとり》でやりつづけています。じきに提督《ていとく》の靴《くつ》を両方《りょうほう》とも脱《ぬ》がしました。地面《じめん》に鳥《とり》の羽《はね》が落《お》ちています。リンマはそうっと提督《ていとく》の足《あし》の裏《うら》をくすぐりはじめました。

これは効《き》き目《め》ばつぐんでした。もしかしたら提督《ていとく》は、ほんとうはくすぐられていることに怒《おこ》ったのかもしれません。でも彼《かれ》が力《ちから》まかせに穴《あな》から抜《ぬ》けでようとしたものですから、穴《あな》が二倍《にばい》くらいの大《おお》きさになって、みんなが次《つぎ》から次《つぎ》へと地上《ちじょう》に出《で》ることができたのです。地上《ちじょう》にでると、彼《かれ》らはちょっとだけ立《た》ち止《ど》まり、あたりの状況《じょうきょう》を確認《かくにん》しました。家《いえ》のなかからは、男《おとこ》たちの罵声《ばせい》とわめきちらす声《こえ》が聞《き》こえてきました。彼《かれ》らは危機《きき》一髪《いっぱつ》でなんとか

外《そと》へ脱出《だっしゅつ》することができたのです。

「急《いそ》いで森《もり》にむかって！　それからお互《たが》い見失《みうしな》わないようにね。はぐれちゃだめだよ。」

と、フーさんは大《おお》きな声《こえ》で言《い》いました。

みんな森《もり》にむかって、すうっと吹《ふ》く風《かぜ》よりも早《はや》く走《はし》り始《はじ》めました。うしろから白人間《しろにんげん》たちが追《お》いかけて来《く》るかどうか振《ふ》り返《かえ》って確認《かくにん》することなんて怖《こわ》くてできませんでした。ほんとうはそうしなければいけなかったんでしょうけれど。一番《いちばん》うしろではティンパがクリスマス・カレンダーを口《くち》にくわえて、まるでウマみたいな速《はや》さで走《はし》っています。たとえこれが最期《さいご》になったとしても、こんな意地悪《いじわる》な人《ひと》たちの手《て》にクリスマス・カレンダーを渡《わた》してはいけないとティンパは心《こころ》に決《き》めて、ひっしに足《あし》を動《うご》かしました。

9　山《やま》へむかって

ココナッツパンの木《き》の森《もり》へ、彼《かれ》らはなんとか逃《に》げこみました。それからどこへむかっているのかはわからないまま、小道《こみち》を見《み》つけて、走《はし》り始《はじ》めました。うしろからは、たくさんのイヌがほえる声《こえ》が聞《き》こえてきます。荒《あら》くれたちがうしろを追《お》ってきているのは明《あき》らかです。あの人《ひと》たちは自分《じぶん》たちの長《おさ》が消《け》されたことのしかえしをしようとしているのにちがいないとフーさんは思《おも》いました。なんとかして彼《かれ》らを煙《けむ》に巻《ま》かないといけない。子《こ》どもたちが、これ以上遠《いじょうとお》くまで走《はし》るのはむずかしいことを、フーさんはわかっていました。

そのとき、フーさんはあることを思《おも》いつきました。ココナッツパンの木《き》は、とても狭《せま》いところにたくさん生《は》えていて、その上《うえ》、枝《えだ》には木《き》のてっぺんが見《み》えないくらい葉《は》っぱが生《お》い茂《しげ》っています。木《き》に登《のぼ》ったらどうだろう。そうすればイヌだって、ぼくらの足跡《あしあと》を見《み》つけることができなくなるし、時間《じかん》がたてば男《おとこ》たちも探《さが》すのをあきらめて、ビールを飲《の》みに

村《むら》へ帰《かえ》るにちがいありません。これは名案《めいあん》だ。フーさんはみんなにこれからなにをしなければいけないのかを急《いそ》いで説明《せつめい》しました。子《こ》どもたちは、まるでリスのように木《き》の幹《みき》を登《のぼ》りました。ティンパは、クリスマス・カレンダーを口《くち》にしっかりくわえました。フーさんも、一生懸命《いっしょうけんめい》がんばって、下枝《したえだ》をしっかりつかんで、ゆらゆらと揺《ゆ》られながら葉《は》っぱが生《お》い茂《しげ》っているなかにもぐりこみました。ところがビールバラ提督《ていとく》はどうすることもできません。地面《じめん》の上《うえ》でうめき、汗《あせ》をかきながらただ立《た》っているだけです。自分《じぶん》ではどうにも上《うえ》に上《あ》がることができないのです。

またもや、彼《かれ》らの身《み》には捕《つか》まる危険《きけん》がせまってきたのです！　ミッコは、ひっしになって考《かんが》えました。枝《えだ》は、どうやら丈夫《じょうぶ》で、よくしなるようです。これならきっと、十分《じゅうぶん》に耐《た》えられる。ミッコが枝《えだ》の先《さき》まで這《は》って行《い》くと、枝《えだ》は地面《じめん》にむかってしなり始《はじ》め、それをビールバラ提督《ていとく》がしっかりとつかみました。そのことを確認《かくにん》すると、ミッコはまた這《は》って戻《もど》ってきました。ゴルディオスの結《むす》び目《め》〔フリジアの王《おう》ゴルディオスによって結《むす》ばれた縄《なわ》の結《むす》び目《め》。この結《むす》び目《め》を解《と》く者《もの》はアジアを支配《しはい》すると予言《よげん》されていた。これをアレクサンドロス大王《だいおう》は剣《けん》でまっ二《ぷた》つに切《き》ってなし遂《と》げた〕を解《と》くようにビールバラ提督《ていとく》はゆっくりと地面《じめん》から浮《う》き上《あ》がりました。そして、もう少《すこ》し丈夫《じょうぶ》な枝《えだ》をつかむとおもいきり反動《はんどう》をつけて上《のぼ》って行《い》ったのです。手《て》遅《おく》れにならずにすみました。イヌの鳴《な》き声《ごえ》はもうまぢかにせまってきていました。

9　山へむかって

彼《かれ》らは枝《えだ》が作《つく》り出《だ》した、まるで小《ちい》さな家《いえ》のようになっている幹《みき》の根元《ねもと》のところにいます。床《ゆか》は枝《えだ》で、壁《かべ》と屋根《やね》は枝《えだ》についた緑色《みどりいろ》に生《お》い茂《しげ》った葉《は》っぱです。それよりなにより、なにが一番《いちばん》いいかって、枝《えだ》が他《ほか》の木《き》へまるで橋《はし》のようにつながっているのです。ですから、もしも他《ほか》に方法《ほうほう》が思《おも》いつかなければ、ずっと枝《えだ》を伝《つた》って山《やま》にむかうことさえできそうです！　そうなれば、荒《あら》くれ白人間《しろにんげん》たちは、たとえイヌの助《たす》けを借《か》りたって彼《かれ》らのことを見《み》つけ出《だ》すことは無理《むり》に決《き》まっています。

イヌがちょうど木《き》の下《した》でほえまくっています。そのあたりで足跡《あしあと》が終《お》わっています。イヌは木《き》の周辺《しゅうへん》へちりぢりになり、どうすることもできずにくうん、くうんと鳴《な》いていました。荒《あら》くれ白人間《しろにんげん》たちは、うたがい深《ぶか》そうに頭上《ずじょう》に目《め》をむけました。そうです、文字《もじ》を読《よ》むことはできませんが、そのくらいはわかるのです。獲物《えもの》たちは、まるで小《ちい》さなハトのように飛《と》んでいってしまったようです。であれば、戻《もど》ってくることだって考《かんが》えられます。

ところがイヌが別《べつ》の足跡《あしあと》をみつけたようです。大《おお》きな肉食《にくしょく》ブタが朝《あさ》のひとときを木《き》の下《した》で過《す》ごし、土《つち》を掘《ほ》って穴《あな》を作《つく》り、きれいになるために入浴《にゅうよく》を楽《たの》しんだようです。その後《ご》、水飲《みずの》み場《ば》を探《さが》しに出《で》かけたのでしょう。その足跡《あしあと》がとてもあたらしかったので、イヌたちがかん高《だか》い声《こえ》でほえたてたのです。

「おい、ここへ来《こ》てみろよ。」と男《おとこ》がちょうどビールバラ提督《ていとく》が座《すわ》っている枝《えだ》の下《した》で他《ほか》の男《おとこ》たちに呼《よ》びかけました。提督《ていとく》は頭《あたま》がくらくらして、泣《な》けてきました。なぜって、男《おとこ》たちが真下《ました》でなにをしているかわからなかったからです。提督《ていとく》が座《すわ》っている枝《えだ》がまるで提督《ていとく》をおどかすようにざわざわ言《い》いました。もしもポキンとでも音《おと》がすれば確実《かくじつ》に見《み》つかってしまいます。提督《ていとく》は目《め》をつぶって自分《じぶん》は気球《ききゅう》に乗《の》っているのだと思《おも》うようにしました。もし強《つよ》く想像《そうぞう》すれば、枝《えだ》だって信《しん》じるにちがいありません。

声《こえ》はしだいに遠《とお》のいていきました。フーさんは当面《とうめん》の危機《きき》は脱《だっ》したんだと思《おも》いました。街《まち》へはまだまだだいぶありますが、とにかくむかうしかありません。まえむきな気持《きも》ちで行《い》かなければいけません。火事場《かじば》の馬鹿力《ばかぢから》だ！　フーさんは気分《きぶん》が良《よ》くなってきました。

フーさんは枝《えだ》が作《つく》った橋《はし》を伝《つた》って飛《と》び地《ち》から飛《と》び地《ち》へと渡《わた》るように移動《いどう》し、子《こ》どもたちがあとにつづきました。最後《さいご》にビールバラ提督《ていとく》がヨタヨタとつづきました。時《とき》おり足元《あしもと》の枝《えだ》がまるで秋《あき》の氷《こおり》のようにきしみましたが、不思議《ふしぎ》なことに提督《ていとく》は落《お》ちることはありませんでした。枝《えだ》は次《つぎ》から次《つぎ》へとつづいていました。子《こ》どもたちは次第《しだい》にまたくたびれてきました。

「わたしこれ以上進《いじょうすす》みたくない。それにティンパがクリスマス・カレンダーをずっと持《も》って来《き》ているのもがまんできない。わたしが下《した》に落《お》としてやるわ。」と、リンマが言《い》いました。

「だめだよ。やめてくれよ。」と泣《な》きながらティンパは大声《おおごえ》を張《は》り上《あ》げました。

「おまえら二人《ふたり》とも落《お》っことすぞ。」と、ミッコが急《きゅう》にイライラして言《い》いました。「もうおまえらのくだらない言《い》いあいには付《つ》き合《あ》っていられない。静《しず》かにしろよ！」

「シーッ。」この状況《じょうきょう》をまずいと思《おも》ったフーさんは、「君《きみ》たちはただつかれているだけなんだ。もう少《すこ》しで山《やま》に着《つ》くよ。そうしたらキャンプをして休《やす》むことにしよう。」と小《ちい》さな声《こえ》で言《い》いました。

「わしはもうだめだ。君《きみ》らは行《い》きたまえ。わしはここでココナッツパンの実《み》を食《た》べているよ。」と、ビールバラ提督《ていとく》がのんびりした声《こえ》で言《い》いました。

提督《ていとく》は実《み》を二《ふた》つつかんで穴《あな》をあけると、まるでブタがお乳《ちち》にすいつくようにちゅーちゅーと飲《の》みました。それからからっぽになった実《み》を葉《は》っぱが生《お》い茂《しげ》っているほうへ放《ほう》り投《な》げました。

すると、怒《おこ》っているような声《こえ》とイヌのほえる声《こえ》が聞《き》こえてきました。子《こ》どもたちとフーさんは固《かた》まってしまいました。提督《ていとく》はいよいよ最期《さいご》の時《とき》がやってきたと覚悟《かくご》しました。カメのスープを置《お》いて獲物《えもの》をおびき出《だ》すように、提督《ていとく》はまたみんなのことをオオカミのまえに押《お》し出《だ》してしまったのです。

彼《かれ》らはみんなじっとしてふるえていました。やっと声《こえ》が遠《とお》ざかりました。ですが、これで荒《あら》くれ白人間《しろにんげん》たちがまだ自分《じぶん》たちのことを探《さが》していることがはっきりしました。先《さき》へ進《すす》まなければ。それも静《しず》かにです。これはお遊《あそ》びなんかではないのです。

地面《じめん》が少《すこ》しずつ盛《も》り上《あ》がりはじめ、木《き》の数《かず》がまばらになって枝《えだ》と枝《えだ》との距離《きょり》が遠《とお》くなってきたところまで、彼《かれ》らは木《き》から木《き》へと移動《いどう》していきました。先《さき》のほうでは明《あか》るい光《ひかり》が青《あお》青《あお》と茂《しげ》った葉《は》のあいだからこぼれてきています。彼《かれ》らはもうかなり山《やま》の近《ちか》くまで来《き》ていました。そろそろ地面《じめん》に降《お》りなければなりません。あとは荒《あら》くれ白人間《しろにんげん》たちがまったく見当《けんとう》ちがいのところで彼《かれ》らを探《さが》していることを祈《いの》るのみです。枝《えだ》が提督《ていとく》のことを支《ささ》えられなくなるのももうすぐでしょう。

そのときです、バリバリッという音《おと》が聞《き》こえたかと思《おも》うと、提督《ていとく》が枝《えだ》のあいだに、まるでアザラシが波間《なみま》に消《き》えるように見《み》えなくなりました。みんなも急《いそ》いであとにつづいて降《お》りました。というのも提督《ていとく》が落《お》ちたあたりからなんの物音《ものおと》も聞《き》こえてこなかったので、ケガでもしたのではないかと心配《しんぱい》になったのです。地面《じめん》に降《お》りてみると、提督《ていとく》はピンピンしていました。落《お》ちたところはまるでクッションの上《うえ》のようにやわらかい、ミツバチの巣《す》の上《うえ》で、そのミツの貯蔵庫《ちょぞうこ》を直撃《ちょくげき》していたのです。提督《ていとく》はそこで、手《て》についてあふれるようにしたたっているハチミツを、がつがつとなめていて、他《ほか》の事《こと》はまったく目《め》に入《はい》らない状態《じょうたい》です。提督《ていとく》が、ビールの次《つぎ》に好《す》きなのがハチミツなのです。彼《かれ》の祖先《そせん》のだれかがクマ

フーさんのうしろの草《くさ》むらから荒《あら》くれ白人間《しろにんげん》が大声《おおごえ》を上《あ》げながら立《た》ちあがりました。「これはなんだ。目《め》が見《み》えんぞ。」森《もり》のなかからは別《べつ》のさけび声《こえ》も聞《き》こえてきました。イヌがまた激《はげ》しくほえ始《はじ》めたのです。これじゃウサギやキツネもくたびれちゃうよとフーさんは思《おも》いました。流《なが》れに身《み》をまかせたらどうだろう。ぼくだってもうやってられないよ。眠《ねむ》くてしかたないんだ。フーさんは横《よこ》になることにしました。もうなにも気《き》にしないことに決《き》めました。いろいろためすのは骨折《ほねお》りなことでした。次《つぎ》から次《つぎ》へと問題《もんだい》を解決《かいけつ》してここまできましたが、もうここまでです。山《やま》はけわしく、子《こ》どもたちはつかれ果《は》てていて、提督《ていとく》は泥《どろ》まみれ。荒《あら》くれ白人間《しろにんげん》たちはといえば、大人《おとな》の男《おとこ》たちで彼《かれ》らはイヌを連《つ》れているのです。五十人《ごじゅうにん》もの大人《おとな》を相手《あいて》の戦《たたか》いに命《いのち》を賭《か》けるなんてごめんだよ、とフーさんはつぶやきました。それに、元々《もともと》賭けなんてフーさんはしませんから。

フーさんは目《め》を閉《と》じました。子《こ》どもたちも同《おな》じようにしました。ビールバラ提督《ていとく》はなにも見《み》ていませんでした。泥《どろ》がずっと提督《ていとく》の顔《かお》に流《なが》れ落《お》ちてきていたので、目《め》を開《あ》けていようが閉《と》じていようが同《おな》じことだったのです。提督《ていとく》は手《て》を上《うえ》にあげました。少《すく》なくとも西部《せいぶ》劇《げき》に出《で》てくる男《おとこ》のように、死《し》んだ生《い》き物《もの》の皮《かわ》のブーツは履《は》いているぞと提督《ていとく》は思《おも》っていました。われながらよくぞここまでやって来《き》たものだ。わしの葬儀《そうぎ》にはビールをついでくれ！

提督《ていとく》の手《て》はなにかやわらかくてツルツルとすべりやすいものに触《ふ》れました。それは大《おお》きくて羽《はね》のついた骨《ほね》のような木《き》でした。カリカリ骨々《ほねほね》この世《よ》のものとは思《おも》えんぞ！　世《よ》のなかにはこんな木《き》があるのだろうか。さっきまでここにはなにも生《は》えていなかったはずなのに。それに、こいつは動《うご》くぞ。いまはわしの肩《かた》にたしかに座《すわ》ってる。提督《ていとく》はまるで黒《くろ》を白《しろ》と考《かんが》えなければいけないくらいびっくりしました。この最期《さいご》の瞬間《しゅんかん》になってまで、また迷《まよ》い、思《おも》い悩《なや》み、あたらしいことに立《た》ちむかわなければならないのか。

提督《ていとく》は目《め》を開《あ》けてみましたが見《み》えたのは黒《くろ》い泥《どろ》だけです。

「わしは目《め》が見《み》えなくなってしまったのか。それとも、だれかが明《あ》かりを消《け》したのだろうか。明《あ》かりをつけてくれ。まっ暗闇《くらやみ》のなかで死《し》ぬなど悲《かな》しいではないか。わしは自分《じぶん》が怖《こわ》がっているものの正体《しょうたい》をたしかめたいのだ。最期《さいご》の瞬間《しゅんかん》に、だれかが友《とも》だちとしてそばについていてくれることがわかったほうがいいじゃないか。」と、提督《ていとく》は大声《おおごえ》でさけびました。

提督《ていとく》の目《め》から泥《どろ》が落《お》ち、羽《はね》のついた骨《ほね》のような木《き》は地面《じめん》に降《お》りました。提督《ていとく》は目《め》を開《あ》けてまたすぐに閉《と》じました。いまわのきわだというのにまた幻覚《げんかく》が見《み》えだしたのです。地面《じめん》には永遠《えいえん》の友《とも》コウムのマコトがいました。わしはもう死《し》んでしまったのだな。マコトはわしが死《し》んであいさつにやってきたのだな。なんとすばらしい。マコトは長《なが》いことわしの唯《ゆい》一《いっ》の友《とも》だったし、ずっとともに行動《こうどう》してきたのだからな。提督《ていとく》はすすり泣《な》きました。まわりを見回《みまわ》すと子《こ》どもたちとフーさんが、他《ほか》のコウムたちに囲《かこ》まれているのがわかりました。つまり彼《かれ》らも死《し》んでしまったというわけだ。でもどうして彼《かれ》らにまでコウムがしたがっているのだ？　提督《ていとく》はわけがわかりませんでした。彼《かれ》らはコウムがいったいどんな生《い》き物《もの》なのかも知《し》らなかったわけで、オウムかなにかだと思《おも》っていたはずだ。豆屋《まめや》のカイヤだなんて笑《わら》わせるな。いったいいつ豆《まめ》を栽培《さいばい》するカイヤの話《はなし》を聞《き》いたというのだ〔フィンランド語《ご》でオウムは「パプ（豆《まめ》）カイヤ（女性《じょせい》の名前《なまえ》）といいます〕。なにもかもフーさんと子《こ》どもたちの作《つく》り話《ばなし》だ。

森《もり》の入《い》り口《ぐち》あたりからさけび声《ごえ》が聞《き》こえ、荒《あら》くれ白人間《しろにんげん》たちが逃《に》げて行《い》こうとしています。こいつらはいったい黄泉《よみ》の国《くに》でなにをやっているのだ？　体《からだ》から魂《たましい》が離《はな》れない死《し》とは悲《かな》しいことだと提督《ていとく》は思《おも》い、本気《ほんき》で怒《おこ》りはじめました。

「ぼくたち助《たす》かったんだよ。なにもかもビールバラ提督《ていとく》のおかげだよ。」と子《こ》どもたちが大声《おおごえ》で言《い》いました。子《こ》どもたちとフーさんが提督《ていとく》のまわりに集《あつ》まってきました。「提督《ていとく》がいなければぼくらはいまごろみんな死《し》んでいたよ。提督《ていとく》が魔法《まほう》のバター製造器《せいぞうき》の扉《とびら》を開《あ》けっ放《ぱな》しにしていたから、マコトがあとを追《お》って来《き》たんだ。マコトはここにやってきて自分《じぶん》たちの親類《しんるい》を見《み》つけて、いっしょになって助《たす》けに来《き》てくれたんだ。間一髪《かんいっぱつ》で間《ま》に合《あ》ったんだよ。マコトのことを考《かんが》えていたなんて提督《ていとく》ってほんとうにすごいよ。提督《ていとく》がいなかったら、ぼくらは無事《ぶじ》ではいられなかったはずさ。絶対《ぜったい》にね。信《しん》じてね。」

ビールバラ提督《ていとく》はひどくびっくりしましたが、それもわずかのあいだのことでした。魔《ま》法《ほう》のバター製造器《せいぞうき》の扉《とびら》だと？　マコト？　おお、そうか、そうか。そういう風《ふう》に考《かんが》えることもできるか。自分《じぶん》がなにもかもを計画《けいかく》したのだ。わしがいなければ彼《かれ》らはみんないまごろ死《し》んでいたのだ。提督《ていとく》の心《こころ》は幸《しあわ》せで満《み》たされ、喜《よろこ》びがあふれました。「そうなのだ。」と、ビールバラ提督《ていとく》は言《い》うと咳払《せきばら》いしてつづけました。「マコトはただわしが言《い》ったことをやったにすぎんのだ。これはまちがいない。じつを言《い》うとだれに言《い》われたわけでもなく、わしがすべてを計画《けいかく》したのだ。」

それを聞《き》いたマコトは苦笑《にがわら》いをし、他《ほか》のコウムたちも羽《はね》で笑《わら》っていました。ところが提《てい》督《とく》はマコトたちの笑《わら》いに気《き》がついていませんでした。彼《かれ》はふたたびおのれの力《ちから》だけで殺人《さつじん》鬼《き》のクジラたちを相手《あいて》に戦《たたか》い、何百《なんびゃく》もの冒険《ぼうけん》を乗《の》り越《こ》えた時《とき》のような、無冠《むかん》の海《うみ》の王《おう》になっていました。彼《かれ》は百匹《ひゃっぴき》のオオカミを、ボロボロの小枝《こえだ》のようにすることだってできました。このしょうもない旅《たび》だって男《おとこ》たちにとっては、ロブスターをあつかうのと同《おな》じようにありふれたことだと提督《ていとく》は思《おも》いました。こういうのを怖《こわ》がるのは子《こ》どもたちだけ。わしにとっちゃこんなのはたんなるお遊《あそ》びに過《す》ぎないさ。どこかにビールはないか。ビールさえあればなにもかもが王冠《おうかん》をいただくくらい価値《かち》あるものになるというのに。提督《ていとく》はコウムたちに聞《き》いてみようと思《おも》いました。そう、彼《かれ》らならきっとどこからかビールを調達《ちょうたつ》できるはずだ。

そのときです。なにかが首《くび》に巻《ま》きつく感《かん》じがしました。提督《ていとく》は恐怖《きょうふ》で目《め》を回《まわ》しました。ヘビだ。まさに勝利《しょうり》の祝《いわ》いをしようとしているときになんということだ。提督《ていとく》は、発作的《ほっさてき》にさけびました。「ぎゃー、だれか、コウムでもいい、フーさんでもいい。助《たす》けてくれ。この怖《おそ》ろしいヘビをはずしてくれないと死《し》んでしまう。わしはヘビが苦手《にがて》なんだ。助《たす》けてくれえ。頼《たの》むう。」

その瞬間《しゅんかん》、みんなはどっと笑《わら》ったのですが、その笑《わら》い声《ごえ》といったらあまりにも大《おお》きかったので、耳《みみ》が裂《さ》けそうなくらいでした。リンマは、提督《ていとく》の首《くび》から残念《ざんねん》そうに腕《うで》をはずしました。

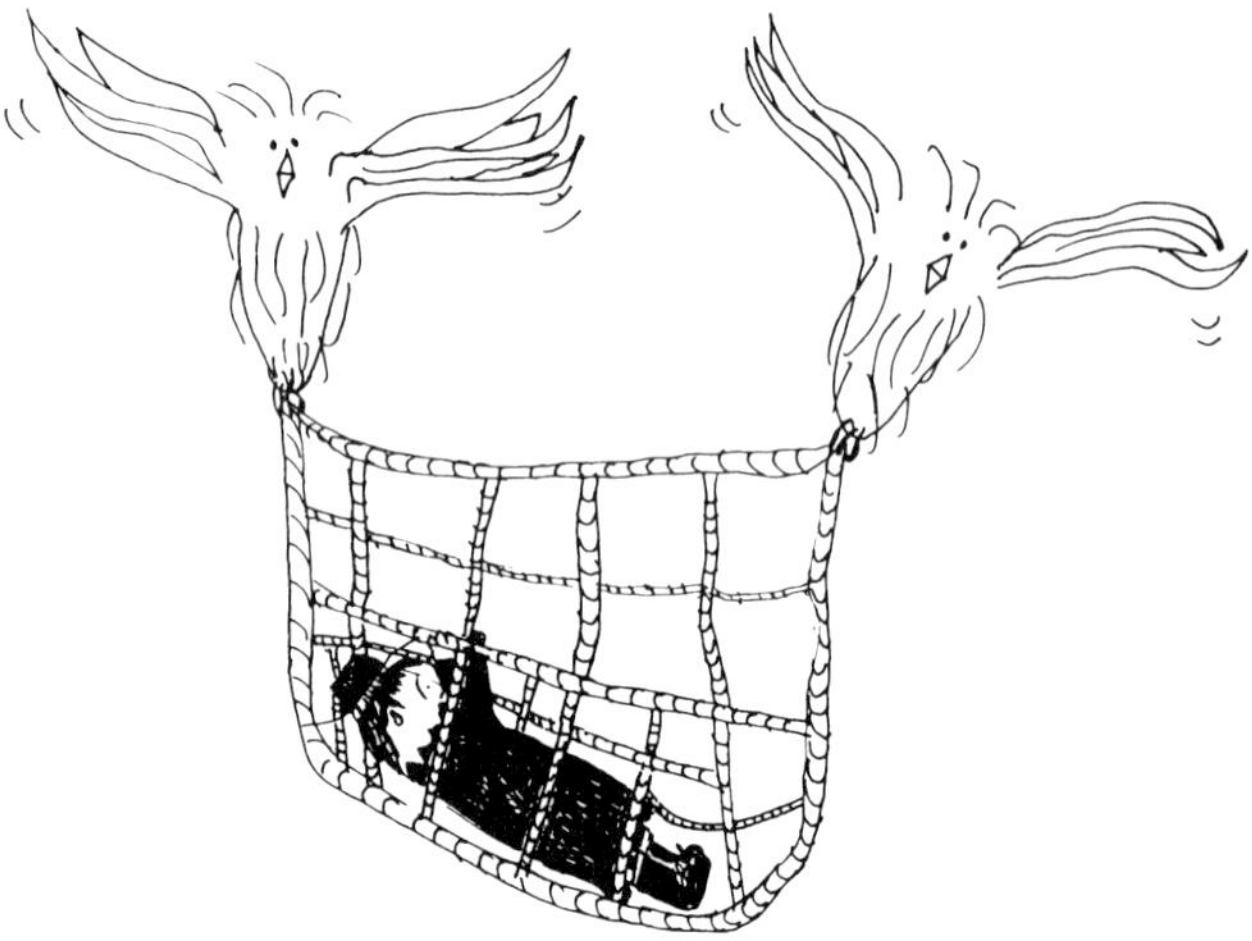

「もう、いい。もう二度《にど》とあなたのこと、抱《だ》きしめたりしない。」提督《ていとく》は、まるでアカカブのようにまっ赤《か》になりました。彼《かれ》はまた、自分《じぶん》の思《おも》いこみを頭《あたま》から信《しん》じて、カンちがいしてしまったのです。ああまるで、ネコヤナギにネコマタギにネコの手《て》だ。提督《ていとく》はごくりとのどをならしました。何事《なにごと》もわしがやったのではうまく行《い》かないようだ。どうしてこうもわしがやることはうまく行《い》かないのだ。

そのときどこからともなく口笛《くちぶえ》を鳴《な》らすような音《おと》が聞《き》こえたかと思《おも》うと、すべてのコウムが一《ひと》つに集《あつ》まりました。彼《かれ》らは縄《なわ》のネットを広《ひろ》げ、ネットの隅《すみ》を足《あし》でしっかりつかむと、みんなにそのなかに入《はい》るように指示《しじ》しました。こうして空中《くうちゅう》へ舞《ま》い上《あ》がり、子《こ》どもたちは一《ひと》つ目《め》、フーさんは二《ふた》つ目《め》、ビールバラ提督《ていとく》は二十羽《にじゅうわ》のコウムが運《はこ》ぶ三《みっ》つ目《め》のネットに気《き》持《も》ち良《よ》く揺《ゆ》られながら、雲《くも》の高《たか》さまでどんどん上《あ》がっていきました。

10 黄金《おうごん》の街《まち》

ネットはみんなを夢《ゆめ》にさそいこむように揺《ゆ》れたので、眼下《がんか》の山《やま》が彼《かれ》らの下《した》から離《はな》れて行《い》き、巨大《きょだい》な都市《とし》とねじまきタワーが近《ちか》づいてきたのを見《み》ることはできませんでした。リンマだけが目《め》を開《あ》けていましたが、これは夢《ゆめ》なんだと思《おも》いました。というのも、コウムたちが運《はこ》ぶネットが揺《ゆ》れているせいで、眼下《がんか》はまるで黄金《おうごん》がいっぱいあるみたいにキラキラとかがやいていたからです。タワーにだけは部分的《ぶぶんてき》に黒《くろ》いところがありました。コウムたちはどこからか命令《めいれい》を受《う》けているのか、二手《ふたて》にわかれて移動《いどう》していました。フーさんは夢《ゆめ》でこの様子《ようす》を見《み》ていました。ぼくらがこの地下《ちか》の世界《せかい》にいることをだれが知《し》っているのだろう。ぼくらのことをいったいだれが待《ま》っているのだろう。この国《くに》を治《おさ》める人《ひと》はぜったい他《ほか》の国《くに》のだれよりもすごいにちがいないぞ。その人《ひと》はずっとぼくらの動《うご》きを追《お》っていたんだ。でも、いったいどうして？

彼《かれ》らはやっと下降《かこう》していきました。下《した》には小《ちい》さな広場《ひろば》があるようです。フーさんはしゃきんと目《め》がさめました。子《こ》どもたちもだんだんと目《め》がさめてきたようです。ただビールバラ提督《ていとく》だけはぐっすりと眠《ねむ》っていました。彼《かれ》はまだ夢《ゆめ》のなかで小帆船《しょうはんせん》に乗《の》って、のんびりと外海《がいかい》の波《なみ》に心地《ここち》よく揺《ゆ》られていました。そろそろ方向《ほうこう》を変《か》えないといけないだろうかと提督《ていとく》は思《おも》いましたが、まずはもう一杯《いっぱい》、ビールを心静《こころしず》かに飲《の》みほしてからにしよう、と決《き》めました。自分《じぶん》が座礁《ざしょう》するなんて、ぜったいありえないことだったからです。

そのときコウムたちはネットを固《かた》い石《いし》の庭《にわ》へ下《お》ろしました。地《じ》ひびきがしたので、ビールバラ提督《ていとく》は悪魔《あくま》の岩《いわ》に衝突《しょうとつ》してたいへんな事態《じたい》になったと思《おも》いました。水漏《みずも》れがひどくないとよいのだが。「総員《そういん》、水《みず》をかきだしに来《く》るのだ。」と、ビールバラ提督《ていとく》は大声《おおごえ》で言《い》うと夢《ゆめ》うつつのまま立《た》ち上《あ》がりました。「どんなことをしてでもエンマを救《すく》い出《だ》さねばならん。」

フーさんはビールバラ提督《ていとく》をやさしい気持《きも》ちで見《み》ていました。この人《ひと》はどれほどエンマをなつかしいと思《おも》っているのだろう。ありとあらゆる危険《きけん》をともなったこの地下《ちか》の国《くに》への旅《たび》も、これなら無駄《むだ》ではなかったとフーさんは思《おも》いました。エンマはきっと見《み》つかるだろうし、提督《ていとく》はエンマを救《すく》い出《だ》すことができるだろう。ですがフーさんは提督《ていとく》が言《い》っているエンマが、船《ふね》のことだとは知《し》るよしもありませんでした。

子《こ》どもたちとフーさんもすくっと立《た》ち上《あ》がりました。石《いし》の庭《にわ》へ到着《とうちゃく》したことはわかったのですが、さてここはいったいどんなところなのでしょう。石《いし》はよくみがかれた大《おお》きな宝《ほう》石《せき》で、周《まわ》りの建物《たてもの》の壁《かべ》は、ミッコがさわってみると純金《じゅんきん》でできていることがわかりました。扉《とびら》のとってを噛《か》んでみると、薄《うす》く歯《は》の跡《あと》がついたのです。そう、金《きん》だったのです。噴水《ふんすい》からは銀《ぎん》が流《なが》れ、宝石《ほうせき》とダイヤモンドが砂地《すなじ》の道《みち》できゅっきゅっと音《おと》をさせています。彼《かれ》らの頭上《ずじょう》を音《おと》もなく飛《と》んでいるトリたちまでも、羽《はね》の衣装《いしょう》の上《うえ》にダイヤモンドのベストをまとっていました。黄金《おうごん》と黒《くろ》のタワーは天空《てんくう》にむかってあっちからもこっちからもそびえ立《た》ち、それがあまりにも高《たか》くまで延《の》びているので、見《み》ていると頭《あたま》がぐるぐるしてきました。これほどのかがやきも、豪華《ごうか》さも地上《ちじょう》ではどこにもないはずです！

笛《ふえ》の鳴《な》る音《おと》が聞《き》こえました。扉《とびら》が開《ひら》くと、コウムがみんなになかに入《はい》るよううながしました。彼《かれ》らがやってきたのは床《ゆか》と壁《かべ》が銀《ぎん》と大理石《だいりせき》で埋《う》めつくされた、大《おお》きくて広々《ひろびろ》とした明《あか》るい部屋《へや》でした。床《ゆか》にはくぼみが五《いつ》つあって、そこからは水蒸気《すいじょうき》が上《あ》がっています。くぼみはどうやらお風呂《ふろ》のようです。コウムは彼《かれ》らの服《ふく》を四《し》の五《ご》の言《い》わせずに脱《ぬ》がせると、浴槽《よくそう》につからせました。お湯《ゆ》は牛乳《ぎゅうにゅう》のように白《しろ》くていい香《かお》りがしました。高《たか》い天井《てんじょう》のすき間《ま》から、まるで一本《いっぽん》の大《おお》きな金属《きんぞく》の弦《げん》をだれかがゆったりと奏《かな》でているような、眠気《ねむけ》をさそう音《おと》が聞《き》こえていました。ここは、なんてすてきなところなんでしょう。わずかのあいだでも、王女様《おうじょさま》でいられるわ、とリンマは思《おも》いました。そうそう長《なが》くはいられないでしょうけれどね。

ただ一人《ひとり》、不満《ふまん》そうにしているのがフーさんでした。フーさんも、自分《じぶん》の服《ふく》を脱《ぬ》がされています。そして、もしも、フーさんに怖《こわ》いものがあるとすれば、それはまさに水《みず》だったのです。ところが、ちょうどフーさんが、ぼくは危険人物《きけんじんぶつ》なんだぞ、と見《み》せようとしたときに扉《とびら》が開《ひら》き、コウムたちが見慣《みな》れたいつもの服《ふく》を持《も》ってきてくれました。服《ふく》は洗濯《せんたく》してきれいになって、とてもよい香《かお》りがしています。フーさんは急《いそ》いで服《ふく》をきました。みんなにも、浴槽《よくそう》から上《あ》がると、それぞれに服《ふく》がきれいになって戻《もど》ってきました。すると今度《こんど》は扉《とびら》が全開《ぜんかい》になり、キャラウェイシード〔スパイスの一種《いっしゅ》〕入《い》りパンや湯気《ゆげ》のたったトリ肉《にく》のスープやスパゲッティ、ケチャップ、トリ肉《にく》の丸焼《まるや》き、いろいろな種類《しゅるい》のドーナッツをたくさんのせた金色《きんいろ》のカートがいくつも運《はこ》ばれて来《き》ました。ティンパには、この他《ほか》にもニシンとパプリカ、提督《ていとく》にはビールとブタのバラ肉《にく》、フーさんには、グレー伯爵《はくしゃく》ティーとコルップが、リンマには熱《あつ》くしたチーズをまぶしたオープンサンドイッチ、ミッコにはシュニッツェル〔仔牛のカツレツ〕とレモンが出《だ》されました。提督《ていとく》がマグカップを持《も》ち上《あ》げるとそこには提督《ていとく》が大好《だいす》きな唯一無《ゆいいつむ》二《に》の液体《えきたい》、つまりおっちゃん印《じるし》の爺《じい》やの黒《くろ》ビールのクリスマスバージョンが、きれいに泡《あわ》がたった状態《じょうたい》でジョッキにいまにもこぼれんばかりになって入《はい》っていました。提督《ていとく》はどれほど幸《しあわ》せだったでしょう。フーさんもほほえんでいて怒《おこ》っているようには見《み》えませんでした。提督《ていとく》はまたからだじゅうに喜《よろこ》びがわき上《あ》がってくるのを感《かん》じました。彼《かれ》はジョッキを口元《くちもと》まで持《も》ち上《あ》げると、一口飲《ひとくちの》みました。ほんとうにじっくりと、でも一口《ひとくち》だけ飲《の》みました。一気《いっき》に飲《の》んでしまう必要《ひつよう》などないと、ビールバラ提督《ていとく》は思《おも》ったのです。そうでなくとも気分《きぶん》はよかったのです。気分《きぶん》をよくするために、いつだってビールが必要《ひつよう》なわけではないさ。提督《ていとく》はわき水《みず》がぽこっと出《で》るようなあくびをしました。

彼《かれ》らは食《た》べられるだけ食《た》べつづけました。食《た》べ終《お》わるとすぐに笛《ふえ》が鳴《な》り、ワゴンが、運《はこ》ばれてきたときと同《どう》じようにさっと片《かた》づけられました。コウムたちはまるで待《ま》ちくたびれたように咳払《せきばら》いをしました。子《こ》どもたちはなにかを期待《きたい》するように提督《ていとく》とフーさんを見《み》つめています。どこかへ連《つ》れて行《い》かれるにちがいありません。でも、どこへ？ そして、だれが彼《かれ》らのことを待《ま》っているというのでしょう？ だれがこんなにすばらしい歓迎会《かんげいかい》を準備《じゅんび》してくれたのでしょう？

扉《とびら》が開《ひら》いて、絹《きぬ》とダイヤモンドとビロードをとても美《うつく》しくまとったコウムがあらわれて、上品《じょうひん》にお辞儀《じぎ》をしました。どうせこいつは執事《しつじ》のようなものだろうとビールバラ提督《ていとく》は考《かんが》えて、ふふんと鼻《はな》を鳴《な》らしました。気《き》の毒《どく》な提督《ていとく》。自分《じぶん》のあやまちに気《き》づくのが遅《おそ》くなったのはこれでいったい何度目《なんどめ》でしょう。なぜかというと、これに怒《おこ》ったコウムがくちばしで提督《ていとく》の鼻《はな》をつついてきたのです。提督《ていとく》は自分《じぶん》の鼻《はな》がしだいにはれてくるのがわかりました。もう二度《にど》とまちがえんぞ、二度《にど》とだ。人《ひと》のことはみかけで判断《はんだん》しても、コウムたちのことは服装《ふくそう》で判断《はんだん》したりはせんぞ、とビールバラ提督《ていとく》は心《こころ》を落《お》ちつけて誓《ちか》いました。

この偉大《いだい》なるコウムは、いま一度《いちど》お辞儀《じぎ》をするとみんなにあとについてくるよう合図《あいず》をしました。みんなは赤《あか》や青《あお》の廊下《ろうか》をいくつも通《とお》りぬけ、黄金《おうごん》でできた人《ひと》の形《かたち》をした彫像《ちょうぞう》のかたわらをいくつも通《とお》りぬけ、花《はな》が地面《じめん》にむかって咲《さ》いていて、根《ね》っこが天井《てんじょう》にむかって伸《の》びているため、天《てん》から逆《さか》さまにつるされているように見《み》える、青々《あおあお》した庭《にわ》を通《とお》りぬけました。なんてすてきな光景《こうけい》なんだろう、とリンマは思《おも》いました。

廊下《ろうか》は最後《さいご》になって、わずかに昇《のぼ》り坂《ざか》になりました。彼《かれ》らは地上《ちじょう》から天井《てんじょう》まで一面《いちめん》に鏡《かがみ》がはられたところを通過《つうか》すると、いきなり自分《じぶん》たちがまるで空中《くうちゅう》を歩《ある》いているように感《かん》じました。なぜって床《ゆか》も天井《てんじょう》も一面鏡《いちめんかがみ》だらけだったのです。下《した》を見《み》ると怖《こわ》くなりました。まばたきをするあいだに、とほうもなく深《ふか》い谷《たに》へ落下《らっか》するような気《き》がしたからです。とにかく言《い》い聞《き》かせるしかありません。落《お》ちないぞ。扉《とびら》をじっと見《み》つめて、鏡《かがみ》の上《うえ》をまえに進《すす》むしかないのです。ティンパとリンマは怖《こわ》かったので、ミッコの手《て》をしっかりにぎって目《め》を閉《と》じて、ミッコについていきました。こんな風《ふう》にしてようやく扉《とびら》にたどりつくことができたのです。

扉《とびら》は音《おと》もなく開《ひら》きました。扉《とびら》はやるべきことがすっかりわかっているかのようでした。扉《とびら》の奥《おく》にはボール国《こく》の広間《ひろま》と同《おな》じくらい広《ひろ》い空間《くうかん》が広《ひろ》がっていました。そして、天井《てんじょう》まで届《とど》かんばかりの背《せ》の高《たか》い金《きん》の彫像《ちょうぞう》が彼《かれ》らのことを高《たか》いところから冷《つめ》たく見《み》おろしていました。それに、黒《くろ》いマントを着《き》て黒《くろ》い帽子《ぼうし》をかぶった人物《じんぶつ》がいたるところに立《た》っていて、彼《かれ》らのことをじっと見《み》つめています。フーさんは、急《きゅう》におそろしくなり、心臓《しんぞう》が裂《さ》けんばかりにばくばくしてきました。いったいどうしてこんな気持《きも》ちになるのでしょう?

ラッパの歓迎《かんげい》の音《おと》が聞《き》こえ、床《ゆか》からとても大《おお》きな、あまりにも大《おお》きくて上《のぼ》ることさえできそうもない、黄金《おうごん》の肘《ひじ》かけイスがせり上《あ》がって来《き》ました。イスには黄金《おうごん》のお面《めん》をつけた黒《くろ》マント

姿《すがた》の人物《じんぶつ》が座《すわ》っていました。この人物《じんぶつ》こそ全地下世界《ぜんちかせかい》の統治者《とうちしゃ》にちがいありません。そうに決《き》まっています。なぜかと言《い》うと、彼《かれ》が姿《すがた》を見《み》せると他《ほか》のマントを着《き》た者《もの》たちが地《ち》につくほど深《ふか》ぶかとお辞儀《じぎ》をしたからです。子《こ》どもたちとフーさんとビールバラ提督《ていとく》はただ突《つ》っ立《た》ってまるでなにかを期待《きたい》するかのように、この光景《こうけい》をながめていました。いったいこれからなにが起《お》ころうとしているのだろう?

「すばらしきなんじら、わがしもべたる魔術師《まじゅつし》たちよ。」と統治者《とうちしゃ》が黄金《おうごん》のお面《めん》のうしろから声《こえ》を出《だ》しました。「わたしは諸君《しょくん》にこの特別《とくべつ》な場《ば》をぜひ見《み》てもらおうと呼《よ》んだのだ。われわれのまえには、五人《ごにん》の地上《ちじょう》の住人《じゅうにん》が立《た》っておる。魔術師《まじゅつし》でありオバケでもあるフーさん。海軍提督《かいぐんていとく》であるビールバラ提督閣下《ていとくかっか》。そして、三人《さんにん》の子《こ》どもたち、ミッコとリンマとティンパ。彼《かれ》らは本物《ほんもの》の子《こ》どもである。この者《もの》たちはわれわれ地下《ちか》の世界《せかい》を信《しん》じ、不思議《ふしぎ》なことにありとあらゆる危険《きけん》や肝《きも》だめし、力《ちから》だめしを乗《の》り越《こ》えてここまでやって来《き》た。だが、まだ、これで十分《じゅうぶん》ではない。彼《かれ》らは数《かず》かずの犠牲《ぎせい》をはらったものの、魔術《まじゅつ》の能力《のうりょく》が劣《おと》っているがゆえに立《た》てつづけに失敗《しっぱい》をやらかしてきたのだ。だからもし、わたしがコウムたちに助《たす》けに行《ゆ》くよう命《めい》じなければ、荒《あら》くれ白人間《しろにんげん》たちの手《て》に落《お》ちていたにちがいないのだ。まあいずれにせよ、今回《こんかい》の事《こと》は地上《ちじょう》からやって来《き》たコウムがすべて考《かんが》えた筋書《すじが》きなんだがな。それにしてもだ。」

統治者《とうちしゃ》は一瞬口《いっしゅんくち》を閉《と》じ、重《おも》そうな銀《ぎん》のさかずきから赤《あか》い液体《えきたい》を一口《ひとくち》飲みました。フーさんは耳《みみ》が冷《つめ》たくなるのを感《かん》じました。なんだかこの声《こえ》、ものすごく聞《き》き覚《おぼ》えがあるぞ！

「彼《かれ》らはいま、地上《ちじょう》に生《せい》をうけた者《もの》がこれまでだれ一人《ひとり》としてみずからの足《あし》で到達《とうたつ》することができなかった、地下《ちか》の世界《せかい》のわがすばらしき魔術師《まじゅつし》のまえにいるのだ。これこそが彼《かれ》らにとっての罪《つみ》である。」

「刑務所《けいむしょ》行きだ、刑務所《けいむしょ》行きだ、刑務所《けいむしょ》行きだ。」と黒《くろ》いマントを着《き》た者《もの》たちが大声《おおごえ》を上《あ》げました。

統治者《とうちしゃ》は咳払《せきばら》いをしました。「ふむ。しかし、われわれにもわれわれの法《ほう》がある。もしもこの者《もの》たちが地下《ちか》の国《くに》の魔術師《まじゅつし》となるだけの力《ちから》を示《しめ》すことができたなら、希望《きぼう》を四《よっ》つかなえるとしよう。だが、もしも失敗《しっぱい》したら希望《きぼう》はかなえないこととする。さて、みなの者《もの》、なにか意見《いけん》はあるか。」

ビールバラ提督《ていとく》は（おそらくビールの影響《えいきょう》でしょうけれど。）また危《あぶ》ないくらい興奮《こうふん》し、信《しん》じられないくらい怒《おこ》りました。彼《かれ》は歩《ほ》を進《すす》めると、どなり散《ち》らしました。「ブルガリア製《せい》のトマトの缶詰《かんづめ》やソビエト製《せい》の魚《さかな》の缶詰《かんづめ》なんて珍味《ちんみ》を出《だ》してもらいはしたが、こんなやり方《かた》が正当《せいとう》だと言《い》えるのか。あなたがたは、初《はじ》めわれわれに揺《ゆ》るぎない友情《ゆうじょう》を示《しめ》し、それからあれやこれやとネコも食《く》わぬどうしようもないことや、しょうもない魔術《まじゅつ》まがいのことを要求《ようきゅう》した。なんてことだ。わしはこういうやり方《かた》は好《す》かんぞ。さあ、哀《あわ》れなブタども、ゴミ捨《す》て場《ば》の漁《あさ》り屋《や》たちよ、かかってこい。みていろ、わしが君《きみ》たちをこてんぱんにしてやるぞ。」

統治者《とうちしゃ》は手《て》を差《さ》し出《だ》してつぶやきました。「えっさ、てっさ、ねっさ、へっさ。」するとビールバラ提督《ていとく》は瞬時《しゅんじ》にして、よれよれの黒《くろ》ネコになり、にゃあにゃあ言《い》いながらリンマの腕《うで》のなかに飛《と》びこみました。まだまだこの先《さき》も、提督《ていとく》はなにかやらかすぞ、とフーさんは思《おも》いました。そうして提督《ていとく》は、すべてをめちゃくちゃにするかもしれません。

ところが統治者《とうちしゃ》が思《おも》わず笑《わら》ってしまい、うっかり手《て》をたたいたので、ネコはまたとてもうやうやしく、よく言《い》うことをききそうなビールバラ提督《ていとく》に戻《もど》りました。ところが提督《ていとく》はリンマの手《て》を離《はな》しません。こんなにもかもが不確《ふたし》かなことだらけの時《とき》に、これが唯一安《ゆいいつあん》全《ぜん》なことのように思《おも》えたからです。

「わが国《くに》のもっとも偉大《いだい》な魔術師《まじゅつし》、首席《しゅせき》インテリ哲学博士《てつがくはかせ》人文学士《じんぶんがくし》寿限無《じゅげむ》寿限無《じゅげむ》マジシャン・エルネスティーナを紹介《しょうかい》しよう。」

壇上《だんじょう》に黒《くろ》いマントを羽織《はお》って、まるでボタンのような顔《かお》をした、痩《や》せこけて大《おお》きな目《め》の女性《じょせい》があらわれました。その人《ひと》は、あらゆる方向《ほうこう》にむかってお辞儀《じぎ》をしました。

「さて。みなの者《もの》。だれが彼女《かのじょ》と競《きそ》い合《あ》うかね。」

ビールバラ提督《ていとく》は、直立不動《ちょくりつふどう》のまま人《ひと》の陰《かげ》にかくれていて、こんなありさまはいままで目《め》にしたことすらありません。子《こ》どもたちはフーさんのことを押《お》し出《だ》しました。フーさんは押《お》し出《だ》されて、はっとしましたが、まるで夢《ゆめ》のなかにいるみたいな気持《きも》ちのまま舞台《ぶたい》に出《で》ました。

「ふん。フーさんか。」と、フーさんをバカにしたような声《こえ》で統治者《とうちしゃ》が言《い》いました。「それではまず、二人《ふたり》にどんなことができるのか、見《み》せてもらおうか。まず、自由課題《じゆうかだい》が二《ふた》つだ。そのあとに必《ひっ》須課題《すかだい》を二《ふた》つ。そのうちの三《みっ》つ勝《か》ったほうが勝者《しょうしゃ》だ。それでは実力《じつりょく》を見《み》せたまえ。」

エルネスティーナは手足《てあし》をバタバタとさせ、まるで止《と》まっているはずの噴水《ふんすい》から水《みず》が漏《も》れているような唾《つば》をはきながら、とてつもなくおそろしい呪《のろ》いの言葉《ことば》をはきました。すると舞台上《ぶたいじょう》に、ある

一家《いっか》があらわれました。そこで彼女《かのじょ》は魔法《まほう》を使《つか》って彼《かれ》らをおかしな行動《こうどう》をするブタやヤギやロバに変《か》えてしまったのです。他《ほか》の魔術師《まじゅつし》たちはまるでほえるように笑《わら》いました。フーさんはというと、額《ひたい》の汗《あせ》をぬぐいました。なんて不思議《ふしぎ》なことを彼女《かのじょ》はやったんだろう。

フーさんはポケットのなかを探《さぐ》りました。ポケットにはおじいさんの包《つつ》みがまだ二《ふた》つ入《はい》っていました。フーさんはそのうちの一《ひと》つを取《と》りだすと、どうやったらこれを開《あ》けられるか考《かんが》えました。ここには太陽《たいよう》は照《て》っていません。統治者《とうちしゃ》はいらいらしながらフーさんのことを見《み》ていました。フーさんは弱気《よわき》になりました。しばらくしてフーさんは包《つつ》みを統治者《とうちしゃ》へさし出《だ》しました。すると、統治者《とうちしゃ》は包《つつ》みを値踏《ねぶ》みするようにながめました。

「これが君《きみ》の自由課題《じゆうかだい》かね？」

フーさんは口《くち》ごもりながら、そうだと返事《へんじ》をしました。

統治者《とうちしゃ》は包《つつ》みを大急《おおいそ》ぎで開《あ》けました。偉大《いだい》な魔術師《まじゅつし》は、どんなものであろうと開《あ》けることができるのです。するとシャーッという音《おと》がしたかと思《おも》うと、床《ゆか》に蒸気《じょうき》の雲《くも》があらわれました。雲《くも》はどんどん、どんどん大《おお》きくなって天井《てんじょう》に届《とど》くほどの高《たか》さになるいきおいです。最後《さいご》には部屋《へや》と同《おな》じ高《たか》さにまでなって、それはまるで生《い》きた妖怪《ようかい》とでもいったありさまです。この結果《けっか》にフーさんはがっかりしましたが、統治者《とうちしゃ》はたいそう満足《まんぞく》したようすです。妖怪《ようかい》は地面《じめん》の高《たか》さまで降《お》りてきてフーさんのまえへ来《く》ると、「なにかお話《はな》し下《くだ》さい。貴殿《きでん》

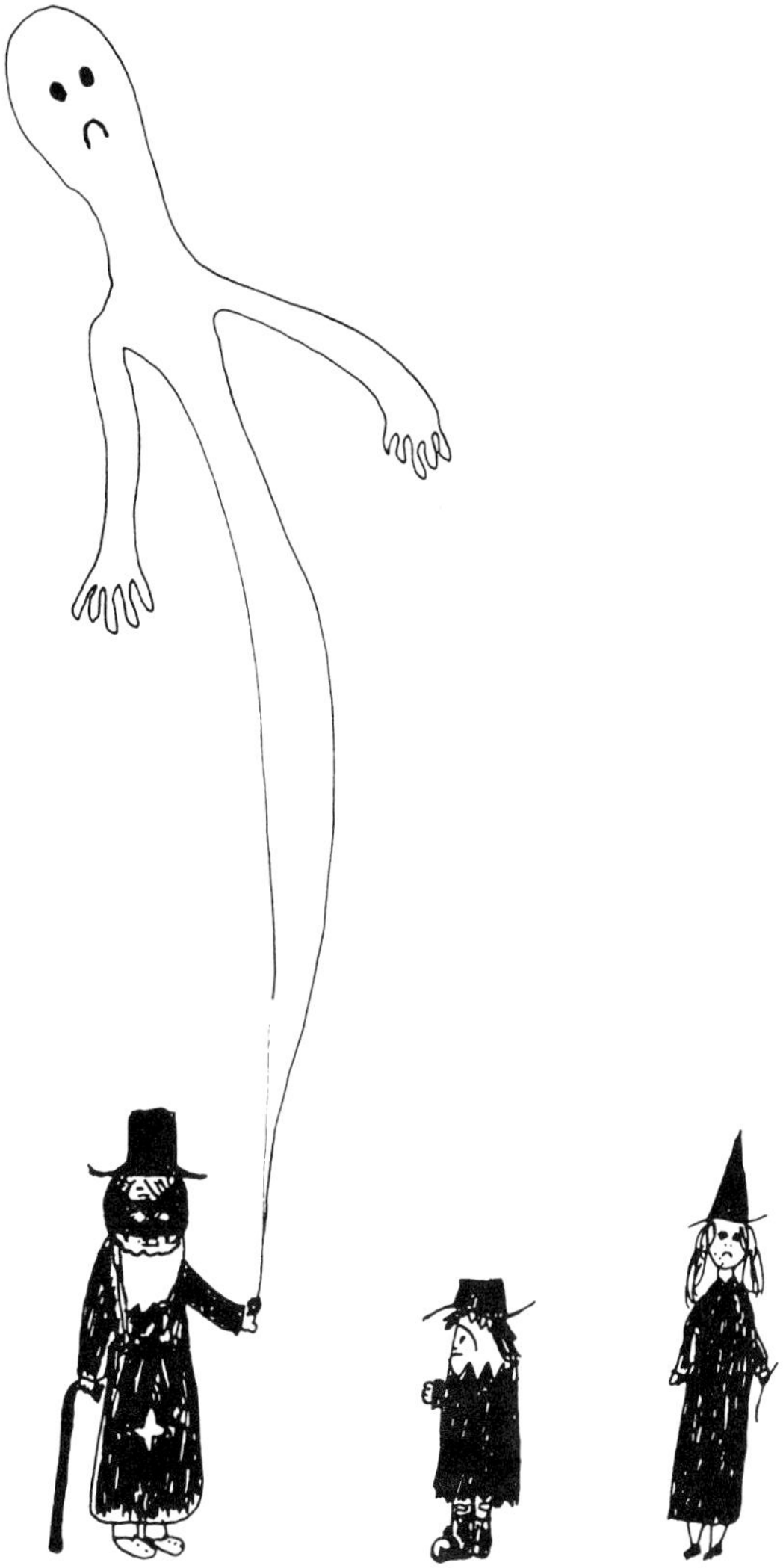

のしもべがお聞《き》きします。わたしが貴殿《きでん》の望《のぞ》みを一《ひと》つかなえましょう。」と言《い》い、フーさんの言葉《ことば》を待《ま》ちました。

「どっちの勝《か》ちかな。」とフーさんが統治者《とうちしゃ》にたずねました。すると統治者《とうちしゃ》は聴衆《ちょうしゅう》のほうに顔《かお》をむけました。すると「フーさんだよ。」とだれかが渋々声《しぶしぶこえ》をあげました。それに対《たい》して統治者《とうちしゃ》がうなずきました。エルネスティーナはいまにも卒倒《そっとう》しそうです。でもほんとうは、こんなことが出来《でき》るフーさんに感心《かんしん》していたのかもしれません。

「ぼくとしては、君《きみ》は包《つつ》みへ戻《もど》って最後《さいご》にきちんと包《つつ》みをしめてほしいのだけれど。」とフーさんは妖怪《ようかい》にむかって言《い》いました。妖怪《ようかい》は不満《ふまん》そうです。妖怪《ようかい》としてはこの宮殿全体《きゅうでんぜんたい》をかぎタバコの入《はい》った箱《はこ》のようにしたかったのですが、言《い》われたことにはしたがわなければなりません。妖怪《ようかい》はシャーッという音《おと》をたてながらゆっくりと包《つつ》みに戻《もど》り、フーさんはその包《つつ》みをポケットに入《い》れました。

「では次《つぎ》の課題《かだい》だ。」と統治者《とうちしゃ》が言《い》いました。

エルネスティーナはみずからトリに変《か》わり、つづいてクマに、それから小《ちい》さな電車《でんしゃ》に変《か》わって、最後《さいご》にはヤグルマギクになりました。フーさんは目《め》のまえがまっ暗《くら》になりました。フーさんはこんなこと一度《いちど》としてできたためしがないのです。

フーさんはポケットからもう一《ひと》つの包《つつ》みをとりだすと統治者《とうちしゃ》へ差《さ》し出《だ》しました。統治者《とうちしゃ》はゆっくりと包《つつ》みを開《あ》けました。魔術師《まじゅつし》たちは緊張《きんちょう》しながら見守《みまも》っています。

統治者《とうちしゃ》が包《つつ》みを残《のこ》らず広《ひろ》げるとなかからコルップが三枚《さんまい》とティーバッグが一《ひと》つ出《で》てきました。フーさんはこの旅《たび》のためにお弁当《べんとう》を用意《ようい》してきていたのですが、それがこれだったのです。魔術師《まじゅつし》たちの笑《わら》いがひびき渡《わた》りました。フーさんのなかで、弱気《よわき》ながらもふくらみ始《はじ》めた希望《きぼう》は一気《いっき》にしぼんでしまいました。エルネスティーナが勝者《しょうしゃ》としてたいへんな喝采《かっさい》をあびました。戦《たたか》いはこれで、ちょうど一対一《いったいいち》です。まだ、二《ふた》つ必須課題《ひっすかだい》が残《のこ》っています。フーさんは祈《いの》るような視線《しせん》を子《こ》どもたちとビールバラ提督《ていとく》に送《おく》りました。彼《かれ》らはフーさんにむかって手《て》をふり、親指《おやゆび》を立《た》ててがんばっての合図《あいず》を送《おく》りました。けれど、フーさんはなんだか勝《か》てないような気《き》がしました。

統治者《とうちしゃ》は、挑戦者双方《ちょうせんしゃそうほう》を見《み》ると、「わたしが答《こた》えられないような質問《しつもん》をするがいい。」と言《い》いました。

まず、エルネスティーナは、神経質《しんけいしつ》な調子《ちょうし》でけらけらと笑《わら》いながら質問《しつもん》をしました。

「朝《あさ》は四本足《よんほんあし》で、昼《ひる》は二本足《にほんあし》、夜《よる》になると三本足《さんぼんあし》で動《うご》き回《まわ》るものと言《い》えば？」

統治者《とうちしゃ》は、あざけり笑《わら》いました。「人間《にんげん》だ。最初《さいしょ》は四《よ》つんばいになって歩《ある》く子《こ》ども、それから大人《おとな》、そして最後《さいご》は、杖《つえ》をついて歩《ある》くお年寄《としよ》りだ。」

魔術師《まじゅつし》たちはエルネスティーナに対《たい》して非難《ひなん》の声《こえ》をあびせました。彼女《かのじょ》は明《あき》らかに舞台《ぶたい》負《ま》けしている、とフーさんには見《み》えました。けれどフーさんも舞台負《ぶたいま》けしそうです。いったいなにを質問《しつもん》すればよいのでしょうか。

　フーさんは子《こ》どもたちのほうに目《め》をやり助《たす》けを求《もと》めました。ミッコが、フーさんがどうにか聞《き》き取《と》れるくらいの小《ちい》さな声《こえ》でささやきました。さいわい統治者《とうちしゃ》は、このことには気《き》がついていません。そこで、フーさんは、ミッコに教《おし》えてもらったとおりのことを質問《しつもん》することにしました。だって他《ほか》にはなにも思《おも》いつかなかったのですから。

「地上《ちじょう》の世界《せかい》で一番《いちばん》くるくる回《まわ》っている国《くに》はどこ？」とフーさんは質問《しつもん》をしました。

　統治者《とうちしゃ》はおどろきました。彼《かれ》は長《なが》いこと考《かんが》えました。でも最後《さいご》には、残念《ざんねん》そうな声《こえ》でわからないと言《い》うしかありませんでした。ところでフーさん自身《じしん》は答《こた》えを知《し》っているのでしょうか。いいえ。フーさんは知《し》りません。ですが、ミッコがまたなにかをささやき、フーさんはそれを聞《き》いて言《い》いました。「ポーランド〔フィンランド語《ご》ではポーランドの国名《こくめい》と糸巻《いとま》き・ボビンが同《おな》じ音《おと》〕です。」

　統治者《とうちしゃ》は少《すこ》し考《かんが》えこんでからうなずきました。魔術師《まじゅつし》たちはまるで怒《おこ》ったヘビのようにシャー、シャーッと音《おと》を立《た》てました。子《こ》どもたちはうれしそうに手《て》をたたきました。二対《にたい》一《いち》でフーさんたちが勝《か》っています。けれどまだあと一《ひと》つ問題《もんだい》は残《のこ》っているので、エルネスティーナに追《お》いつかれるかもしれません。

統治者《とうちしゃ》は咳払《せきばら》いをすると、金《きん》のお面《めん》のずれを直《なお》して、ゆっくりと、そしてはっきりと言《い》いました。「わたしのところに、なにかわたしが知《し》らないものを持《も》ってくるのだ。それを持《も》ってきたものが勝者《しょうしゃ》だ。フーさんが先《さき》に持《も》ってくればフーさんが勝者《しょうしゃ》。だがもしエルネスティーナが先《さき》であればあいこになるので、さらに課題《かだい》がつづくことになる。その場合《ばあい》は自由課題《じゆうかだい》だ。」

魔術師《まじゅつし》たちは不満《ふまん》そうにもごもごしていました。フーさんはもうこの回《かい》で勝《か》たなければいけないと思《おも》いました。なぜって、フーさんができる自由課題《じゆうかだい》は他《ほか》にはもうなかったからです。エルネスティーナはすでに統治者《とうちしゃ》へ小《ちい》さくて青《あお》い真珠《しんじゅ》を渡《わた》していました。はたしてこれを統治者《とうちしゃ》は知《し》っているのでしょうか?

フーさんは真珠《しんじゅ》のことをなんとなく知《し》っているように思《おも》いました。いつだったかおそろしいお肉《にく》を食《た》べる植物《しょくぶつ》にたいへんな思《おも》いをさせられたときに使《つか》ったのと同《おな》じもののようでした。統治者《とうちしゃ》もなんだかこの真珠《しんじゅ》のことは知《し》っている様子《ようす》です。「これは、物《もの》や人《ひと》を葬《ほうむ》り去《さ》るためのものだ。」と統治者《とうちしゃ》が言《い》うとエルネスティーナは青《あお》ざめました。でもまだこれで対決《たいけつ》に決着《けっちゃく》がついたわけではありません。エルネスティーナは真珠《しんじゅ》とは別《べつ》の物《もの》を統治者《とうちしゃ》にさし出《だ》すことができるはずです。フーさんはまるで薪《まき》になったようにじっと考《かんが》えこんでいました。フーさんにはなに一《ひと》つさし出《だ》せそうなものがなかったのです。

その時《とき》です。耳元《みみもと》で小《ちい》さなささやき声《ごえ》が聞《き》こえたので、フーさんはティンパを見《み》ました。ティンパがフーさんにクリスマス・カレンダーをさし出《だ》しました。これはいったいなんだったっけ、とフーさんは考《かんが》えこみました。ティンパがこのダンボール紙《がみ》でできたものをずっと一生懸《いっしょうけん》命《めい》持《も》ち歩《ある》いていたことを思《おも》い出《だ》しました。もしかすると、フーさんでさえこれがなんなのかを知《し》らないわけですから、統治者《とうちしゃ》にだってわからないかもしれません。そう思《おも》ったフーさんは、このダンボール紙《がみ》でできたものを統治者《とうちしゃ》へさし出《だ》し、どんな反応《はんのう》をするのかを待《ま》ちました。

統治者《とうちしゃ》は、びっくりした面持《おもも》ちで、ダンボール紙《がみ》をいろんな角度《かくど》から見《み》ていました。紙《かみ》には赤《あか》い小人《こびと》たちと、白《しろ》いおひげで赤《あか》いコートを着《き》たおじいさんと、1から24までの数字《すうじ》が書《か》かれ

ています。統治者《とうちしゃ》は、こんなものはいままで見《み》たことがありませんし、いったいこれがなんなのかもわかりませんでした。それでは、フーさんはこれがなんなのか知《し》っていたのでしょうか？　もしも、フーさんが知《し》らなければ、対戦《たいせん》はまだつづくのです。魔術師《まじゅつし》の国《くに》の法律《ほうりつ》でそう決《き》められているのです。

リンマがなにごとかささやくのを、フーさんは、イヤホンをあてて聞《き》くように聞《き》きとりました。フーさんは、リンマが言《い》ったとおりに話《はな》しました。「それはクリスマス・カレンダーです。それで、クリスマスまでの日《ひ》を数《かぞ》えるのです。毎日一《まいにちひと》つずつ窓《まど》を開《あ》けることができて、そうすると窓《まど》のなかにあるものを見《み》ることができます。そして、最後《さいご》の窓《まど》を開《あ》けた日《ひ》がクリスマス・イブになります。この日《ひ》にサンタクロースがやって来《く》るのです。」ここまで話《はな》すとフーさんは先《さき》がつづかなくなりました。仮《かり》にほんとうは理解《りかい》できていなくても、フーさんは四輪駆動車《よんりんくどうしゃ》のエンジンの動《うご》きみたいなまるで複雑《ふくざつ》なものでも、いまと同《おな》じようにうまく説明《せつめい》することができるでしょう。

統治者《とうちしゃ》は真剣《しんけん》な面持《おもも》ちで話《はなし》に耳《みみ》をかたむけ、やっと、うなずきました。「その通《とお》りだ。思《おも》い出《だ》したぞ。サンタクロースは一番使《いちばんつか》い物《もの》にならない魔術師《まじゅつし》だ。だが、いまの説明《せつめい》は認《みと》めよう。というわけで、勝者《しょうしゃ》はフーさんだ。約束《やくそく》どおり、四《よっ》つの望《のぞ》みをかなえよう。どんな希望《きぼう》でもよいぞ。だが、まえもって忠告《ちゅうこく》しておくが、わたしがかなえてやるのは、四《よっ》つの希望《きぼう》だけだ。希望《きぼう》は、一《ひと》つとして少《すく》なくても、一《ひと》つとして多《おお》くてもいけない。」

　こんなにうまく運《はこ》ぶなんて、子《こ》どもたちには、想像《そうぞう》もつきませんでした。子《こ》どもたちはお互《たが》いに抱《だ》き合《あ》い、ビールバラ提督《ていとく》は、声《こえ》を出《だ》して泣《な》きました。フーさんは頭《あたま》のなかで、どうしてこんなにうまくいったんだろうと思《おも》っていました。自分《じぶん》は、勝《か》ったんだ。そう、勝《か》ったのです、地下《ちか》の国《くに》のすばらしい魔術師《まじゅつし》に。エルネスティーナは、どうやら涙《なみだ》を流《なが》しているようでした。女性《じょせい》って、強《つよ》い男《おとこ》の人《ひと》と同《おな》じで、負《ま》けることに耐《た》えられないんだな、とフーさんは思《おも》いました。フーさんは手《て》を伸《の》ばすと、なんの気《き》なしに、エルネスティーナの肩《かた》をたたきました。

　すると、この魔術師《まじゅつし》は、まっ赤《か》になって逃《に》げ出《だ》しました。その様子《ようす》を見《み》てフーさんは、いったいなにが起《お》こったのかをたちどころに理解《りかい》しました。フーさんがいましたことは、魔術師《まじゅつし》に対《たい》して、とても好意《こうい》を持《も》っている、という意思表示《いしひょうじ》をしたことになるのです。冷《ひ》や汗《あせ》が流《なが》れてきました。エルネスティーナが戻《もど》ってくるまえに、大急《おおいそ》ぎで地下《ちか》の国《くに》から脱《だっ》出《しゅつ》しなければ。この次《つぎ》になにが起《お》こるのかなんて、考《かんが》えたくもありませんでした。そういえば、男女《だんじょ》の関係《かんけい》は、魔術師《まじゅつし》の世界《せかい》の法律《ほうりつ》ではとても面倒《めんどう》だ、とおじいさんが言《い》っていました。

　フーさんは、ふるえながら統治者《とうちしゃ》のほうへむき直《なお》りました。

「一《ひと》つ目《め》の望《のぞ》みは……。」と言《い》って、フーさんは考《かんが》えこみました。いったい全体《ぜんたい》、なにを望《のぞ》めばいいんだろう。あ、そうだ、そうだった。「えっと、ビールバラ提督《ていとく》がエンマを見《み》つけられること。」

すると、ひゅーっという音《おと》が聞《き》こえたかと思《おも》うとビールバラ提督《ていとく》の隣《となり》には、まちがいなくエンマと思《おも》われる力強《ちからづよ》そうな女《おんな》の人《ひと》が立《た》っていました。提督《ていとく》はくらくらして目《め》を回《まわ》してしまいました。エンマはいまのいままでサヴォンリンナでお母《かあ》さんといっしょにコーヒーを飲《の》んでいたところで、口《くち》のなかではまだタイガーケーキ〔バニラとチョコレートで縞模様《しまもよう》になっているケーキ〕をもごもごさせています。彼女《かのじょ》はあたりを厳《きび》しい目《め》でじいっと見回《みまわ》しました。

「これはいったいどういうこと。」と、エンマはぶつぶつ言《い》っています。

「しーっ。静《しず》かに。いまはじっとして、なにが起《お》こるのか見守《みまも》るんだ。」と、ミッコが言《い》いました。でも、そんな必要《ひつよう》はなかったようです。と言《い》うのも、このときエンマはひっくり返《かえ》っているビールバラ提督《ていとく》に気《き》がついたのです。

「まあ、ア、ア、アドルフじゃない。」と言《い》うと、彼女《かのじょ》も目《め》を回《まわ》してしまいました。二人《ふたり》はまるでワラ人形《にんぎょう》のように並《なら》んで横《よこ》たわってしまったのです。フーさんには彼《かれ》らにかまっている時間《じかん》はありません。自分《じぶん》の希望《きぼう》を言《い》わなければならないのです。

「二《ふた》つ目《め》の望《のぞ》みは、ビールバラ提督《ていとく》がビールと食《た》べ物《もの》と上手《じょうず》にお付《つ》き合《あ》いできるようになって、ビールの支配《しはい》からのがれられるようになること。」

統治者《とうちしゃ》はうなずくと指《ゆび》を鳴《な》らしました。すると、エンマが復活《ふっかつ》しました。「そのことなら、わたしがちゃんと面倒《めんどう》をみますからご安心《あんしん》ください。いったいどうして、この人《ひと》は、こんなにだらしがなくなってしまったのでしょう。でも、わたしが、このアドルフのところに戻《もど》って、また、面倒《めんどう》を見《み》ることにいたします。これで、わたしたちにも、また、あたらしい、幸《しあわ》せな人生《じんせい》が始《はじ》まりますわ。」とエンマは言《い》うとビールバラ提督《ていとく》を抱《だ》きしめました。ですが、提督《ていとく》は弱々《よわよわ》しい声《こえ》をかえしただけでした。

ミッコがなにかフーさんの耳元《みみもと》でささやきました。

「三《みっ》つ目《め》の望《のぞ》みは、荒《あら》くれ白人間《しろにんげん》たちのおよめさんや子《こ》どもたちが、幸《しあわ》せに暮《く》らせるようになること。荒《あら》くれ白人間《しろにんげん》たちが読《よ》むことを覚《おぼ》え、男《おとこ》たちは仕事《しごと》を始《はじ》め、戦争《せんそう》を止《や》め、彼《かれ》らの国《くに》に平和《へいわ》が訪《おとず》れることです。」

統治者《とうちしゃ》は、うなずきました。この日《ひ》を境《さかい》にムウ国《こく》、ブウ国《こく》もふくめたすべての荒《あら》くれ白《しろ》人間《にんげん》の国《くに》で状況《じょうきょう》が一変《いっぺん》しました。いつの日《ひ》か、地上《ちじょう》の国《くに》でも同《おな》じことをためさなければいけないな、とリンマは考《かんが》えていました。

「さあ、それでは、最後《さいご》の望《のぞ》みを言《い》うがいい。なにが望《のぞ》みかよく考《かんが》えるのだ。」

フーさんは考《かんが》えました。黒《くろ》のあたらしいマントかな？　コルップと紅茶《こうちゃ》かな？　三《みっ》つの穴《あな》を開《あ》けても大丈夫《だいじょうぶ》なくらい広《ひろ》い家《いえ》の壁《かべ》？　もっとあたたかくなる空調《くうちょう》？　子《こ》どもたちに良《よ》い成績表《せいせきひょう》と満足感《まんぞくかん》？　けんかがなくなること？　にぎやかさ？　うらやましがられること？　どれも、みんないいお願《ねが》いだよ。ここではたと、フーさんは思《おも》いつきました。フーさんは、昔《むかし》おじいさんが持《も》っていってしまった『古《いにしえ》へ魔術秘伝之書《まじゅつひでんのしょ》』をお願《ねが》いしようと思《おも》いました。この希望《きぼう》がここでかなえられるでしょうか？

フーさんは口《くち》を開《ひら》きかけましたが、こわくなって閉《と》じてしまいました。なんだか、頭《あたま》がくらくらしてきました。フーさんはまるですとんと落《お》とし穴《あな》にでも落《お》ちてびっくりした時《とき》のように、口《くち》が動《うご》かなくなりました。それから、幽霊《ゆうれい》のように顔《かお》をまっ青《さお》にして、口《くち》ごもりながら話《はな》し始《はじ》めました。

「よ、四《よっ》つ目《め》の、さ、最後《さいご》の望《のぞ》みは、ぼ、ぼくたち、み、みんなが、また地上《ちじょう》へ、も、も、戻《もど》れること。」

統治者《とうちしゃ》は、冷《つめ》たく笑《わら》いました。「それでは、行《い》くがよい。おまえは、ばかではなかったようだな。さあ、これで、諸君《しょくん》はみな、また、地上《ちじょう》の世界《せかい》へ戻《もど》れるぞ。さもなければ、われわれの法律《ほうりつ》にのっとって、ここに残《のこ》らなければならなかったのだ。おまえさんは、どうしようもない魔法使《まほうつか》いだし、使《つか》う魔法《まほう》といったらどうしようもないものばかりだが、目《め》もあてられないほどひどいというわけでもなかったようだ。わたしが思《おも》っていた以上《いじょう》の魔《ま》法使《ほうつか》いのようだな！　自分《じぶん》のことばかり考《かんが》えている者《もの》だとばかり思《おも》っていたが、それなりに他人《たにん》のことも考《かんが》えているようだな。わたしがいったいだれだかわかるかね？」

「いいえ、わかりません。」とフーさんは答《こた》えると、また、心臓《しんぞう》がばくばくしてきました。この声《こえ》

……。なんとなく聞《き》いたことがあるような気《き》がする。

黒《くろ》いマントをまとった人物《じんぶつ》がフーさんに近《ちか》づいてきました。黄金《おうごん》のお面《めん》の奥《おく》にうっすらと顔《かお》が見《み》えています。

「フーさんよ。いったいなんということだ。わしのことを覚《おぼ》えていないと言《い》うのか。」と統治者《とうちしゃ》は言《い》いました。すると、彼《かれ》は背中《せなか》をむけて、お面《めん》を取《と》り、それからさっとフーさんのほうへむき直《なお》り、ほほえみました。フーさんは、心臓《しんぞう》が口《くち》から飛《と》び出《だ》すのではないかと思《おも》いました。世《よ》のなかがまた、ゆらゆらと揺《ゆ》れ始《はじ》め、目《め》のまえがまっ暗《くら》になりました。フーさんはくらんくらんになりました、なぜって地下《ちか》の国《くに》の偉大《いだい》なる統治者《とうちしゃ》は、まぎれもなく、そしてまちがいようもなく、フーさんのおじいさんだったからです。

11 地上《ちじょう》へ戻《もど》る

みんなはからだじゅうがうずもれそうな肘《ひじ》かけイスにゆったりと座《すわ》り、ときおり顔《かお》にちらっとほほえみを浮《う》かべる、とても優《やさ》しそうなおじいさんを取《と》り囲《かこ》みました。フーさんは、何事《なにごと》につけてもああでもない、こうでもないとフーさんを口《くち》やかましく注意《ちゅうい》していたころ、おじいさんがいったいなにをしていたのかなんにも知《し》らず、そして、どうして、なにも言《い》わずにフーさんを残《のこ》して、どこかに行《い》ってしまったのかも知《し》りませんでした。おじいさんはこつ然《ぜん》と姿《すがた》を消《け》し、フーさんを一人《ひとり》ぼっちにしたのです。でも、おじいさんはいまここにいます。なんとなく少《すこ》し変《か》わったような感《かん》じがします。おじいさんは、昔《むかし》のように人《ひと》をにらみつけたりはしなくなったようにフーさんは思《おも》いました。たぶん、あの時《とき》は、魔術師《まじゅつし》のなかでも一番《いちばん》すごい魔《ま》法使《ほうつか》いとして自分《じぶん》を見《み》せないといけなかったのでしょう。そしていまは人《ひと》をほんとうに怖《こわ》がらせる必要《ひつよう》がなくなったのではないでしょうか。たぶんこれが

KAL

おじいさんのほんとうの姿《すがた》なんだと思《おも》いました。フーさんがとても小《ちい》さかったころと同《おな》じように感《かん》じられる時《とき》もありましたが。おじいさんはタバコの香《かお》りをただよわせ、歌《うた》を歌《うた》い、地下《ちか》の国《くに》で日々《ひび》起《お》こることを語《かた》ってくれました。おじいさんは当時《とうじ》、なんとしても魔法使《まほうつか》いの国《くに》に入《はい》るべく、競《きそ》い合《あ》いをしていたのでした。どの魔法使《まほうつか》いも今回《こんかい》フーさんたちがたどったのと同《おな》じ道《みち》を歩《あゆ》まなければならないのです。これでぼくたちは、いつでも好《す》きなときに地下《ちか》の世界《せかい》に来《く》ることができるようになったんだな、とフーさんは思《おも》いました。もう危険《きけん》な目《め》にあうこともありません。

フーさんは紅茶《こうちゃ》を一杯《いっぱい》ごくごくと飲《の》みほすと、子《こ》どもたちに目《め》をやりました。みんなはココアを飲《の》み、アツアツのパンを頬《ほお》ばりながら座《すわ》っていました。ビールバラ提督《ていとく》はじっとおっちゃん印《じるし》の爺《じい》やの黒《くろ》ビールを見《み》つめていました。もうエンマがいっしょではなかったので、ほっとしているようです。エンマはみんなから激《はげ》しい質問攻《しつもんぜ》めにあっていたので、おじいさんが、地上《ちじょう》にすぐに返《かえ》すのが一番良《いちばんよ》いと判断《はんだん》して返《かえ》してしまったのです。エンマはサヴォンリンナで荷造《にづく》りをすませ、ちょうど引《ひ》っ越《こ》しの車《くるま》を手配《てはい》したところでした。ビールバラ提督《ていとく》の気持《きも》ちははっきりいって混乱《こんらん》しきっていました。彼《かれ》の人生《じんせい》はまさに百八十度変《どか》わろうとしていて、なんとしてもこの状況《じょうきょう》を理解《りかい》しなければならなかったのです。

リンマは、ずっと考《かんが》えつづけていたあることを聞《き》いてみようと心《こころ》に決《き》め、ちょうどいま、勇気《ゆうき》をかき集《あつ》めているところでした。そして、「どうして、この地下《ちか》の国《くに》には、信《しん》じられないくらいたくさんの金《きん》やいろいろな宝物《たからもの》があるの？」とはずかしそうに聞《き》くと、床《ゆか》に目《め》をおとしました。

おじいさんは、魔法使《まほうつか》いたちからは翁《おきな》とか、怒《おこ》った時《とき》には雷《かみなり》じいさんと呼《よ》ばれていましたが、もちろん怒《おこ》ったようには見《み》えませんでした。彼《かれ》はちょっと考《かんが》えてから子《こ》どもたちを見《み》て「ほんとうに理由《りゆう》を知《し》りたいのかね？」とたずねました。

「うん。」と、ティンパが鼻声《はなごえ》で答《こた》えました。なぜ鼻声《はなごえ》なのかと言《い》うと、お風呂《ふろ》から上《あ》がったあとにしっかりと髪《かみ》の毛《け》をかわかさなかったので風邪《かぜ》をひきかけていたのです。ミッコと提督《ていとく》は宝物《たからもの》に興味《きょうみ》があったのでうなずきましたが、フーさんにとってはどうでもよいことでした。フーさんのカバンや地下《ちか》の物置《ものおき》には、同《おな》じような、丸《まる》い形《かたち》をした金属《きんぞく》がだれもこんなにたくさんはいらないだろうと思《おも》うくらいありましたし、それがフーさんにとって必要《ひつよう》だったこともありませんでした。金《きん》はきらきらしているけれど、だからといっていついかなる時《とき》でも価値《かち》があるわけではないとフーさんは思《おも》っていました。価値《かち》ってたんなる契約《けいやく》なんだよ。つまり、もしもだれかが灰色《はいいろ》の石《いし》に価値《かち》があるって決《き》めたら、だれもが灰色《はいいろ》の石《いし》を集《あつ》め始《はじ》め、金《きん》はどこかに打《う》ち捨《す》てられてしまって、どこにでもあるようなものになるんだ。金《きん》があるからってなにもいいことはないよ。金《きん》を使《つか》ってなにかが建《た》てられるわけじゃないし。でも、石《いし》ならなにかを建《た》てることができるじゃないか。

おじいさんはしょうがないな、というような表情《ひょうじょう》をうかべて言《い》いました。「では、話《はな》して聞《き》かせよう。ここにある金《きん》や財宝《ざいほう》は、すべて地上《ちじょう》の世界《せかい》で集《あつ》められたものなのだ。ここにある金《きん》やダイヤモンドの一《ひと》つ一《ひと》つは、人間《にんげん》の言《い》いあらそいや、けんかの原因《げんいん》そのものなのだ。人間《にんげん》がけんかをしたり言《い》いあらそいをしたときに、取《と》り上《あ》げたものなのだよ。人間《にんげん》というのはね、時《とき》としてジャングルの荒《あら》くれ白人間《しろにんげん》たちと同《おな》じように、悪《わる》い人《ひと》になることがあるんだ。お金持《かねも》ちになりたいとか、宝物《たからもの》を手《て》に入《い》れたいという考《かんが》えが、彼《かれ》らの頭《あたま》をおかしくしてしまうんだろうね。だから、わしらは世界中《せかいじゅう》のありとあらゆる財宝《ざいほう》を一《ひと》つに集《あつ》めようとしたんだ。われわれ魔法使《まほうつか》いはね、人間《にんげん》というものは、宝物《たからもの》がなにもかもなくなってはじめて、平和《へいわ》でいられるようになると思《おも》っているんだよ。」

子《こ》どもたちと提督《ていとく》は、息《いき》をつめて話《はなし》を聞《き》いていましたが、フーさんはなんだか眠《ねむ》たくなってきました。おじいさんがまた、こんな相《あい》もかわらぬ話《はなし》を始《はじ》めたからです。もしかしたら、おじいさんは、フーさんを眠《ねむ》らせようと思《おも》ってこんな話《はなし》を始《はじ》めたのかもしれません。フーさんは居眠《いねむ》りをする寸前《すんぜん》で、もう目《め》をあけていられませんでした。

「でも、もしも、人間《にんげん》がこの地下《ちか》の国《くに》にやってきて、宝物《たからもの》を盗《ぬす》み出《だ》したらどうなるの。」

とティンパが聞《き》きました。

「そうそう。もしも、ドリルみたいなもので掘《ほ》ったりしたら。そして、テレビでやっているみたいに、兵隊《へいたい》さんといっしょに侵入《しんにゅう》してきたらどうなるの。」とリンマも考《かんが》えながら言《い》いました。

「そうなったら、どうするんですか。」とミッコが聞《き》きました。もちろん、ミッコは、おじいさんがそれに対抗《たいこう》する手段《しゅだん》を持《も》っていない、とはこれっぽっちも思《おも》っていませんが。

「あの、もしかして、記念《きねん》に一《ひと》つ小《ちい》さな石《いし》をいただいてもよろしいでしょうか。」とビールバラ提督《ていとく》がたずねました。「あの、たった一《ひと》つでよいのです。けっして、いただいたものを売《う》ったりはしませんから……。」

おじいさんは楽《たの》しくなってきた様子《ようす》です。「みんなにあげよう。でも、人間《にんげん》はどんなことをしたってここには入《はい》って来《こ》られないんだ。こんなところまで掘《ほ》れるようなドリルはないしね。われわれは、いま、一〇〇〇キロメートルの深《ふか》さのところにいるんだよ。それに、われわれの国《くに》のまわりは、マグマのように熱《あつ》くて、どんなものでも燃《も》やしてしまう、金属《きんぞく》が溶《と》けたようなものが取《と》り囲《かこ》んでいるんだ。われわれだけが、ここへ来《く》る道《みち》を知《し》っているし、われわれだけがここから出《で》ることができるのだよ。」

「でも、もしもだれかが魔法《まほう》のバター製造器《せいぞうき》を見《み》つけたとしたら。そうしたら、ここへ来《く》る道《みち》が見《み》つかっちゃうよ。」とティンパは言《い》うとくしゃみをしました。

「魔法《まほう》のバター製造器《せいぞうき》を使《つか》えるのは、わしの息子《むすこ》の息子《むすこ》であるこのフーさんだけなのだ。それに、フーさんでさえ、わしが使《つか》うように、と願《ねが》ったときだけしか使《つか》えないんだよ。この子《こ》は魔法《まほう》の言葉《ことば》の出《で》だしさえ覚《おぼ》えてはいないんだからね。じつは今回《こんかい》は、わしがバター製造器《せいぞうき》の扉《とびら》を開《あ》けたのだよ。フーさんはいま、眠《ねむ》っているね。だから、この話《はなし》を聞《き》いてはいないが、このことはフーさんに話《はな》してはいけないよ。ところで君《きみ》たちは、ずいぶんと長《なが》いあいだ歩《ある》いたよね。でも、ほんとうは、ものすごく大《おお》きなエレベーターに乗《の》っていて、階段《かいだん》を下《お》りているときでも、実際《じっさい》はめまいがするような速《はや》さで下《お》りていたんだよ。それに、万《まん》が一《いち》、扉《とびら》のまえまで来《く》ることができたとしても、扉《とびら》は開《ひら》かないんだ。その代《か》わりダムの水門《すいもん》が開《ひら》くように壁《かべ》が開《ひら》いて、さっき言《い》った金属《きんぞく》が溶《と》けたようなものに飲《の》みこまれてしまうんだ。ああ、怖《こわ》がらなくていいよ。わしが望《のぞ》まないかぎりは、ここにはどんなものであろうと来《く》ることはできないのだから。」

「でも、高価《こうか》なものを全部《ぜんぶ》ここに集《あつ》めたからって、それで人間《にんげん》のことを助《たす》けたことになるの？」とリンマがたずねました。

おじいさんは、考《かんが》えごとをするような顔《かお》つきで子《こ》どもたちをじっと見《み》つめました。

「そうだね。そのことに確信《かくしん》があるわけではないよ。でも、そうあってほしいと願《ねが》っている。じつのところ、それは君《きみ》たち次第《しだい》かもしれないんだがね。」

「それは、どういうこと。」とティンパはたずねました。

「もしも、君《きみ》たちが子《こ》どものうちから、人間《にんげん》というのは自分一人《じぶんひとり》で生《い》きているわけではないんだということを学《まな》べば、おそらく大人《おとな》になってからもそのことを忘《わす》れずに生《い》きていくはずだと思《おも》うのだ。そんな時代《じだい》になったら、もちろん、わたしも、他《ほか》の魔法使《まほうつか》いたちも君《きみ》たちのことをいろいろな場面《ばめん》で助《たす》けよう。」

「どうやって。」とティンパはたずね、ひょっとすると魔法使《まほうつか》いたちが地球上《ちきゅうじょう》で起《お》こっている戦争《せんそう》を全部止《ぜんぶや》めさせてくれるということだろうかと考《かんが》えました。そうしたら、たくさんたくさん、使《つか》えなくなった鉄《てつ》くずができて、おもちゃ代《が》わりに戦車《せんしゃ》が全部《ぜんぶ》の児童公園《じどうこうえん》にやって来《く》るかもしれない。

「その問《と》いには答《こた》えないでおこう。」

ティンパは、すんでのところで「弱虫《よわむし》おじいさん。」と言《い》いそうになる気持《きも》ちをおさえておじいさんのことを見《み》ました。おじいさんは蚊《か》でさえも殺《ころ》すことができなさそうに見《み》えたのです。ですから、おじいさんが約束《やくそく》してくれたことを信用《しんよう》しても良《よ》いのかどうか迷《まよ》いました。

おじいさんは咳払《せきばら》いをすると、とても偉《えら》い人《ひと》がそうするように手《て》をたたきました。すると四羽《よんわ》のコウムがそれぞれ羽《はね》のあいだにクッションをはさんで入《はい》ってきました。クッションの上《うえ》には大《おお》きなダイヤモンドがかがやいています。

子《こ》どもたちは、そのすばらしさにため息《いき》をつき、提督《ていとく》にいたっては、飲《の》んでいるビールがへんなところに入《はい》ってしまうくらいでした。提督《ていとく》はだれかが背中《せなか》をたたいてあげないといけないくらい咳《せ》きこみました。ビールとハチミツの次《つぎ》に好《す》きなのがダイヤモンドなのだ、とビールバラ提督《ていとく》は思《おも》っていました。

「さあ、君《きみ》たち、このダイヤモンドを持《も》って帰《かえ》りたまえ。だが、そのまえに、このダイヤモンドについて一《ひと》つ話《はな》しておかなければならないことがある。もしも、地上《ちじょう》でこれをお金《かね》に換《か》えようとして、しかも、そのお金《かね》をとにかく変《へん》なこと、無駄《むだ》なことに使《つか》おうとしたら、ダイヤモンドはすぐにふつうの石《いし》ころにかわってしまう。だが、もしも、君《きみ》たちが本当《ほんとう》にたいへんな状況《じょうきょう》におちいってしまい、その窮地《きゅうち》をきりぬけるために必要《ひつよう》であれば、ダイヤモンドはダイヤモンドのままだから、売《う》ってもかまわんよ。このことはようく覚《おぼ》えておくのだ。とくに君《きみ》、ビールバラ提督《ていとく》さん。君《きみ》はこのダイヤモンドで、どうでもいいものを買《か》おうと考《かんが》えているんじゃないかね。わしの言葉《ことば》を忘《わす》れてはいかんぞ。君《きみ》にはあたらしい生《せい》活《かつ》が始《はじ》まろうとしているのだから。」

提督《ていとく》は咳払《せきばら》いをして、おじいさんがいったいなんのことを言《い》っているのかわからないふりをしました。すっとぼけの、すっからかんだ！　翁《おきな》には提督《ていとく》の考《かんが》えていることがお見通《みとお》しなのです。残念《ざんねん》ながら提督《ていとく》のビール工場《こうじょう》を買《か》うという夢《ゆめ》は、煙《けむり》が風《かぜ》にたなびいて消《き》えていくように消滅《しょうめつ》してしまいました。そして提督《ていとく》は、さっきフーさんが望《のぞ》んだことは、これから先《さき》も有効《ゆうこう》なんだと感《かん》じました。そうでなくても、いままでのようにはビールが飲《の》めなくなっているのです。こうなったらもう慣《な》れるしかありません。提督《ていとく》は爺《じい》やのビールの残《のこ》りをおそるおそる飲《の》み、ふちについた泡《あわ》をなめました。

子《こ》どもたちは、ダイヤモンドに見入《みい》っていました。ダイヤモンドは、きらきらとかがやいて美《うつく》しく、小鳥《ことり》の卵《たまご》くらいの大《おお》きさがありました。ティンパは、ハンカチでくるむといろいろな宝物《たからもの》が入《はい》っている箱《はこ》に入《い》れることにしました。箱《はこ》には、番号《ばんごう》を合《あ》わせて開《あ》ける鍵《かぎ》がついていて、番号《ばんごう》を知《し》っているのはティンパだけですから、そのなかに入《い》れておけば、ダイヤモンドはもう完璧《かんぺき》に安全《あんぜん》ということになります。ミッコもリンマもそれぞれ自分《じぶん》のダイヤモンドを大事《だいじ》そうにポケットに入《い》れ、ビールバラ提督《ていとく》は、よく使《つか》いこんだ革《かわ》の財布《さいふ》を取《と》り出《だ》すと、そのなかにダイヤモンドを押《お》しこみました。少《すく》なくともエンマには見《み》つからないようにしないといけないな、とエンマがどういう人間《にんげん》かをよくよく知《し》っている提督《ていとく》は思《おも》いました。きっとエンマはすぐにでもカーテンだとか、家具《かぐ》だとか、お花《はな》を買《か》ってきて船《ふね》じゅうを掃除《そうじ》し始《はじ》めるにちがいありません。提督《ていとく》はしかめっ面《つら》になりました。もちろん、そうしてもらうことはうれしいことです。でもなんだかなあ。提督《ていとく》はフーさんのほうを見《み》ました。提督《ていとく》が一度《いちど》として正《ただ》しく名前《なまえ》を言《い》うことができない、あの小《ちい》さな黒《くろ》い服《ふく》を着《き》た男《おとこ》が自分《じぶん》の家《いえ》のすぐ隣《となり》に住《す》んでいるからまあいいか。万《まん》が一《いち》、エンマがあまりにもがみがみ不機嫌《ふきげん》になった時《とき》には、夜《よる》そこへ逃《に》げこめばいいわけだ。

　みんな、地上《ちじょう》へ戻《もど》る準備《じゅんび》がととのいました。おじいさんは、一人一人《ひとりひとり》と握手《あくしゅ》をしながらお別《わか》れをし、それからフーさんを起《お》こしました。フーさんはとてもつかれていて、まだ眠《ねむ》っていたのです。おじいさんはフーさんのことをささっと抱《だ》きしめると、すっとうしろをむいてしまいました。翁《おきな》の気持《きも》ちがいっぱいになっているのはだれの目《め》にも明《あき》らかでした。フーさんも泣《な》けてきました。おじいさんは、やはりおじいさんなのです。地上《ちじょう》の世界《せかい》には、フーさんは他《ほか》にはもうだれも親戚《しんせき》がいないのですから。でも、おじいさんがいるのがわかって良《よ》かったですね。たしかに、会《あ》いたいと思《おも》ってもおじいさんは地下《ちか》の世界《せかい》に住《す》んではいますけれど。少《すく》なくとも生《い》きていますから。フーさんはいきなりぎゅうっとおじいさんのことを抱《だ》きしめました。

「どうもありがとう。」とフーさんはつぶやきました。「また、いつの日《ひ》か会《あ》えるとうれしいな。ぼくがどこに住《す》んでいるのか知《し》っているものね。」

　すると、おじいさんは咳払《せきばら》いをして言《い》いました。「そうだとも。そうだとも。もしも、わしに会《あ》いに地下《ちか》の世界《せかい》に来《き》たいと思《おも》ったら、心配《しんぱい》することはないぞ。わしはおまえのことを待《ま》っているから、いつでも来《く》ればいいさ。それに、おまえのこの友《とも》だちも、彼《かれ》らがいっしょに来《き》たいと望《のぞ》むのであれば連《つ》れてきてもよいぞ。みんな、とてもいい子《こ》たちだね。」

おじいさんとフーさんは、もう一度《いちど》しっかりと握手《あくしゅ》をしました。そして、おじいさんはそそくさと、うしろを振《ふ》り返《かえ》ることなくカーテンのむこうへと消《き》えて行《い》きました。カーテンが閉《し》まると同時《どうじ》に別《べつ》の扉《とびら》が開《ひら》き、コウムたちが、みんなのことを階段《かいだん》エレベーターがある出口《でぐち》の扉《とびら》のところまで連《つ》れて行《い》く準備《じゅんび》をととのえて、立《た》っていました。もう急《いそ》がなければならないようでした。どうやらエレベーターは、一日《いちにち》に一回《いっかい》しか動《うご》かないようです。子《こ》どもたち、フーさん、ビールバラ提督《ていとく》が、石《いし》の庭《にわ》でそれぞれのネットに座《すわ》ると、コウムたちは、羽《はね》をバタバタさせ始《はじ》めました。すぐにみんなはびっくりするくらいの早《はや》さで空中《くうちゅう》へ飛《と》び上《あ》がりました。黄金《おうごん》の街《まち》は、だんだんと小《ちい》さくなり、やがてはるかかなたへと見《み》えなくなりました。

黄金《おうごん》の街《まち》よ、さようなら、とリンマは心《こころ》のなかで思《おも》うとそろそろと手《て》を振《ふ》りました。リンマは、お別《わか》れが好《す》きでした。さようなら、世界《せかい》で一番偉大《いちばんいだい》な魔法使《まほうつか》いのおじいさん。さようなら、コウムたち、そして、ボール国《こく》の人《ひと》たち、それから、エルネスティーナさん。魔法使《まほうつか》いたちも一生懸命《いっしょうけんめい》さよならをしてくれました。ネットはおだやかにゆれ、草原《そうげん》がゆっくりと盛《も》り上《あ》がってだんだん近《ちか》づいて来《く》るように見《み》えました。もうすぐ降下《こうか》するよう

です。

扉《とびら》は彼《かれ》らのことを待《ま》ちかねていました。「急《いそ》ぐんだ。もうほとんど時間《じかん》がないぞ。階段《かいだん》エレベーターはそう長《なが》くは待《ま》ってくれないぞ。」と扉《とびら》が大声《おおごえ》で言《い》いました。

足《あし》をひっしに動《うご》かして彼《かれ》らは扉《とびら》にむかいました。最後《さいご》の最後《さいご》に、あたらしい友《とも》だちや親《しん》類《るい》になんとかお別《わか》れを言《い》うことができたコウムのマコトがつづきました。いつの日《ひ》かぼくはここに戻《もど》ってくるぞとマコトは思《おも》いました。扉《とびら》がみんなの背後《はいご》でとつぜん閉《し》まり、まえにはただ階段《かいだん》がまっすぐに伸《の》びています。同時《どうじ》にあたりも暗《くら》くなり始《はじ》めました。奇妙《きみょう》なひゅうひゅう言《い》う音《おと》が聞《き》こえてきて、地面《じめん》が揺《ゆ》れているような感《かん》じがしました。「急《いそ》ぐんだ。なんだかおかしいぞ。」と扉《とびら》がさけぶと、あたりはまっ暗《くら》になりました。

フーさんは手探《てさぐ》りでランタンを探《さが》し出《だ》しました。ところが火《ひ》をつけるためのマッチをだれも持《も》っていません。壁《かべ》がばりばりと割《わ》れ始《はじ》めました。どこからかランタンに火《ひ》をつけるものを見《み》つけてこなければいけません。それから、上《うえ》にむかって上《のぼ》り始《はじ》めなければならないのです。というのも、エレベーターが止《と》まってしまったようなのです。

そのときです、カサカサと小《ちい》さな音《おと》が聞《き》こえたかと思《おも》うと、マコトが提督《ていとく》にマッチ箱《ばこ》をさしだしました。マコトはいつも、もしものときのためにマッチ箱《ばこ》を持《も》っているのですが、提督《ていとく》がこの事《こと》を忘《わす》れていることもわかっていました。フーさんがマッチをすって火《ひ》をつけると、彼《かれ》らは大急《おおいそ》ぎで階段《かいだん》を上《のぼ》り始《はじ》めました。まるで山《やま》がくずれ落《お》ちたかのような大《おお》きな爆発《ばくはつ》音《おん》が聞《き》こえましたが、階段《かいだん》はなんとかそのまま持《も》ちこたえました。もうダメだと思《おも》った瞬間《しゅんかん》になってやっとエレベーターが動《うご》き出《だ》しました。地下《ちか》の国《くに》の入《い》り口《ぐち》の廊下《ろうか》で、明《あき》らかになにか異《い》変《へん》が起《お》きているようでしたが、少《すく》なくとも扉《とびら》は閉《し》まっていますし、地下《ちか》の国《くに》そのものは、おそらく何事《なにごと》もないでしょう。彼《かれ》らはいつの日《ひ》にか、ふたたび地下《ちか》の国《くに》へやって来《く》ることができるでしょうか？　まあ、いずれ時間《じかん》がたてばわかることさ、とミッコは思《おも》っていました。

　彼《かれ》らは、上《うえ》へむかって、くたくた、へとへとになりながら上《のぼ》りつづけました。上《うえ》へ、上《うえ》へ、ひたすら、ひたすら、もうこれ以上《いじょう》、足《あし》を持《も》ち上《あ》げることができなくなるまで、ただひたすら

に上《うえ》をめざしました。そして、階段《かいだん》は、ただただ、上《うえ》へ上《うえ》へと、果《は》てしなくつづいているようでした。

ようやくフーさんは立《た》ち止《ど》まりました。扉《とびら》がぎぎぎっと音《おと》を立《た》てると、風《かぜ》がぶわっと吹《ふ》きつけてフーさんのランタンの火《ひ》を消《け》しました。こうしてやっと彼《かれ》らはふたたび地上《ちじょう》にたどりついたのです！

子《こ》どもたちは急《いそ》いで階段《かいだん》を上《のぼ》りきり、マコトがつづきました。最後《さいご》にビールバラ提督《ていとく》がよじ上《のぼ》って来《き》ました。さんざんっぱら階段《かいだん》を上《のぼ》ったので提督《ていとく》はすっかり細《ほそ》くなってしまい、扉《とびら》を通過《つうか》するのもそれほど苦《く》にはなりませんでした。こうして、ほうほうの態《てい》でビールバラ提督《ていとく》が地面《じめん》に姿《すがた》をあらわすと、魔《ま》法《ほう》のバター製造器《せいぞうき》の扉《とびら》がバタンと閉《し》まりました。そして、鉄製《てつせい》の階段《かいだん》がガラガラガラッとくずれ落《お》ちる音《おと》が聞《き》こえたかと思《おも》うと、魔《ま》法《ほう》のバター製造器《せいぞうき》はすうっと姿《すがた》を消《け》し、そこにはごくふつうの、ほこりっぽいバター製造器《せいぞうき》だけが残《のこ》りました。だれが見《み》たってこれがエレベーターへつづく扉《とびら》だとは思《おも》わなかったでしょう。

いま、ここから出《で》てきたばかりの子《こ》どもたちでさえ、自分《じぶん》たちが、ここから出《で》て来《き》たことを忘《わす》れてしまっていました。でも、まあ、彼《かれ》らはいまみんな地上《ちじょう》にいて、生《い》きているということが大切《たいせつ》なのです。

もうすっかり暗《くら》くなっていて、子《こ》どもたちはものすごく眠《ねむ》たくなってきました。やっとのことでフーさんは家《いえ》の扉《とびら》を開《あ》けました。フーさんはもうすっかり夢《ゆめ》のなか、ビールバラ提督《ていとく》はコウムといっしょに船《ふね》になだれこむように入《はい》りました。帆《ほ》はじっとしたまま動《うご》かず、噴水《ふんすい》はフーさんの家《いえ》の壁《かべ》を洗《あら》いながしています。なにもかもいままでと変《か》わりありません。

子《こ》どもたちは大急《おおいそ》ぎで自分《じぶん》の家《いえ》にむかいました。何日《なんにち》も家《いえ》をあけていたのですから、お父《とう》さんもお母《かあ》さんもひどく怒《おこ》っているにちがいありません。もしかしたら意識《いしき》を失《うしな》うほど悲《かな》しんでいるかもしれません。テーブルに、ぼくらはどこにいるのかを書《か》いたメモでも残《のこ》しておくべきだったのかもしれないな、とミッコは思《おも》いましたが、そんなことをしても無《む》駄《だ》だったとすぐに思《おも》い直《なお》しました。なぜって「お母《かあ》さんへ。ぼくたちは地下《ちか》の国《くに》に行《い》ってきます。二《に》、三日《さんにち》で戻《もど》ります。だから心配《しんぱい》しないでね。」というメモがあったとして、いったい、意味《いみ》を理解《りかい》できるお母《かあ》さんやお父《とう》さんがいるでしょうか。

ティンパはまずドアをノックしてみました。それから自分《じぶん》の持《も》っていた鍵《かぎ》でドアを開《あ》けて部屋《へや》にそうっと入《はい》りました。部屋《へや》の明《あ》かりをつけると、お母《かあ》さんにばれないようにすぐにベッドにもぐりこみました。ミッコもリンマももう自分《じぶん》の家《いえ》にいるはずです。ドアが開《あ》いてお母《かあ》さんが入《はい》って来《き》ました。お母《かあ》さんはティンパのベッドのわきまで来《く》ると、頭《あたま》をなでました。

「夕飯《ゆうはん》を食《た》べると言《い》っていたのに、けっきょく食《た》べに帰《かえ》って来《こ》なかったのね。あなたったら暗《くら》いなか、外《そと》に二時間《にじかん》もいたのよ！　いったいどこに行《い》ってたの？」

　二時間《にじかん》だって、もしかして、地下《ちか》の国《くに》では、時間《じかん》の経《た》ち方《かた》がちがうのかなとティンパは夢《ゆめ》うつつで思《おも》いました。まあ、お母《かあ》さんがこれ以上心配《いじょうしんぱい》しなくてすむんだから良《よ》かったよ。ティンパは、もう一度《いちど》あくびをすると、もうほとんど眠《ねむ》りそうです。完全《かんぜん》に眠《ねむ》りにおちるまえに「ねえ、お母《かあ》さん。ぼくにあたらしいクリスマス・カレンダーを買《か》ってくれるって約束《やくそく》してね。ぼく、自分《じぶん》のを、地下《ちか》の国《くに》の翁《おきな》にあげちゃったんだ。翁《おきな》がね、クリスマス・カレンダーを気《き》に入《い》ったって言《い》うから。それにね、ぼくたち勝《か》ったんだよ。翁《おきな》ってさ、世界《せかい》で一番《いちばん》すごい魔法使《まほうつか》いなんだ。」と言《い》うとたちまち眠《ねむ》ってしまいました。

　お母《かあ》さんはティンパのことを見《み》つめて、いったいなんのことかしらと思《おも》いました。地下《ちか》の国《くに》、クリスマス・カレンダー、まだ、八月《はちがつ》だというのに。まあまあ、なんてかわいいティンパでしょう。いったいなにを考《かんが》えているのやら。クリスマスはまだ数《すう》か月先《げつさき》のことです。お母《かあ》さんはティンパの頭《あたま》をなでました。ティンパは、お母《かあ》さんにとってかわいい英雄《えいゆう》で、大好《だいす》きな息子《むすこ》です。朝《あさ》になればカレンダーのことなんて忘《わす》れてしまうでしょうけれど、お母《かあ》さんは、これからはもう少《すこ》しティンパといっしょに過《す》ごす時間《じかん》を増《ふ》やそうと決《き》めました。明日《あした》は、いっしょに釣《つ》りに行《い》くのもいいかもしれない。小《ちい》さなお魚《さかな》が釣《つ》れればフライパンで焼《や》いてもいいわね。ティンパはお魚《さかな》が大好《だいす》きだし。お母《かあ》さんは立《た》ち上《あ》がると灯《あか》りを消《け》して、もう一度《いちど》ティンパの頬《ほお》をなでました。ティンパはとてもくたびれているようでした。ものすごく遊《あそ》びまわったのでしょう。でもこうして、ぐっすりと眠《ねむ》ってくれれば安心《あんしん》です。

12 フーさんビールバラ提督《ていとく》を訪《たず》ねる

フーさんは目《め》をさましました。目《め》をさますと、まず片方《かたほう》の足《あし》を伸《の》ばし、それからもう片《かた》方《ほう》の足《あし》を伸《の》ばしました。両足《りょうあし》ともちぢめて寝《ね》ていたのです。足《あし》というものは、動《うご》くことが大好《だいす》きなので、夜《よる》のあいだにどこかに走《はし》っていってしまったりなんかして、そうなっては一大事《いちだいじ》だとフーさんは考《かんが》えたのです。もしも、足《あし》が夜《よる》のあいだにどこか好《す》きなところへ出《で》かけてしまって、朝《あさ》になっても戻《もど》ってこなかったらどうなってしまうでしょう。そうなったら、足《あし》が戻《もど》ってくるまでベッドで待《ま》つよりありません。まあ、眠《ねむ》ることはできるかな、それはそれで良《よ》いことかも、とフーさんは思《おも》いました。最近《さいきん》、なんだか必要以上《ひつよういじょう》に足《あし》といっしょに起《お》きていることが多《おお》いようです。

フーさんは、立《た》ち上《あ》がると、屈伸《くっしん》をしました。噴水《ふんすい》が家《いえ》の壁《かべ》に当《あ》たり、三《みっ》つの丸《まる》い窓《まど》から部屋《へや》にも入《はい》ってきてフーさんの顔《かお》に当《あ》たりました。フーさんは、鼻《はな》を鳴《な》らし頭《あたま》を振《ふ》りま

したが、悪《わる》い気分《きぶん》ではありません。これで朝《あさ》の洗《せん》顔《がん》は石《せっ》けんを使《つか》わずにすませられたのですからいいじゃないですか。なんといってもフーさんは石《せっ》けんが怖《こわ》いのです。だって、たまねぎを切《き》るときに目《め》が痛《いた》くなるみたいに、石《せっ》けんも目《め》に入《はい》ると痛《いた》いんですもの。フーさんが若僧《わかぞう》で、若僧《わかぞう》であれば、なにごとにもなんとかして慣《な》れていかないといけないのかもしれません。でも、フーさんは、成《せい》長《ちょう》したり学《まな》んだりするにはもう歳《とし》を取《と》りすぎています。

外《そと》からは、帆《ほ》がはためく音《おと》と、りんごの枝《えだ》がフーさんの家《いえ》の屋根《やね》に触《ふ》れる軽《かろ》やかな音《おと》が聞《き》こえてきました。小《ちい》さなシジュウカラが窓《まど》からパタパタッと羽音《はおと》をたてて入《はい》ってきて、フーさんの帽子《ぼうし》に止《と》まって物憂《ものう》げなようすをしています。シジュウカラが太陽《たいよう》の光《ひかり》と、風《かぜ》の強《つよ》い遅《おそ》い夏《なつ》の空気《くうき》を運《はこ》んできてくれたようです。フーさんはなんだかとても良《よ》い気分《きぶん》です。フーさんが、コルップを帽子《ぼうし》のつばに置《お》くとシジュウカラがちょこっとついばみました。それから、コルップをくちばしでつかむと、窓《まど》から外《そと》へと飛《と》んでいきました。フーさんは、シジュウカラのあとについていこうと思《おも》いました。

もう、すばらしい日《ひ》で、太陽《たいよう》の光《ひかり》が優《やさ》しくフーさんの首筋《くびすじ》をあたためました。晴《は》れた空《そら》には、白《しろ》い雲《くも》がぽっかりと浮《う》かび、木々《きぎ》のざわめき、トリたちと草原《そうげん》のささやきが聞《き》こえて来《き》ます。これ以上《いじょう》すばらしい日《ひ》があるでしょうか。フーさんは考《かんが》えました。だれかといっしょにこんな日《ひ》を過《す》ごすことができれば、もっといい日《ひ》になるにちがいありません。フーさんはなにごとかを考《かんが》えながら動《うご》きまわり、しばらくして立《た》ち止《ど》まりました。ビールバラ提督《ていとく》の家《いえ》の壁《かべ》が垂直《すいちょく》になって、フーさんの家《いえ》のまえに立《た》ちはだかっていました。フーさんはかしこくなりましたので壁《かべ》が船《ふね》だということを知《し》っています。でも、フーさんは自分《じぶん》が目《め》にするいろいろなことを、自分《じぶん》だけの言葉《ことば》で呼《よ》ぶのが好《す》きでした。フーさんは壁《かべ》の甲《かん》板《ぱん》に上《のぼ》ると屈伸《くっしん》しました。噴水《ふんすい》が甲板《かんぱん》を洗《あら》いながし、またまたフーさんのことも洗《あら》いながしました。朝《あさ》の洗顔《せんがん》が一日《いちにち》に何回《なんかい》もだなあ、とフーさんは思《おも》いました。いままでこんなに何回《なんかい》も朝《あさ》の洗顔《せんがん》をしたことなんてないよ。それからフーさんはビールバラ提督《ていとく》の家《いえ》の扉《とびら》をノックしました。

「入《はい》りたまえ。」という野太《のぶと》い声《こえ》が聞《き》こえてきたので、フーさんはその声《こえ》にしたがいました。扉《とびら》を開《あ》けてなかに入《はい》りました。なかに入《はい》って扉《とびら》を閉《し》めると、間髪《かんぱつ》を入《い》れずにまた噴水《ふんすい》がフーさんに降《ふ》りかかろうとしましたが、扉《とびら》にあたっただけでした。噴水《ふんすい》はひどくがっかりしました。噴水《ふんすい》の楽《たの》しみは、これでまたしばらくおあずけのようです。

室内《しつない》はまっ暗《くら》でした。提督《ていとく》はベッドのなかにいて、特大《とくだい》のふいごのようなあくびをしました。コウムのマコトがうれしそうなようすで、フーさんのことを迎《むか》えました。このへんな生《い》き物《もの》には、いつかどこかで会《あ》ったはずだけど、いったいどこで会《あ》ったんだったかな、とフーさんは考《かんが》えこみました。なんだかおそろしいことと関係《かんけい》があったはず。でもどういう風《ふう》におそろしいんだったっけ。あれこれ考《かんが》えながら、フーさんは椅子《いす》に座《すわ》りました。

ビールバラ提督《ていとく》が立《た》ちあがりました。彼《かれ》は夜《よる》、しっかり眠《ねむ》ったので、いままでのようにエネルギーに満《み》ちあふれていました。「ビールだ。」と提督《ていとく》はマコトにむかって大声《おおごえ》で言《い》いました。するとコウムは、爺《じい》やの黒《くろ》ビールを言《い》いつけどおりに持《も》ってきました。フーさんはそんな提督《ていとく》のようすを、おかしいなと思《おも》いながら見《み》ています。提督《ていとく》は、もうビールを飲《の》めないはずだし、大《おお》きな声《こえ》を出《だ》すこともできなかったんじゃなかったかな、と思《おも》ったのです。たしか、だれかがどこかでそんな風《ふう》に言《い》っていたはずなんだけど。でも、だれが言《い》っていたんだっけ？　フーさんの記憶《きおく》は、まるでまっさらの白《しろ》い布《ぬの》みたいになっていました。

記《き》憶《おく》のなかにはその名《な》前《まえ》さえ残《のこ》っていないようです。

　提《てい》督《とく》は、ジョッキでぐっとビールを飲《の》みましたが、ほとんど瞬《しゅん》間《かん》的《てき》にテーブルの上《うえ》にあった花《か》瓶《びん》のなかにはき出《だ》してしまいました。「うわ、なんて味《あじ》だ。」と提《てい》督《とく》はまるでほえるように言《い》いました。「ビールになにか妙《みょう》なものでも混《ま》ざり始《はじ》めたのか。ちっともうまくないぞ。ジョッキ二《に》杯《はい》分《ぶん》くらいならなんとか飲《の》めそうだがそれ以《い》上《じょう》はムリだ。じきに、飲《の》めたものじゃなくなるな。これでは蚊《か》の毒《どく》がからだじゅうの血《けつ》液《えき》を巡《めぐ》るようなもので、水《みず》のほうがはるかにおいしく思《おも》えるようになるぞ。マコト、水《みず》を一杯《いっぱい》持ってきてくれ。ビールを飲《の》んでこんなに気《き》分《ぶん》が悪《わる》くなるとはな。」と言《い》って、提《てい》督《とく》は頭《あたま》を振《ふ》りました。爆《ばく》弾《だん》が命《めい》中《ちゅう》したみたいな気《き》分《ぶん》だと提《てい》督《とく》は思《おも》いました。

「わしらはどこかで会《あ》ったことがなかったかな？」と提《てい》督《とく》はフーさんにたずねました。わしはこの小《ちい》さな男《おとこ》にまえに会《あ》ったことがあるぞ。どこかでいっしょだったんだが……。地《ち》下《か》の国《くに》だったか……。それから……。うーむ……。なんだっけ……。とにかくどこかでこいつを見《み》たんだ。そうだ。こいつはわしの隣《となり》に住《す》んでいる男《おとこ》じゃないか。どういうわけかいっしょにいると気《き》楽《らく》なんだ。なんという名《な》前《まえ》だったかな。ああ、思《おも》い出《だ》したぞ。提《てい》督《とく》はフーさんのことを親《した》しげに見《み》つめました。「ああ、そうだ。君《きみ》はたしかお隣《となり》のプーさんだったな。やあやあ。」と言《い》うと提《てい》督《とく》はマコトが持《も》ってきた冷《つめ》たい水《みず》をごくごくっと飲《の》みました。すると、提督《ていとく》はびっくりして、目《め》を大《おお》きく見開《みひら》きました。「なんてうまいんだ。マコト、もっと注《つ》いでくれ。それからここにいるクーさんにもな。かなりのどが乾《かわ》いているようだぞ。」

「ありがとうございます。あのそれから、わたしはフーさんと申《もう》します。もうずいぶん長《なが》いことこの名前《なまえ》なんですが。プーでもクーでもなくて、フーなんです。」

「ああ、そうそう、そうだったな。」とビールバラ提督《ていとく》は他《ほか》のことを考《かんが》えながら言《い》いました。「ところで、今日《きょう》は航海向《こうかいむ》きの天気《てんき》かね?」提督《ていとく》はいつだったかフーさんといっしょに航海《こうかい》したことを覚《おぼ》えていたのです。それ以外《いがい》にもなにかいっしょにやったんだったかな? 提督《ていとく》はいっしょうけんめい思《おも》いだそうとしましたが、そうしていると、なんだか頭《あたま》がとても重《おも》たくなってきました。

「けっこういい風《かぜ》が吹《ふ》いてますよ。」と、フーさんは答《こた》えました。

提督《ていとく》は、「すばらしい。それなら出《で》かけよう。わしが船乗《ふなの》りの基礎《きそ》を教《おし》えよう。いつか、君《きみ》をエンマ号《ごう》の航海士《こうかいし》に任命《にんめい》しようかね。まあ、君次第《きみしだい》だがな。」と言《い》いました。

フーさんは、提督《ていとく》の言葉《ことば》にしっかりと耳《みみ》をかたむけていました。フーさんは、いい生徒《せいと》でいようと思《おも》いました。なぜって、航海士《こうかいし》というのは、とても偉大《いだい》ですばらしい仕事《しごと》のように思《おも》えたからです。航海士《こうかいし》になるには、それなりに勉強《べんきょう》しなければならないはずです。

ビールバラ提督《ていとく》は起《お》き上《あ》がると扉《とびら》を開《あ》けて、甲板《かんぱん》へ出《で》ました。そのあとに、フーさんがつづきました。

噴水《ふんすい》は、ちょうどこのタイミングを待《ま》っていました。噴水《ふんすい》は、とてもやさしく、そしてうれしそうにフーさんの顔《かお》に降《ふ》りそそぎました。ふたたび水《みず》を吹《ふ》き上《あ》げたのです。朝《あさ》の洗顔《せんがん》を忘《わす》れてばかりいるから、こういうことになるのさ、と噴水《ふんすい》は思《おも》っています。ですから、こんな目《め》にあうのも、フーさんが悪《わる》いのです。噴水《ふんすい》はホースをうれしそうにぐるぐると回《まわ》しています。これからの日々《ひび》は、こんな風《ふう》にとても楽《たの》しくて、やることだってたくさんありそうです。

提督《ていとく》は舵《かじ》のところへ行《い》って、閉鎖弁《へいさべん》を解除《かいじょ》し、自動航行《じどうこうこう》にしました。「さあ、左舷《さげん》にむかって航行《こうこう》せよ。」と提督《ていとく》は大声《おおごえ》で言《い》おうとしま

した。ところが、うまく声《こえ》が出《で》ません。木星《もくせい》の宝石《ほうせき》の影響《えいきょう》でしょうか、以前《いぜん》のように大《おお》きな声《こえ》が出《で》なくなっていて、おまけに声《こえ》までかさかさです。なので、ふつうの声《こえ》で話《はな》さなければなりません。ビールバラ提督《ていとく》はすっかり落《お》ちこんでしまいましたが、それでもなんとか言《い》いました。「二《ふた》つ取《と》り舵方向《かじほうこう》へ。こんなときは、この舵輪《だりん》をこのようにするのだ。ほんの少《すこ》しだ。やってみたまえ。」

フーさんは、舵輪《だりん》をつかみました。すると、風《かぜ》が吹《ふ》いて帆《ほ》をあおり、そのせいで船《ふね》も方《ほう》向《こう》を変《か》え、それに合《あ》わせて舵輪《だりん》が回《まわ》りはじめました。舵輪《だりん》といっしょにフーさんは空中《くうちゅう》に浮《う》きあがりました。フーさんは目《め》を閉《と》じ、しっかりと舵輪《だりん》の先《さき》っぽをつかみました。風《かぜ》が強《つよ》く吹《ふ》いていたので、フーさんはいきおいよく、まるでメリーゴーラウンドのように回《まわ》り、いっこうに止《と》まりそうもありません。いったいどうすればよいのでしょう。

ビールバラ提督《ていとく》が舵輪《だりん》に飛《と》びつき、片手《かたて》だけで回《まわ》っている舵輪《だりん》を止《と》めました。フーさんは逆立《さかだ》ちのまま止《と》まりました。提督《ていとく》は、いらいらしているようでした。こんな小《ちい》さな男《おとこ》が、こんな偉大《いだい》でむずかしい仕事《しごと》をするのはとうてい無理《むり》だったのだ。できるのはせいぜい水《すい》夫《ふ》の仕事《しごと》くらいだなと提督《ていとく》は思《おも》いました。

「ああ、やめよう、やめよう。いつかまた練習《れんしゅう》してみよう。これから、幸《しあわ》せの島《しま》の近《ちか》くまで船《ふね》を出《だ》すから、そこへ上陸《じょうりく》しよう。あそこは、いいところだろう。まえにもいっしょに

行《い》かなかったかな。」と提督《ていとく》は言《い》いました。

フーさんはうなずくと、ビールバラ提督《ていとく》のことをいったいどうしたのだろうと思《おも》ってながめました。フーさんは舵輪《だりん》をなにひとつあやつることができなかったというのに、提督《ていとく》はこれっぽっちもどならないのです。これはいったいどうしたというのでしょう？

二人《ふたり》は小舟《こぶね》に乗《の》りこみました。提督《ていとく》はなにかを期待《きたい》するようなまなざしでフーさんを見《み》つめました。なぜなら、まえにこの男《おとこ》がなにやら魔法《まほう》らしきものをつかうと、小舟《こぶね》が自然《しぜん》と海《うみ》に出《で》ていったからです。提督《ていとく》はやっと、この小《ちい》さな黒《くろ》い男《おとこ》が、なにかの魔法使《まほうつか》いだということを思《おも》い出《だ》しました。だから、今回《こんかい》だって変《へん》てこな魔法《まほう》を使《つか》うにちがいありません。

提督《ていとく》は緊張《きんちょう》しながらフーさんを見《み》ました。

フーさんには自分《じぶん》がなにかを期待《きたい》されていることがわかりました。あたりを見回《みまわ》すと、小舟《こぶね》のそばに置《お》いてある箱《はこ》から、小《ちい》さくて黒《くろ》い棒《ぼう》がとび出《で》ているのが目《め》に入《はい》りました。小舟《こぶね》はギシギシ、キーキー音《おと》をたてて持《も》ち上《あ》がると、船《ふね》のふちを越《こ》え、最後《さいご》に下《した》に降《お》りました。いったいどうしたらこんなことになるのか、フーさんには皆目見当《かいもくけんとう》がつきません。

一方《いっぽう》、提督《ていとく》はなに一《ひと》つ不思議《ふしぎ》がっている様子《ようす》はありませんでした。彼《かれ》は重《おも》たい小舟《こぶね》を海《うみ》へ下《お》ろしたり、海《うみ》から上《あ》げたりする必要《ひつよう》がないのでうれしいのです。そしてもう、波《なみ》にゆらゆらと心地《ここち》よく揺《ゆ》れています。提督《ていとく》はちょっと考《かんが》えると櫂《オール》をつかみました。漕《こ》いでみるとするか。お隣《となり》さんはとても頼《たよ》りなさそうなので、波《なみ》に櫂《オール》をさらわれてしまうにちがいない。男《おとこ》のなかの男《おとこ》が、そういう男《おとこ》のやるべきことをするのが一番《いちばん》です。フーさんは、帰《かえ》るときに魔法《まほう》を使《つか》って小舟《こぶね》をここまで戻《もど》し、甲板《かんぱん》まで上《あ》げてくれればいいさ。提督《ていとく》は櫂《オール》をつかむと力強《ちからづよ》く、リズミカルに漕《こ》ぎ始《はじ》めました。

櫂《オール》は野原《のはら》に穴《あな》を掘《ほ》り始《はじ》めました。フーさんは考え事《かんがごと》をしながら穴《あな》をながめています。かなり深《ふか》く掘《ほ》れているぞ。きっと提督《ていとく》はここになにかを隠《かく》そうとしているにちがいない。樹木《じゅもく》は植《う》えられそうもないので、もしかしたらジャガイモでも育《そだ》てようとしているのだろうか。いつか、提督《ていとく》に聞《き》いてみないと。だって、フーさんは、ジャガイモが嫌《きら》いではなかったのです。とくにフライドポテトはね。

「ふう。なんてことだ。今日《きょう》は流《なが》れが反対《はんたい》にむいているぞ。まあ、もうすぐ到着《とうちゃく》するがな。」と提督《ていとく》はふうふう息《いき》を切《き》らしながら、ぶつぶつ言《い》いました。

提督《ていとく》は、もう何回《なんかい》か歯《は》を食《く》いしばりながら漕《こ》ぐと、軽《かろ》やかに小舟《こぶね》から飛《と》び降《お》りて幸《しあわ》せの島《しま》に上陸《じょうりく》し、小舟《こぶね》を岸《きし》へと引《ひ》き上《あ》げました。

「さあ、これでいいだろう。」と提督《ていとく》はフーさんにむかって大声《おおごえ》でどなったつもりでしたが、自分《じぶん》の声《こえ》がとても弱々《よわよわ》しいことに気《き》がつきました。どなるときは気《き》をつけなきゃいけないなと提督《ていとく》は思《おも》いました。いったいわしの声《こえ》はどうなってしまったというのだ、と首《くび》をかしげました。それでも、提督《ていとく》の声《こえ》はふつうの声《こえ》でも、フーさんの声《こえ》の三倍《さんばい》は大《おお》きいものでしたから、十分《じゅうぶん》になにを言《い》っているか聞《き》きとれます。

二人《ふたり》は島《しま》に上陸《じょうりく》して木々《きぎ》の下《した》で休《やす》みました。太陽《たいよう》はただ照《て》りつけているばかり、雲《くも》はどこへ流《なが》れて行《い》くものかわからぬままふわふわと浮《う》いていて、たとえどこに流《なが》れていくのかを知《し》っていたとしても、そんなことたいしたことではないと思《おも》っているようです。光《ひかり》が少《すこ》しやわらいで、トリの声《こえ》が光《ひかり》のかがやきのように空《そら》にひびき渡《わた》りました。フーさんは、また眠《ねむ》たくなってきました。なんだか、とっても気《け》だるくて、のんびりしたい気分《きぶん》です。でも提督《ていとく》は咳払《せきばら》いをすると、フーさんに少《すこ》しばかり話《はなし》をしようと思《おも》いました。そうすれば、時間《じかん》が早《はや》くたちますからね。このお隣《となり》さんは、エンマやコウムについての話《はなし》は聞《き》いたことがないはずです。ですから、提督《ていとく》はそのことを話《はな》すことにしました。

「さて、お隣《となり》さんや。」と、さも哀《かな》しげな様子《ようす》で話《はなし》を始《はじ》めました。「わしらはいま、幸《しあわ》せの島《しま》にいるのだが、わしはここに来《く》ると幸《しあわ》せどころか、哀《かな》しい気持《きも》ちになるのだ。」

なんとなく耳《みみ》にしたことがある言葉《ことば》が聞《き》こえたかと思《おも》うと、まるでまえもってわかっていたかのように、マコトが提督《ていとく》のそばに飛《と》んで来《き》て、提督《ていとく》は、マコトのことをやさしくやさしくなでました。「コウムや。わしの悲《かな》しみのすべてを知《し》っているのは、おまえだけだ。すべては、ここで、わしの船《ふね》の名前《なまえ》にもなっている愛《いと》しのエンマを失《うしな》ったことから始《はじ》まるのだ。いったいなにが起《お》こったのか、話《はなし》を聞《き》きたいかな?」と提督《ていとく》はフーさんにたずねました。

提督《ていとく》はフーさんを見《み》つめました。フーさんは、とても話《はなし》を聞《き》きたがっているようすです。この話《はなし》は、チーズ皿《ざら》の針《はり》がしっかりチーズに刺《さ》さるように、おそらくフーさんの心《こころ》に突《つ》き刺《さ》さるにちがいありません。

フーさんはぱっちりと目《め》を開《あ》けていて、とてもおどろいているようすでしたし、実際《じっさい》おどろいていました。なぜって、この話《はなし》は、とてもよく知《し》っているように思《おも》えたからです。いったいどこで、この話《はなし》を聞《き》いたことがあったんだったかな?

りんごの木《き》からぽきぽきっという音《おと》が聞《き》こえて、大《おお》きな青々《あおあお》とした枝《えだ》が重《おも》みで折《お》れたかと思《おも》うと、そのうしろからミッコ、ティンパ、リンマがあらわれ、フーさんとビールバラ提督《ていとく》のそばに座《すわ》りました。三人《さんにん》は木《き》のうしろで話《はなし》を聞《き》いていたのですが、おかしくてしかたがなかったのです。大《だい》の大人《おとな》が以前《いぜん》と同《おな》じ話《はなし》を、まるで地下《ちか》の国《くに》での冒険《ぼうけん》のことをすっかり忘《わす》れてしまったかのように、おたがいに初《はじ》めて聞《き》く話《はなし》のように話《はな》していたのですから。おそらくビールバラ提督《ていとく》は、エンマが来《く》ればおどろくことでしょう。たぶん、彼女《かのじょ》はじきにここにやって来《く》るでしょうし、子《こ》どもたちはそのことを確信《かくしん》しています。

そうです。ちょうど、提督《ていとく》が子《こ》どもたちがあらわれたことをまったく気《き》にもとめずに話《はなし》をつづけようとしていたときに、引《ひ》っ越《こ》し用《よう》の車《くるま》の音《おと》が聞《き》こえてきて、大《おお》きなトラックがビールバラ提督《ていとく》の船《ふね》の隣《となり》に姿《すがた》をあらわしたのです。提督《ていとく》は、まるでウシが初《はじ》めての牧草地《ぼくそうち》に来《き》て右往左往《うおうさおう》している時《とき》のような顔《かお》で、引《ひ》っ越《こ》しの車《くるま》に目《め》をやりました。運転手《うんてんしゅ》の隣《となり》に座《すわ》っている、なんだか見《み》おぼえのある女性《じょせい》はいったいだれだろう。提督《ていとく》はくらくらしてきました。エンマではないですか。彼《かれ》のエンマです。エンマが戻《もど》ってきたのです！　提督《ていとく》は、またくらくらしました。許《ゆる》してもらえたのです！　もう、これで、一人《ひとり》ぼっちになることはありません。そう思《おも》うと、ほんとうに頭《あたま》がくらくらして気《き》を失《うしな》ってしまいました。

子《こ》どもたちが提督《ていとく》の面倒《めんどう》を見《み》て、枕《まくら》を頭《あたま》の下《した》に入《い》れてあげました。提督《ていとく》は、まだまだこれからもいろいろと彼《かれ》らのことを喜《よろこ》ばせてくれるにちがいないと思《おも》ったのです。提督《ていとく》はみんなを船《ふね》に招待《しょうたい》し、船《ふね》の操縦《そうじゅう》を教《おし》えてくれるかもしれません。ティンパは、ビールバラ提《てい》督《とく》がおじいさんに対《たい》してひどくどなりつけていたこと、でも、翁《おきな》がそんな提督《ていとく》をネコのようにおとなしい人《ひと》に変《か》えてしまったことを思《おも》うと、おかしくてしかたありませんでした。その時《とき》は提督自身《ていとくじしん》も、すごくはずかしいと思《おも》っていたようですが、いまはそんなことはなに一《ひと》つ覚《おぼ》えていないようです。もちろん、これからエンマがここに住《す》むことになったのですから、もう、エンマのてのひらの上《うえ》にいるようなものです。

夕方《ゆうがた》になってフーさんは家《いえ》へもどりました。扉《とびら》を開《あ》けると暗《くら》がりとなつかしいにおいがフーさんを包《つつ》みました。部屋《へや》はフーさんに笑《わら》いかけましたが、やがて元《もと》に戻《もど》りました。レンジに火《ひ》をいれようとすると、一回《いっかい》で火《ひ》をつけることができました。エンマはなんだかんだ言《い》ってもすてきな人《ひと》なんだなとフーさんは思《おも》いました。それに提督《ていとく》は心底《しんそこ》うれしそうでした。一人《ひとり》ぼっちの生活《せいかつ》はたしかにちっとも面白《おもしろ》くないもんな、とフーさんは思《おも》っていました。まあ、いまはさいわいなことにたくさんお友《とも》だちができましたけど。でも夜《よる》になると少《すこ》し寂《さび》しい気持《きも》ちになるのです。子《こ》どもたちももう眠《ねむ》ってしまっています。もうすぐ学校《がっこう》が始《はじ》まれば子《こ》どもたちに会《あ》うことも少《すく》なくなるでしょう。彼《かれ》らには宿題《しゅくだい》がたくさん出《で》るでしょうし、他《ほか》にもやることはたくさんあるはずです。でも、彼《かれ》らだってときどきはぼくのところに遊《あそ》びにやって来《く》るということはわかっていました。

フーさんは椅子《いす》に腰《こし》かけて、考《かんが》え事《ごと》をしながら紅茶《こうちゃ》のカップを揺《ゆ》り動《うご》かしました。だれかがぼくといっしょにいてくれればな。でもエルネスティーナはたくさんだ。なぜって、なんでもかんでも一人《ひとり》で先《さき》に決《き》めそうだからさ。他《ほか》にはだれだろう。フーさんはエルネスティーナのことをもう一度《いちど》考《かんが》えました。もしかしたら女《おんな》の人《ひと》だから、ただはずかしがり屋《や》なだけなのかも。はずかしがり屋《や》の人《ひと》ってけっこう騒《さわ》ぎ立《た》てたり、やかましいものなんだよね。おじいさんがいつだったかそんなことを言《い》っていたな。

扉《とびら》をノックする音《おと》が聞《き》こえました。フーさんは扉《とびら》までいって開《あ》けてみました。扉《とびら》のむこうにはビールバラ提督《ていとく》のコウムのマコトが手紙《てがみ》をたずさえて立《た》っていました。手紙《てがみ》の表《おもて》にはフーさんの名前《なまえ》が書《か》いてありました。というか、フーさんの名前《なまえ》らしきものですがね。ルーさんと書《か》いてあったのです。提督《ていとく》は少々記憶力《しょうしょうきおくりょく》が良《よ》くないのかもしれません。ぼくなんかなに一《ひと》つ忘《わす》れることなんかないのにな、と自慢気《じまんげ》に思《おも》いました。

　フーさんは手紙《てがみ》を開《あ》けました。「お隣《となり》さんへ。」と手紙《てがみ》は始《はじ》まりました。「ここにいるのはコウムのマコトだ。わしのところには愛《いと》しのエンマがいるのでもうマコトがいる必要《ひつよう》はなくなったのだ。それならば君《きみ》のところへ移《うつ》りたいと言《い》うのだ。君《きみ》のところでこいつを住《す》まわせてやってはくれないか。こいつはよく働《はたら》くぞ。君《きみ》を信頼《しんらい》してやまない

名誉提督《めいよていとく》ビールバラ。」

マコトが懇願《こんがん》するようにフーさんを見《み》たので、フーさんは感激《かんげき》してうなずきました。これはいい考《かんが》えです。フーさんは「マコト、こちらへどうぞ。ここには、君用《きみよう》の場所《ばしょ》もあるよ。でも、これからぼくは、君《きみ》のことをオウムって呼《よ》ぼう。もしも、ぼくといっしょに住《す》むんだったらね。だって、君《きみ》はオウムでしょう！　えっと、少《すく》なくともぼくはそう思《おも》うんだけど。」と言《い》いました。

マコトはうなずきました。そして、ストーブのところへ飛《と》んでいくと、まるで自分《じぶん》のためにあつらえられたような小《ちい》さなベッドを見《み》つけました。やがて、マコトは、頭《あたま》を羽《はね》のなかに入《い》れて眠《ねむ》りにつきました。

フーさんは眠《ねむ》らずに考《かんが》え事《ごと》をしていました。外《そと》はまた、まっ暗《くら》な夜《よる》です。もうすぐ九月《くがつ》になるな。そして十月《じゅうがつ》が来《き》て、それから十一月《じゅういちがつ》が来《き》て、初雪《はつゆき》が降《ふ》って寒《さむ》くなるんだ。フーさんは、壁《かべ》に開《あ》いている三《みっ》つの丸窓《まるまど》を見《み》ました。あれを修理《しゅうり》しないといけないな。そうしないと部屋《へや》じゅう寒《さむ》くなってしまう。フーさんは丸窓《まるまど》に近《ちか》づいて見《み》てみました。いったいどうやってこれを埋《う》めることができるだろう。

ビールバラ提督《ていとく》がちょうど噴水《ふんすい》を止《と》めようとしているところでした。でも、噴水《ふんすい》はもう一回転《いっかいてん》してフーさんの顔《かお》を洗《あら》いながそうとしました。フーさんは顔《かお》に水《みず》を浴《あ》び、鼻《はな》から水《みず》を飲《の》みこんでしまいました。フーさんはいつも肝心《かんじん》なことを忘《わす》れてしまうのです。フーさんは、朝《あさ》になったら、もうなんとしても壁《かべ》の穴《あな》を直《なお》そうと決《き》めました。そうでなくても、家《いえ》じゅうのあっちこっちにがたが来《き》ているのです。

フーさんはベッドにのびのびと横《よこ》になりました。そして、もうほとんど夢《ゆめ》うつつの状態《じょうたい》で、ビールバラ提督《ていとく》が歌《うた》っているのを聞《き》きました。提督《ていとく》は静《しず》かな声《こえ》で歌《うた》っていましたが、しんとした夜《よる》ではっきりと聞《き》きとることができます。提督《ていとく》は、マグカップにいれたビールをまえに、それをうれしそうにながめていました。ビールも飲《の》みすぎなければおいしいのです。彼《かれ》は、また一口《ひとくち》かぷっと飲《の》みました。でも、ほんの少《すこ》しです。そして、また、まっ暗《くら》な夜空《よぞら》をじっと見上《みあ》げながら歌《うた》いつづけました。空《そら》には星《ほし》がきらきらとかがやいています。今夜《こんや》は、北極星《ほっきょくせい》にむかって航行《こうこう》するのがいいようだ。それにそろそろ寒《さむ》くなりそうだぞ。提督《ていとく》は、舵輪《だりん》を少《すこ》し左《ひだり》へ回《まわ》しました。岩《いわ》に乗《の》り上《あ》げることはないだろう。ビールバラ提督《ていとく》は、小声《こごえ》で口《くち》ずさんでいます。

一人《ひとり》でいるのはよくないな
友《とも》だちできると、らくちんだ
友《とも》とともに、生《い》きるよともに

偶然《ぐうぜん》の出会《であ》いも、いいもんさ
さあ、船《ふね》よ。闇夜《やみよ》を進《すす》め
旅《たび》はつづくよ。子《こ》どもは眠《ねむ》る
幸《しあわ》せいっぱいの島《しま》へ行《い》け
いつか、いっしょに住《す》もうじゃないか

しだいに提督《ていとく》の声《こえ》は遠《とお》くに離《はな》れていきましたが、それでもまだ、つづきが聞《き》こえてきます。その言葉《ことば》を、フーさんは絶対忘《ぜったいわす》れたくありませんでした。

ああ、もう、ああ、もう、なんてこと
提督《ていとく》が騒《さわ》ぐのもおしまいだ

これが、フーさんが耳《みみ》にした提督《ていとく》の最後《さいご》の言葉《ことば》でした。

フーさん特別《とくべつ》インタビューに応《おう》じる～あとがきにかえて～

おひさしぶりです。訳者《やくしゃ》です。今回《こんかい》は、フーさんが、ある日《ひ》とつぜんあらわれた偉大《いだい》なるビールバラ提督《ていとく》と子《こ》どもたちといっしょに行《い》った、大冒険《だいぼうけん》の様子《ようす》を大公開《だいこうかい》しました。わたしたちの住《す》む地球《ちきゅう》に、こうした世界《せかい》があることを知《し》ってましたか。もし「知《し》ってたよ」という人《ひと》がいれば、ぜひお便《たよ》りくださいね。

さて、先日《せんじつ》フーさんに会《あ》う機会《きかい》があったので、インタビューさせてもらいました。今日《きょう》はその模様《もよう》をおとどけします。

『フーさん誕生《たんじょう》のひみつを語《かた》る』

聞《き》き手《て》　フーさん。今日《きょう》は、おいそがしいところ、フーさんのいちばん苦手《にがて》な日中《にっちゅう》にお出《で》かけくださいましてありがとうございます。さっそくですが、フーさんがどうして、お話《はなし》の主人公《しゅじんこう》になったのか、そのワケを教《おし》えてもらえますか。

フーさん　ぼくは、フィンランド人《じん》の作家《さっか》、ハンヌ・マケラという人《ひと》の家《いえ》にこっそり住《す》んでいたんです。ずっとね。

聞《き》き手《て》　そうなんですか。そのハンヌ・マケラという方《かた》は、フーさんが自分《じぶん》の家《いえ》にこっそり住《す》んでいることをご存知《ぞんじ》だったのですか。

フーさん　たぶん、知《し》ってたと思《おも》います。だって、ぼくの大好《だいす》きなグレー伯爵《はくしゃく》ティーを、いつも同《おな》じ場所《ばしょ》にこっそり置《お》いてくれていましたから。

聞き手　用意《ようい》してくれていた……。ということは、これまで直接《ちょくせつ》、顔《かお》を合《あ》わせたことはなかったのですか。

フーさん　へへへ。どうでしょうか……。ぼくはいっつも会《あ》っていますよ。でも、ハンヌさんはどうかな。ぼくのこと、見《み》たことあるかなぁ……。

聞き手　でも、こんな本《ほん》にまでなったのですから、きっとご存知《ぞんじ》ですよね。

フーさん　そうだね。ぼくがとってもうれしいのは、ぼくが考《かんが》えていることや、好《す》きなこと、苦手《にがて》なことを、よくわかってくれてたことです。これは、『フーさん』のお話《はなし》のなかに、すごくよく描《えが》かれています。ぼく自身《じしん》はずかしくなっちゃうくらいですから……。

聞き手　そうでしたか。では、フーさんは、ハンヌ・マケラさんがフーさんを主人公《しゅじんこう》にした本《ほん》を書《か》いているのも知《し》ってたのですか。

フーさん　知《し》ってましたよ。だって、本《ほん》にするまえに、ハンヌさんが、ぼくの話《はなし》を子《こ》どもたちにしているのを聞《き》いたことがあるんです。そのときは、ほんとうに、びっくりして、足《あし》と頭《あたま》がくっついちゃいそうでした。

聞き手　へぇ。それ、どんなときだったんですか。

フーさん　ハンヌさんが、息子《むすこ》さんとそのお友《とも》だちを、家《いえ》で一人《ひとり》でめんどうみなければならないことがあってね。男《おとこ》の子《こ》たちばかりだったので、家《いえ》のなかはだんだん学校《がっこう》の休《やす》み時間《じかん》みたいになって、どったん、ばったん、わーわー、きゃーきゃー、それはもう、ものすっごくにぎやかになってきたんだ。

聞き手　学校《がっこう》の休《やす》み時間《じかん》のようにね。わかります、わかります。そういうのって、日本《にほん》の学校《がっこう》も同《おな》じですから。

フーさん　ぼくは、そのときちょうど寝《ね》ていて……。だって、夜《よる》の仕事《しごと》にそなえないといけないので……。で、びっくりして飛《と》び起《お》きて、天井《てんじょう》に鼻《はな》をぶつけちゃいました。

聞き手　そのとき、ハンヌさんはどうしていたんですか。

フーさん　はじめはね、かわいそうなくらいに、ほとほと困《こま》ってました。どうしよう、どうしよう……って。部屋《へや》のなかをうろうろ、うろうろ。ぼくが困《こま》ったときとまるでそっくり。

聞き手　ははぁ。そうですか。

フーさん　後《あと》から知《し》ったんだけど、あのとき、ハンヌさんは、頭《あたま》のなかで「ぼくは、学校《がっこう》の先《せん》生《せい》だったんだ。子《こ》どもたちのこれくらいの騒《さわ》ぎをしずめられなくてどうする。」って思《おも》っていたんだって。ほんとうにそうなんです。ハンヌさんは国語《こくご》の先生《せんせい》だったんですよ。それで、学校《がっこう》の先生《せんせい》が、教室《きょうしつ》で生徒《せいと》たちを静《しず》かにさせるときみたいに、パン、パンって手《て》をたたいて、「さあ、みんな、ここに集《あつ》まっておいで。お話《はなし》をしようじゃないか。」って言《い》ってみんなを座《すわ》らせ、「ある日《ひ》のこと、フーさんが……。」って、お話《はなし》を始《はじ》めたんだ。子《こ》どもたちは、この家《いえ》にフーさんがいるんじゃないかって、目《め》をキラキラ、きょろきょろさせたんで、ぼく、とってもどきどき、ドギマギ、キュウって、体《からだ》を小《ちい》さく、小《ちい》さくしてました。

聞《き》き手《て》　へぇー。でも、みんなは、とても楽《たの》しく、お行儀《ぎょうぎ》よくお話《はなし》を聞《き》いていたのですね。

フーさん　そうなんです。ハンヌさんは、そのときはぼくのお話《はなし》を一《ひと》つしただけだけれど、その後《あと》、息子《むすこ》さんが、「お話《はなし》のつづきをもっと聞《き》かせてよ。」ってせがんだので、本《ほん》にまとまるぐらいたくさんのお話《はなし》が誕生《たんじょう》したんだ。

聞き手　そうですか。すごいですね。じゃあ、もし、フーさんが、マケラさんの家《いえ》にいなかったら、この本《ほん》は生《う》まれなかった、ということですね。

フーさん　そういうことに、なりますね……。でも、仲間《なかま》は、他《ほか》の家《いえ》にもいるんじゃないかなって、ぼく、信《しん》じているんだけど。まだ、会《あ》ったことはないんです……。が……。（ちょっぴりさびしそう。）

聞き手　ま、まあまあ。フーさんには、いま、何人《なんにん》もの、すてきなお友《とも》だちがいるじゃないですか……。まだ、もう少《すこ》し話《はなし》を聞《き》かせてもらっていいですか。

『フーさんとみんなの好《す》きなもの』

フーさん　ど、どんなことですか。

聞き手　この『フーさんにお隣《となり》さんがやってきた』というのは、ほんとうに大冒険《だいぼうけん》のお話《はなし》でしたね。この冒険話《ぼうけんばなし》のなかで、みんなが大好《だいす》きな食《た》べ物《もの》のことが出《で》てきましたが、なかには日本《にほん》の人《ひと》たちにはなじみのないものもあったので、少《すこ》し説明《せつめい》してほしいんです。

フーさん　あぁ、もちろんいいですよ。なにかなじみのないものがありましたか。

聞き手　そうですね。まず、ビールバラ提督《ていとく》が大好《だいす》きな「爺《じい》やのビール」。（6ページの絵《え》で、ビールバラ提督《ていとく》の横《よこ》に置《お》いてあるものです。）これ、ほんとうにビールなんですか。

フーさん　じつはいま、「爺《じい》やのビール」は、フィンランドでもう飲《の》むことができないビールなんですよ。日本《にほん》には瓶《びん》ビールはありますか。ビールが瓶《びん》に入《はい》っているものです。ビール瓶《びん》って普通《ふつう》は茶色《ちゃいろ》いよね。「爺《じい》やのビール」も瓶《びん》ビールで、その色《いろ》は、いまの瓶《びん》ビールの色《いろ》と同《おな》じ。でも大《おお》きさがちがうんだ。二《に》リットル入《い》りなんだ。大《おお》きいでしょ。

聞き手　二《に》リットルの大《おお》きさ？　大《おお》きいですね。そんなに大《おお》きいと、ティンパだときっと持《も》ち上《あ》げるのもたいへんですね。

フーさん　そうなんだ。そういう大《おお》きな瓶《びん》に入《はい》っている、アルコールの入《はい》っていないビール。でも、味《あじ》はビールとまったく同《おな》じ。それに、ビールみたいにちゃんと泡《あわ》もでるんだ。だから、子《こ》どもも、歳《とし》を取《と》ってアルコール入《い》りのビールが飲《の》めなくなったお年《とし》よりも、いっしょになって楽《たの》しめるんだ。

聞《き》き手《て》　年齢《ねんれい》に関係《かんけい》なく、家族《かぞく》みんなで楽《たの》しめるビールなんておもしろいですね。

フーさん　ねっ、ねっ、おもしろいでしょ。それに、フィンランドでは、ホーム・メイド・ビールっていって、自分《じぶん》の家《いえ》でビールを作《つく》ることもできるんだよ。これもアルコールが入《はい》っていないビール。いまも、どこのスーパーマーケットでも、このホーム・メイド・ビールの素《もと》というのが売《う》ってるよ。

聞き手　それから「クリスマス・ビール」というのがありましたね。これは……。

フーさん　これは、本物《ほんもの》のビール。クリスマスのころに飲《の》むものなので、アルコールの度数《どすう》はちょっと高《たか》いかな。ラベルはたしか、クリスマスに関係《かんけい》したものになっていたはず。

聞き手　それに味《あじ》も特別《とくべつ》ということですね。きっと。

フーさん　他《ほか》にもなにかあるの？　日本《にほん》の人《ひと》にとって不思議《ふしぎ》な食《た》べ物《もの》が……。

聞き手　ありました。ありました。「ラクリッツ」と「コルップ」というのがめずらしく思《おも》いました。

フーさん　日本《にほん》には両方《りょうほう》ともないの？　残念《ざんねん》だな、おいしいのに。えっと、では「ラクリッツ」のほうから紹介《しょうかい》しますね。これは、グミ・キャンディの一種《いっしゅ》なんです。グミ・キャンディ、これなら日本《にほん》にもあるでしょう。いろいろな色《いろ》をしたのが……。ところが「ラクリッツ」はグミ・キャンディの一種《いっしゅ》といっても、色《いろ》はまっ黒《くろ》なんだ。ほんとうにまっ黒《くろ》。ぼくの洋服《ようふく》と同《おな》じ色《いろ》。このキャンディ、英語圏《えいごけん》では、リコリスって呼《よ》ばれているんだよ。甘草《かんぞう》という植物《しょくぶつ》の根《ね》っこを粉《こな》にしたものに小麦《こむぎ》などを混《ま》ぜて作《つく》ったお菓子《かし》のこと。味《あじ》はお薬《くすり》みたいなんだけど、甘《あま》いのでみんな大好《だいす》き。ただ、食《た》べすぎると虫歯《むしば》になるので、リンマは、「ちゃんと歯磨《はみが》きしなきゃ。」って、よく注意《ちゅうい》されてるんだ。

聞き手　フーさんも好《す》きなのですか。

フーさん　も、もちろん。でも、食《た》べすぎは良《よ》くないから、食《た》べすぎたかなと思《おも》ったら、空《そら》の雲《くも》を見《み》たりしてがまんすることだってあるよ。

聞き手　フーさんは、ずいぶん健康《けんこう》に注意《ちゅうい》しているんですね。では、最後《さいご》に「コルップ」のことを教《おし》えてください。

フーさん　はい。「コルップ」は、パンの代《か》わりになる食《た》べ物《もの》で、ライ麦《むぎ》でできているんです。ぱりぱりしていて、薄《うす》くて、バターとかマーガリンをつけて食《た》べることもあるし、チーズやきゅうりやトマトなどを乗《の》せて食《た》べたりします。いそがしい朝《あさ》や、お腹《なか》が空《す》いたときにちょっと食《た》べたりする人《ひと》が多《おお》いみたい。ライ麦《むぎ》でできているので、ちょっとすっぱい味《あじ》かも。だからかな、シナモンやお砂糖《さとう》がまぶしてあるものもあるよ。

聞き手《きて》　へえー、そうなんですか。今日《きょう》のこのインタビュー、日本語版《にほんごばん》の『フーさんにお隣《となり》さんがやってきた』にのせるんですよ。ですから、日本《にほん》の読者《どくしゃ》に、フーさんたちがどんな食《た》べ物《もの》が好《す》きなのか、想像《そうぞう》してもらえると思《おも》います。

フーさん　そうか。そうなると、ほんとうにうれしいな。

聞き手　今日《きょう》はほんとうに長《なが》い時間《じかん》、面白《おもしろ》い、たくさんのお話《はなし》を聞《き》かせてくださってありがとうございました。また、お会《あ》いしましょう。

フーさん特別《とくべつ》インタビュー（企画《きかく》・構成《こうせい》・進行《しんこう》　上山美保子《うえやまみほこ》）

ハンヌ・マケラ　Hannu Mäkelä
一九四三年フィンランド・ヘルシンキ生まれ。作家・詩人。詩、小説、児童小説、絵本と作家としての活動は多岐にわたる。フィンランド国内で数多くの児童文学賞を受賞しているが、児童書だけではなく、一九九五年に『*Mestari*』でフィンランディア賞（フィンランド最高の文学賞）を受賞するなど、一般向けの文芸の世界でもおおいに活躍している。現代フィンランド文学界を代表する作家の一人。邦訳作品には、「フーさんシリーズ」の他に、『ぼくはちびパンダ』（徳間書店）がある。

上山美保子　うえやま　みほこ
一九六六年東京都生まれ。東海大学文学部北欧文学科卒。大学在学中、トゥルク大学人文学部フィンランド語学科留学。現在、フィンランド技術庁 Tekes 勤務。訳書に、ハンヌ・マケラ『フーさん』（国書刊行会）がある。